Christian von Aster

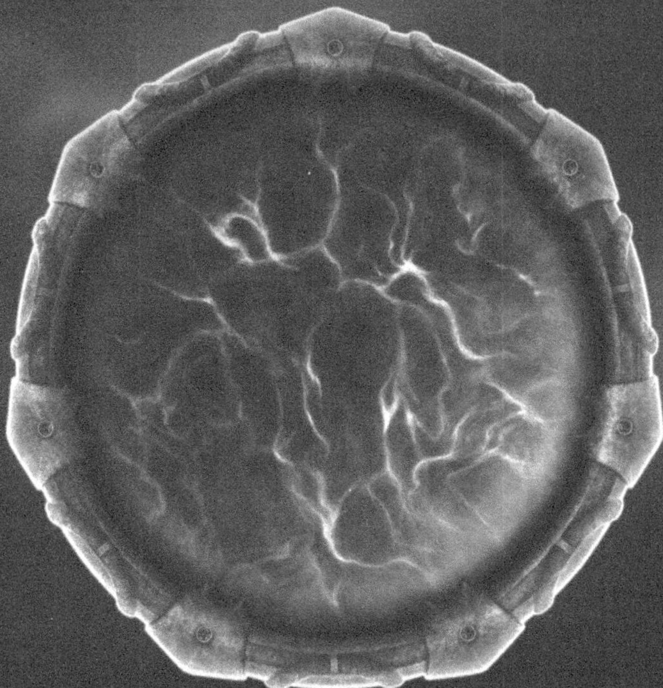

Sieben Arten Dunkelheit

Thienemann

Für alle,
die das Dunkel
zu verstehen versuchen

»Es wird kommen einer,
der erschafft, was zuvor nicht war.
Der tut, was noch nie getan wurde
und der das Dunkel verändert.«
Prophezeiung der Nachtzähmer

KAPITEL I

IN DEM ES VOR ALLEM UM NACHTZÄHMER, AUSNAHMEN UND DIE DRITTE HÖHLE GEHT

Krigk durchschritt das Dunkel, beinahe als ob er hindurchsehen konnte.

R'hee, die direkt hinter ihm ging, hielt sich, um ihn nicht zu verlieren, an seinem Gürtel fest. Nach den Regeln war sie noch nicht bereit für die dritte Höhle. Zumal Mädchen, wenn man die Traditionen streng auslegte, gar keine Nachtzähmer werden konnten. Zugleich besagten diese Regeln jedoch, dass kein Nachtzähmer die Höhlen allein betreten durfte. Krigk aber war bereit für die dritte Prüfung. Und da er und seine Schwester die letzten Schüler des Schattenvaters waren, *musste* sie ihn begleiten.

Krigk wusste, was im Dunkel der Gänge lauerte. Er hatte die Bilder an den Wänden eingehend studiert und dem Schattenvater aufmerksam gelauscht. Solange er und R'hee vorsichtig waren, drohte ihnen keine Gefahr. In der dritten Höhle warteten allenfalls ein paar Krummschwanzfinsterlinge, womöglich der ein oder andere Nachtschattenkeimling und wohl zumindest ein mittlerer Schattenbolg. Mit denen würde er umzugehen wissen. Vor keiner dieser Kreaturen musste man sich mehr fürchten als vor denen aus der zweiten Höhle. Gefährlich wurden sie erst ab der vierten. Und für die war selbst Krigk noch nicht bereit. Auch wenn er ihre Bilder und ihre Namen längst kannte.

Er war ein eifriger Schüler, ihr Lehrer alt und bestrebt, sein Wissen weiterzugeben, bevor er starb. Darum war seine kleine Schwester bezüglich jener uralten Regeln auch nicht die einzige Ausnahme. Damit die Geheimnisse der Finsternis nicht verloren gingen, hatte Krigk die dunklen Kreise nämlich schneller durchschreiten müssen als jeder Nachtzähmer vor ihm.

Die Kälte des Höhlenbodens ließ ihn schaudern, als er an der Seite seiner Schwester auf nackten Füßen tiefer in das Dunkel vordrang. Während R'hee ein dünnes ledernes Hemdchen anhatte, das ihr bis zu den Knien reichte, trug er neben seinem Lendenschurz nur eine Stoffumhängetasche mit seinen Nachtzähmerutensilien.

Von draußen dröhnten Trommeln, deren dunkle Schläge von den Wänden des Ganges widerhallten. Sie schlugen den Takt der Nacht und Krigk war bereit für die Prüfung der dritten Finsternis.

Als R'hee und er den Eingang der Höhle erreichten, vernahm er hinter sich ihre ängstliche Stimme.

»Und … und du bist wirklich sicher, dass es nicht gefährlich ist?«

»Mach dir keine Sorgen, Schwesterchen. Ich muss nur so nahe an einen Schattenbolg ran, dass ich ihm eine Feder aus dem Schwanz ziehen kann.«

»Ist er giftig?«

»Ach was. Der hat nicht mal einen spitzen Schnabel.«

»Und was ist mit den anderen?«

»R'hee, es ist die dritte Höhle. Vertrau mir. Ich hab nicht mal den Zunderstein mit – weil wir ihn ganz sicher nicht brauchen werden. Nichts da drin kann uns etwas anhaben!«

Den Zunderstein gab es für den Fall, dass etwas schiefging. Er war dafür da, das Notfeuer im Herzen der Höhlen zu entfachen. Allerdings hatte ihn vor der fünften Höhle noch nie jemand gebraucht, weshalb Krigk ihn gar nicht erst mitgenommen hatte. Für ihn war er nicht mehr als Ballast.

Seine Schwester war gerade mal drei Jahre jünger als er, aber noch immer furchtsam wie ein kleines Kind. Wahrscheinlich würde sie ihre Ausbildung noch vor der fünften Höhle abbrechen und nie ein wirklicher Nachtzähmer werden. Weshalb die Hoffnungen des Schattenvaters vor allem auf ihm ruhten.

Und Krigk war fest entschlossen, diesen Erwartungen gerecht zu werden. Er würde seinen Meister nicht enttäuschen. Und nicht nur das. Er würde der größte Nachtzähmer werden, den die Welt je gesehen hatte. Der, von dem die Prophezeiung kündete. Das hatte er sich fest vorgenommen.

»Gut. Dann los.« Er nickte seiner Schwester entschlossen zu.

Das Dröhnen der Trommeln in ihrem Rücken schien anzuschwellen und R'hee klammerte sich fester an seinen Gürtel, als er nun die Schwelle überschritt.

Im Inneren der Höhle war es dunkler als in den beiden anderen zuvor. Doch Krigk war vorbereitet. Er hatte gelernt. Wusste, was ihn erwartete. Und er konnte es schon wahrnehmen.

»Kannst du sie spüren?«, fragte er seine Schwester.

»Nein. Aber ich ahne sie«, antwortete R'hee leise.

Sechs Stück waren es, die vor ihnen im Dunkel um das Notfeuer kauerten: Zwei ältere Finsterlinge, drei Keimlinge und – Krigk atmete erleichtert auf – ein einzelner Bolg. So waren sie zumindest nicht umsonst gekommen. Er schloss die Augen, um im Dunkel besser sehen zu können.

Die Luft vibrierte vom Widerhall der Trommeln, die in der Finsternis kaum zu hören waren.

Während die Finsterlinge mit angelegten Stacheln vor sich hin dösten, balgten die Keimlinge sich um eine schimmernde Dämmerscherbe und der Bolg schritt stolz und mit aufgefächertem Schwanz sein Revier ab.

Eine Hand am Dolch, die andere im Beutel mit den Dämmersplittern, bewegte Krigk sich mit geschlossenen Augen zielsicher zwischen den Kreaturen hindurch direkt auf den Schattenbolg zu. R'hee blieb dabei die ganze Zeit über dicht hinter ihm. Wenn sie vorsichtig waren, würden die Finsterlinge nicht aufwachen. Streitende Nachtschattenkeimlinge waren durch kaum etwas abzulenken und der Bolg war viel zu groß und behäbig, als dass er zum Problem hätte werden können.

In der Höhle befanden sich also sechs ungiftige und wenig aggressive Schatten, deren Verhalten Krigk genau studiert hatte.

Dann stand er auch schon hinter dem Schattenbolg, streckte die Hand nach dessen Schwanzfedern aus … und stutzte. *Etwas stimmte nicht mit der Kreatur.* Obwohl er den großen, tumben Vogel, ein Geschöpf der dritten Dunkelheit, das aus reiner Nacht bestand, genau kannte und es deutlich spüren konnte, war da noch etwas anderes. Etwas, das …

Im gleichen Augenblick verdichteten sich die wabernden Konturen des Bolgs und seine Federn verwandelten sich in tiefschwarze Klingen.

Die Kreatur brüllte.

Krigk fuhr zusammen. *Das war kein Geschöpf der dritten Dunkelheit!*

Blitzschnell fuhr das unbekannte Wesen herum. Seine finsteren Klingen streiften Krigks Arm. Der Junge schrie auf, als das Schwarz ihm einige tiefe Wunden schlug. Im gleichen Moment begann auch R'hee zu schreien. Ihr Bruder riss seinen durch Licht gehärteten Dolch hervor und tat einen schnellen Schritt in Richtung des Ungetüms, das jedoch einen Satz nach hinten machte. So geschwind, wie kein Schattenbolg es je vermocht hätte.

Mit geschlossenen Augen versuchte Krigk sich zu konzentrieren. Der Schmerz in seinem Arm pulsierte dumpf. Dennoch spürte er, wie das Ungetüm sich in einiger Entfernung aufrichtete und dabei plötzlich gar nichts mehr von einem tumben, harmlosen Schattenvogel hatte. Sein Körper, dunkler noch als das Dunkel der Höhle, begann sich zu verformen und dehnte sich mit einem furchtbaren Geräusch in die Länge.

Was immer das war, es war nichts, über das der Schattenvater je gesprochen hatte, es stammte aus keiner der sieben Höhlen und konnte, nach allem was Krigk je über die Dunkelheit gehört und gelernt hatte, nicht wirklich existieren!

»Verschwinde von hier, R'hee!«, rief er und hob seinen Dolch.

Ein schriller Aufschrei der zwei Nachtschattenkeimlinge übertönte die Trommeln, als die Geschöpfe urplötzlich von einer unsichtbaren Kraft von ihren Füßen und in Richtung der fremden Kreatur gerissen wurden. Das Dunkel des Monstrums verschluckte die beiden Schatten. Blitzschnell. Tonlos. Und dann wuchsen unter den kurzen Flügeln der Kreatur mit leisem Knacken zwei schrundige Klauen aus massiver Finsternis hervor.

Krigk packte seinen Dolch fester. Schweiß trat ihm auf die Stirn. Er war bereit, sich dem Ungetüm zu stellen.

Da aber flammte von einem Moment auf den anderen ein helles Licht auf.

Das Notfeuer!

Binnen weniger Sekunden stand das trockene Reisig in Flammen, deren unruhiger Schein die Höhle komplett erfüllte. Das Dunkel war fort. Und mit ihm seine Geschöpfe.

Schwitzend und mit schreckgeweiteten Augen stand Krigk dort, den Dolch so fest in der Faust, dass seine Knöchel weiß hervortraten. Sein Arm blutete. Er hatte Schmerzen. Zitternd wandte er sich seiner Schwester zu, die mit ihrem Zunderstein über dem Notfeuer stand.

»Danke«, murmelte er kaum hörbar.

KAPITEL II

IN DEM UNSER KÜNFTIGER HELD ERFÄHRT, DASS ES TATSÄCHLICH GRÜNDE GIBT, SICH VOR DER DUNKELHEIT ZU FÜRCHTEN

Kurz vor Beginn der ersten Stunde schüttete es draußen wie aus Eimern. Es war ein heftiges Unwetter. Eines von der Sorte, in dem Helden gewöhnlich, von Blitzen beleuchtet, inmitten des Donners, die Welt oder zumindest eine Prinzessin retteten.

Alle anderen wurden einfach nur nass. So wie David, der seine Mitschüler wie jeden Morgen von der Bushaltestelle aus beobachtete. Wie sie sich in der Eingangshalle des Schulgebäudes balgten, lachten und auf ihre Mobiltelefone starrten.

Er war kein Held. Schon weil er anders war. Und die anderen immer so jemanden brauchten. Einen, der anders war und den sie mit irgendwas aufziehen konnten. Wofür sich ein Fünfzehnjähriger, der sich im Dunkeln fürchtete, hervorragend eignete. Vor allem, wenn alle von seiner Schwäche wussten …

Der Donner rollte über David hinweg, als er das Fernglas absetzte und auf seine Armbanduhr schaute. 07:42. Drei Minuten bis zum ersten Gong. Bis die Türen aufgingen und die anderen in ihren Klassenräumen verschwanden. Dann würde er zum Haupteingang fahren, dort sein Fahrrad anschließen und ihnen folgen.

Selbst durch das Gewitter hindurch hörte er die Schulklingel.

Und während seine Mitschüler über die Treppen in die oberen Stockwerke verschwanden, atmete David tief durch, wischte eine nasse Haarsträhne zur Seite und schulterte seufzend seinen Rucksack.

Eine knappe Minute vor dem zweiten Gong huschte David geduckt an seiner Klassenlehrerin und einer kleinen dunklen Gestalt vorbei in den Klassenraum, wo er sich vorne links in die Bank fallen ließ.

Als Leon ihn entdeckte, hatte dieser nicht einmal mehr die Zeit, ihn Schwuchtel zu nennen, weil Frau Drescher bereits die Tür ins Schloss zog.

Verwundert hob David den Kopf. Neben seiner Lehrerin stand die kleine finstere Gestalt vom Flur, die er beim Vorbeihasten nur kurz aus dem Augenwinkel wahrgenommen hatte. Schon dabei hatte ihn irgendetwas an ihr irritiert. Etwas, das er selbst jetzt, wo diese kleine schwarz gekleidete Person keine zwei Meter von ihm entfernt stand, nicht benennen konnte. Es war ein Mädchen, offenbar eine Asiatin, wesentlich kleiner als die meisten anderen in der Klasse und somit ein gefundenes Fressen für Jungs wie Leon und Marvin. Dabei wirkte dieses kleine Mädchen jedoch bereits auf den ersten Blick derart selbstsicher, dass David sich davon gern eine Scheibe abgeschnitten hätte.

Während die anderen um ihn herum langsam zur Ruhe kamen, legte er den Kopf auf die Seite und betrachtete sie. Sie trug ein schlichtes schwarzes Kleid. Keine Markenklamotten. Das mit Abstand Seltsamste aber war ihre dunkle Sonnenbrille, die tatsächlich so riesig war, dass die einzelnen Brillengläser fast wie schimmernde Insektenaugen wirkten.

Mit etwas Glück würde er dem Mädchen ein paar Ratschläge geben können. In den letzten beiden Jahren hatte er schließlich eine Reihe von Strategien entwickelt, um Mobbing, Ärger und Jungen wie Marvin und Leon zu entgehen. David wusste, wann sie wo abhingen und vor welchen Mädchen sie sich besonders wichtigmachen wollten. Inzwischen kannte er sogar die ein oder andere Möglichkeit, die beiden zu beschwichtigen. Dafür hatte er unter anderem immer eine Schachtel Zigaretten im Rucksack. Marvin war da einfach gestrickt. Und Leon ließ einen erfahrungsgemäß in Ruhe, wenn man ihm seine Physikhausaufgaben machte.

»Wenn uns dann jetzt auch noch Herr Gliehm seine Aufmerksamkeit schenken würde, könnte ich euch jemand Besonderen vorstellen, dem ihr in den nächsten Wochen noch öfter begegnen werdet.«

David fuhr hoch. Frau Drescher stand mit verschränkten Armen direkt vor ihm und schaute ihn vorwurfsvoll an. Er murmelte eine Art Entschuldigung. Gerade wollte seine Lehrerin noch einmal ansetzen, als aus einer der hinteren Reihen plötzlich eine Fanfare ertönte. Es war das übliche Gedüdel, wenn es irgendjemandem gelungen war, auf seinem Handy ein paar farbige Klumpen wegzuklicken, einen Vogel irgendwo gegenzuschleudern oder ein Feld mit Kohlköpfen anzulegen. Und natürlich war es Marvins Telefon. Die anderen stellten es zumindest immer auf lautlos. Glücklicherweise führte sein klangvoller Levelanstieg nun dazu, dass Frau Drescher von David abließ.

»Na, und weil Marvin uns gerade so freundlich an eine unserer Regeln für den Unterricht erinnert, werden wir dann jetzt erst mal die Mobiltelefone einsammeln.«

Mit diesen Worten trat Frau Drescher an ihr Pult und öffnete einc Schublade, der sie eine große schwarze Plastikschale wie bei der Sicherheitskontrolle am Flughafen entnahm. Der Rest der Klasse schimpfte leise und Marvin fing sich ein paar böse Blicke ein. Sie alle kannten die Regeln: Sobald während der Unterrichtsstunde ein Handy zu hören war, sackte Frau Drescher alle Geräte bis zum Ende der letzten Stunde ein.

Wortlos warf David sein Telefon in die herumgehende Schale und reichte sie weiter.

»Etwas schneller, die Herrschaften, wir wollen heute ja schließlich auch noch zu ein bisschen was anderem kommen, nicht wahr?«, sagte Frau Drescher nun deutlich lauter.

Ein paar Minuten später war die volle Schale wieder vorn bei ihr, sie schloss sie ins Pult ein und stellte sich zufrieden neben das fremde Mädchen in Schwarz, das die ganze Zeit über keine Miene verzogen hatte.

»Und nachdem wir nun wieder ein paar Minuten sinnlos vertrödelt haben, möchte ich euch jemanden vorstellen, der euch mit Glück tatsächlich ein bisschen was beibringen kann. Über Miteinander, Toleranz und andere Sachen, von denen wahrscheinlich noch nicht alle von euch etwas gehört haben.«

»Blablabla …«, murmelte Leon, der sich offenbar angesprochen fühlte.

Frau Drescher funkelte ihn mit gespielter Freundlichkeit an. »Danke, Leon, für diesen konstruktiven Beitrag. Ich würde euch jetzt trotzdem gerne bitten, zusammen mit mir Ayumi Watanabe in unserer Klasse zu begrüßen.«

»Hallo, Ayumi«, klang es, teils mehr, teils weniger motiviert, aus knapp dreißig Mündern. Aus dem ein oder anderen klang es dabei auch nicht, aber das war normal.

»Ayumi ist fünfzehn Jahre alt und –«

»Und wo kommt die her?«, wollte Marvin wissen.

»Aus Saarbrücken, wenn du's genau wissen willst«, entgegnete das Mädchen ohne eine sichtbare Regung.

»Und warum darf die im Unterricht eine Sonnenbrille tragen?«, fragte Leon mit einem vorwurfsvollen Unterton.

»Damit Typen wie du nicht schlecht träumen«, sagte Ayumi leise auf eine Art, dass sich David die Nackenhaare aufstellten. Zugleich nahm sie ihre Brille ab, sodass ihr jetzt alle in die Augen schauen konnten. Sie waren komplett *weiß*. Leer. Wie zwei milchige Tümpel, unter deren Oberfläche etwas lauerte. Und die starre Ausdruckslosigkeit, mit der das Mädchen in die Klasse schaute, ohne diese wirklich anzusehen, machte ihren Anblick noch unheimlicher.

Frau Drescher schien Ayumi die Sprachlosigkeit der anderen zu gönnen und wartete einen kurzen Moment, bevor sie ihr die Hand auf die Schulter legte.

»Ich denke, du kannst deine Brille jetzt wieder aufsetzen«, sagte sie schließlich und wandte sich der Klasse zu. »Meine Herrschaften, Ayumi ist, wie ihr euch jetzt vielleicht schon gedacht habt, blind.«

»Krass ...«, murmelte Amad, der so etwas wohl nur aus Computerspielen kannte.

Jetzt begriff David auch, was ihn zuvor irritiert hatte: der weiße Blindenstock, den das Mädchen schon die ganze Zeit über unter dem Arm gehalten hatte.

»Und sie wird die kommenden drei Wochen zusammen mit euch am Unterricht teilnehmen, damit jeder von euch etwas über sie und sie ein wenig über euch lernen kann.« Frau Drescher schaute sich um. »Zunächst aber werden wir, um euch nicht zu überfordern, erst einmal auf den Dreißigjährigen Krieg zurückkommen, mit dem ihr euch zu Hause ja alle ein wenig auseinandergesetzt haben dürftet.«

Ayumi musste sich nach ganz vorn neben David setzen. Er hätte das gern als schicksalhafte Fügung interpretiert, aber tatsächlich war sonst einfach kein Platz frei. Und während das Mädchen, geführt von Frau Drescher, neben ihn auf den Stuhl rutschte, ließ Marvin es sich nicht nehmen, David dreckig lachend einen dummen Spruch zuzuraunen.

»Na, da haben sich ja zwei gefunden! Eine, die nix sieht, und einer, der Angst im Dunkeln hat. Bei 'ner Zombie-Apokalypse würden die zusammen jedenfalls nicht weit kommen.« Frau Drescher funkelte ihn böse an und Marvin hob abwehrend die Hände. »Ich mein ja nur.«

»Freak«, murmelte Leon so leise, dass Frau Drescher es nicht hören konnte.

Die anderen holten ihre Geschichtsbücher hervor. Ayumi faltete ihren Stock zusammen, beugte sich zu David hinüber und fragte so leise, dass niemand außer ihm es hören konnte: »Hey, sag mal, hast du wirklich Angst im Dunkeln?«

David lief es kalt den Rücken hinab. Sie hatte ihn tatsächlich angesprochen. Es war gut, dass sie nicht sehen konnte, wie er rot wurde. Dabei hatte ihre Frage nicht einmal geklungen, als ob sie sich über ihn lustig machen wollte. Stattdessen glaubte er aus ihrer Stimme sogar so etwas wie ernsthaftes Interesse herausgehört zu haben. *Angst im Dunkeln* … Natürlich wollte er es zunächst leugnen. Etwas Cooles sagen. Auf dicke Hose machen. Er war schließlich fünfzehn. Und das war kein Alter, in dem man noch Angst im Dunkeln haben sollte. Aber irgendetwas in ihrer Stimme brachte ihn dazu, ehrlich zu sein.

»Ja. Leider«, murmelte er halblaut.

Umso mehr erstaunte ihn die Antwort, die Ayumi ihm jetzt zuflüsterte. »Das ist klug, David. Sehr klug. Und lass dir bloß nicht von irgendjemandem einreden, dass es das nicht wäre.«

Erstaunt schaute er sie an und sagte leise: »Wow. Ich glaub, das hat mir noch niemand gesagt. Ich mein, meine Eltern nervt es total, Freunde hab ich eh nicht wirklich und die Typen da hinten … Na ja, so was kennst du sicher auch zur Genüge.«

»Oh ja, und darum sollten Leute wie wir auch zusammenhalten. Immer«, raunte sie ihm zu und stieß ihn leicht mit der Schulter an, wobei es ihn wohlig schauderte.

»Da hast du natürlich recht. Aber du hast auch Glück, dass du die anderen nicht sehen kannst. Weil sie größer, stärker und mehr sind als wir.« Er machte eine kurze Pause, bevor er hinzufügte: »Na ja, und natürlich hässlicher.«

Das Mädchen kicherte. »Ich weiß. Aber glaub mir, das ist egal. Weil solche wie die einiges nie haben werden. Das hier zum Beispiel.« Ihre Hand fuhr in ihr seltsames schwarzes Kleid und dann zog sie aus einer Tasche, die David zuvor nicht einmal gesehen hatte, eine kleine schwarze Lederrolle hervor. Als sie diese nun heimlich auf ihrem Schoß auseinanderfaltete, erkannte David darin sieben kleine Glasröhrchen, die scheinbar mit einer schwarzen Flüssigkeit gefüllt und jeweils mit einem anders geformten Stopfen verschlossen waren. Ayumi fuhr vorsichtig mit den Fingern über jedes einzelne Rohr, zog schließlich das dritte von links hervor und drückte es ihm in die Hand.

»Was … was ist denn das?«

»Lass dich überraschen. Mach's einfach auf, wenn die Typen dir mal wieder dumm kommen.«

»Aber das ist jetzt nichts irgendwie Verbotenes, oder? Wir hatten in Chemie –«

»Glaub mir, dein Chemielehrer wüsste nicht mal, was das ist. Vertrau mir einfach. Es ist ein Geschenk. Von einem Freak an den anderen. Und ich bin sicher, dass es dir nützlich sein wird.«

»Na, wenn du meinst«, murmelte David, und betrachtete das gläserne Ding verwundert.

»Nur zurückgeben solltest du es mir bitte, wenn du es benutzt hast.«

Obwohl Ayumi es nicht sehen konnte, nickte David, als er das Röhrchen jetzt in seine Brusttasche gleiten ließ. Und keinen Moment zu früh, denn gleich darauf stand plötzlich Frau Drescher vor ihnen und schaute ihn vorwurfsvoll an. »Ganz ehrlich, David? Wenn ich gewollt hätte, dass Ayumi *nicht* aufpasst, hätte ich sie auch gleich neben Marvin oder Leon setzen können. Und wenn ihr euch jetzt entschließen würdet, am Unterricht teilzunehmen, könnten wir ja vielleicht weitermachen. Damit der Dreißigjährige Krieg am Ende nicht länger dauert als nötig, hm?«

Die Klasse lachte.

Ayumi senkte den Kopf. David wurde wieder rot. Und war ein weiteres Mal froh, dass sie es nicht sehen konnte.

Der Dreißigjährige Krieg war irgendwie nicht so sein Ding.

Vielleicht lag es aber auch an Ayumi, dass er sich nicht so richtig konzentrieren konnte.

Am Ende der Stunde sammelte Frau Drescher das blinde Mädchen dann sofort wieder ein, um ihr auch noch den Rest der Schule zu zeigen. Wenn man das denn so nennen konnte.

David verbrachte die Pause wie so oft in der Werkstatt des Hausmeisters.

Barabas Klandt war ein stiller kleiner Mann mit Glatze, um die fünfzig vermutlich, mit einer tiefen wohlklingenden Stimme, der David in der Pause bei sich rumhocken ließ, weil er von früher wusste, wie wichtig ein Rückzugsort für einen Außenseiter war. Das gab David die Gelegenheit, zwischen Kabeln, Steckdosen, Ersatzteilen und Schrauben seine eigenen Hausaufgaben und die von Leon zu machen und sich nebenbei auch noch mit dem Hausmeister zu unterhalten. Als er ihm jetzt von dem blinden Mädchen erzählte, meinte Klandt, dass David besser aufpassen solle. Weil man, eh man sich's versah, drei Mal verheiratet und im nächsten Moment drei Mal wieder geschieden war und daraufhin jahrelang für jeden dieser Fehler zahlen musste. Irritiert schaute David ihn an und beschloss, dieses Gespräch, das irgendwie einen seltsamen Verlauf nahm, lieber abzubrechen.

Wie üblich wartete er den ersten Gong ab, hörte draußen vor der Tür seine aufgeregt ihren Klassenräumen zustrebenden Mitschüler und verabschiedete sich von Herrn Klandt. Im Anschluss daran verschwand er schnell noch auf die Toilette.

Inzwischen war es fast Routine geworden: Warten, bis die Eingangshalle weitgehend leer war, dann schnell aufs Klo und schließlich zurück in den Unterricht. David mochte geregelte Abläufe. Zu wissen, was wann passieren sollte, machte vieles einfacher.

Aus den Treppenhäusern und den Stockwerken drang der Lärm einiger unruhiger Schülergrüppchen. Schnell ging David an den Stundenplänen und dem schwarzen Brett mit den Aushängen vorbei und bog zuletzt kurz vor den Werkräumen nach links in den Flur ab, wo vor den Türen, die raus zur Raucherecke führten, die Toiletten lagen.

Durch die Glastüren sah er, dass es draußen noch immer regnete. Die Luft roch nach Sommer und Gewitter und der Regen wirkte fast wie ein Haufen dünner, mit grauem Edding in den Himmel gezogener Striche.

Als David kurz darauf die Tür zum Vorraum der Toilette aufstieß, kamen ihm ein paar Zehntklässler entgegen, die nach Zigaretten rochen und ihn beim Rausgehen auch noch anrempelten. Kaum dass die Tür ins Schloss gefallen war, lauschte David dann einen Moment lang in den Raum hinein. In einer der hinteren Kabinen rauschte eine Spülung. Über ihm surrten die Neonröhren. Sonst war es völlig still. Er war allein. Gut.

Hastig begab er sich in die letzte Kabine, schloss ab, ließ seine Hose herunter und setzte sich. Eigentlich hasste er es, in der Schule aufs Klo zu gehen. Es war ihm unangenehm, ein und dieselbe Klobrille mit seinen Mitschülern teilen zu müssen. Darum beeilte er sich, zog seine Hose hastig wieder hoch, betätigte die Spülung, ließ den Riegel zurückschnellen, öffnete die Tür – und dann ging plötzlich das Licht aus.

Von einer Sekunde auf die andere stand David im Dunkeln. Er schluckte und schloss die Augen. Seine Hand krampfte sich um die Klinke der Kabinentür. Genau darum wartete er immer, bis niemand mehr hier war. Damit keiner versehentlich das Licht ausmachte und er allein in der Dunkelheit festsaß. Seine Knie begannen zu zittern, Schweiß trat ihm auf die Stirn.

»Na, Schisser?«, erklang Marvins Stimme von der Tür her. »Das ist doch fast so lustig wie damals im Schullandheim, nicht wahr?«

»Aber nur fast. Damals ist er aus dem Keller ja recht schnell rausgekommen. Weil ihm da niemand die Tür verstellt hat.« Leon war also auch dabei.

Davids Herz schlug schneller. Er hatte einen Kloß im Hals und den bitteren Geschmack aufsteigender Tränen im Mund. Das war lächerlich. Es war bloß dunkel. In einiger Entfernung leuchtete die Betriebsanzeige des Handtrockners. Ein kleines grünes Licht. Er musste sich nur darauf zubewegen, an den beiden Fieslingen vorbeikommen und die Tür aufstoßen.

Seine Knie aber sahen das anders. David fühlte sich hilflos. Ihm war nach Heulen zumute. Doch er musste sich zusammenreißen. Und da dachte er plötzlich an Ayumis Röhrchen, griff mit zitternder Hand in seine Brusttasche und zog es hervor.

»Unser kleiner Schisser sagt ja gar nichts«, raunte Marvin.

Mit verschwitzten Fingern versuchte David das Röhrchen zu öffnen.

»Hehe, vielleicht hofft er ja, dass das Licht plötzlich wieder angeht.«

»Na, da würde ich jetzt aber nicht drauf wetten.«

Marvin und Leon lachten dreckig. So wie es klang, hatten die beiden ihre Position an der Tür aufgegeben und bewegten sich langsam in Davids Richtung.

Und dann war das Ding plötzlich offen. Der Verschlussstopfen fiel ihm in die Hand. Er glaubte zu spüren, wie irgendetwas ihn berührte und aus dem Röhrchen hinauszuwuchern schien. Vollkommen lautlos. David fuhr zusammen. Es war, als ob hartes borstiges Fell ihn streifte. Und was immer es war, es schien sogar noch weiter zu wachsen!

David wollte aufschreien, biss sich aber in die Hand. Er hatte Angst. Eine Scheißangst. Wobei die Ahnung, hier im Dunkeln mit etwas gefangen zu sein, das womöglich noch dunkler war, es nicht besser machte.

Da ertönte aus der Finsternis, näher als zuvor, plötzlich wieder Marvins Stimme. »Komm schon, Schisser, lass uns spielen.«

Leon kicherte böse. »Genau, wir wollen doch nur –« Sein Satz endete abrupt in einem kurzen Aufschrei.

Marvin war auch noch einmal zu hören: »Was zum ...?« Dann schrie auch er auf und im nächsten Augenblick drangen seltsame Geräusche aus dem Dunkel. Wie von einem Kampf. Als würde etwas, oder besser gesagt, *jemand* hin und her geworfen, über den Boden geschleift und gegen die Wände geschleudert.

David hörte, wie seine beiden Peiniger sich zunächst wehrten, schließlich aber leise um Gnade bettelten. Er selbst fühlte sich in diesem Moment seltsamerweise vollkommen sicher. So weit ihm das im Dunkeln möglich war.

Als die Tür zu den Toiletten sich kurz darauf öffnete, durchschnitt ein schmaler Lichtstreif das Dunkel. Einen Augenblick später flammten die Neonröhren auf. Vom Lichtschalter her blinzelte ein verstörter Siebtklässler in den Raum. Seine Verwirrung konnte man ihm nicht verdenken. Selbst David irritierte der Anblick, der sich ihm nun bot: Marvin lehnte zitternd und mit zerrissenen Klamotten an einer Wand und Leon lag vor der anderen. Beide hatten die Hände wie zur Abwehr erhoben und wandten sich in eben diesem Moment zu David um, der nach wie vor reglos neben der Kabinentür stand. Keiner von ihnen verstand, was gerade geschehen war.

Schaudernd betrachtete David das leere Glasröhrchen in seiner Hand.

Er und Ayumi würden reden müssen.

Dringend.

KAPITEL III

IN DEM DER SCHATTENVATER ZU WORT KOMMT, AUS ZWEI PLÖTZLICH EINS WIRD UND ES LEISE AUS DEM DUNKEL WISPERT

Krigk schaute betreten zu Boden. Es war ihm peinlich, dass seine Schwester ihn aus dem Dunkel hatte retten müssen. Aber ohne sie und ihren Zunderstein wäre er womöglich Teil der Finsternis geworden, das Ungeheuer hätte ihn wie die beiden Nachtschattenkeimlinge in sich aufgesogen und er wäre nicht wieder zurückgekommen. Wobei das vielleicht sogar weniger schlimm gewesen wäre, als jetzt vor dem Schattenvater zu sitzen und ihm das eigene Versagen gestehen zu müssen.

Es war eine Schande. Kein wahrer Nachtzähmer und vor allem nicht der, von dem in der Prophezeiung die Rede war, brauchte einen Zunderstein, um in den Höhlen zu bestehen. Zumal es erst die dritte gewesen war.

Er blinzelte zu R'hee hinüber, die mit offenem Mund inmitten der Hütte saß und staunend die beinahe schwarzen, aus reiner Finsternis geflochtenen Wände betrachtete. Sie war das erste Mädchen überhaupt, das diesen Raum jemals betreten hatte. Weil auch diese Hütte der Tradition gemäß den Männern des Dorfes vorbehalten war. Es war die des Schattenvaters. Der Einzige im Stamm, der die Dunkelheit beherrschte. Doch er war alt. Und all das hier würde sich, wenn er starb, in Nichts auflösen. Zumindest wenn sich niemand fand, der sein Erbe antrat. Aus eben diesem Grund hatten der Schattenvater und der Stamm alle Hoffnung in Krigk gesetzt. Damit auch weiterhin zumindest einer von ihnen die Geheimnisse der Dunkelheit bewahrte und weitergab.

Krigk aber hatte versagt. Und das, noch bevor er überhaupt die fünfte Höhle erreicht hatte. Er hatte sich von seiner kleinen Schwester retten lassen müssen. Krigk schämte sich und vermied den Blickkontakt, während der Schattenvater die klaffende Wunde in seinem rechten Oberarm erst begutachtete und kurz darauf schweigend zu versorgen begann.

Der Alte öffnete ein steinernes Döschen, tunkte den Finger hinein und schmierte damit eine zähe graue Paste auf ein Stück Stoff, das er schließlich auf die Wunde drückte, bevor er den Arm besorgt dreinblickend mit einem Verband umwickelte. Dabei wirkte der Schattenvater nachdenklich. Zuvor hatte er sich die ganze Geschichte angehört und sich das seltsame Verhalten der Nachtwärtigen sowie die bedrohliche Verwandlung des Schattenbolgs erst von Krigk und dann von R'hee schildern lassen.

Die ganze Zeit über hatte er nicht ein einziges Wort gesprochen, sondern sich bloß wortlos nickend durch seinen beinahe weißen Bart gestrichen. Und dabei ließ der Blick des Alten nicht einmal im Entferntesten erahnen, was in seinem Inneren vorging.

Krigk war, was zu gewissen Teilen wohl auch an der Schmach und den Schmerzen lag, bei der ganzen Sache nicht wohl zumute. Er ahnte aber längst, dass dort unten in der Höhle etwas geschehen war, das nicht hätte geschehen sollen.

R'hee kümmerte all das nicht. Sie hatte vermutlich nicht einmal verstanden, was dort im Dunkel vonstatten gegangen war, und betrachtete noch immer versonnen die Wände der Hütte, in denen sich finster schillernd die verschiedenen Arten der Dunkelheit mischten.

Ihre Anwesenheit irritierte ihren Bruder. Er, der bald ein Mann werden würde, und sie, das kleine Mädchen, das den größten Teil des Tages damit zubrachte, seinen besten Freund Rarrn anzuschmachten. Sie gehörte hier nicht hin. Und wäre jetzt vermutlich auch nicht hier gewesen, wenn er in der Höhle nicht versagt hätte.

Krigk ärgerte sich schweigend. Erst als der Schattenvater den Verband fixierte, wagte der Junge ihn schließlich zaghaft auf das Geschehen in der Höhle anzusprechen. Allerdings ohne ihn dabei anzuschauen.

»Was … was war das, Meister? Das, was mich dort unten angegriffen hat?«

Der Alte hob den Kopf. Seine Augen unter den buschigen weißen Brauen wirkten müde. »Ich weiß es nicht, mein Junge«, murmelte er. Und dann noch einmal leiser: »Aber was immer es war: Um es zu bändigen, wird es gewiss mehr als einen gewöhnlichen Nachtzähmer brauchen.«

R'hee hatte immer noch nichts mitbekommen. Krigk aber schauderte es. Die Prophezeiung. Der, der erschuf, was zuvor nicht war. Der tat, was noch nie getan wurde. Der das Dunkel veränderte.

»Aber wer außer Euch sollte es wissen, Meister?«

»Ich fürchte, niemand, mein Junge. Kein Mensch jedenfalls. Was immer dort unten geschehen ist, ist so noch nie zuvor geschehen. Es scheint, als ob das Dunkel Regeln zu brechen beginnt, an die es sich seit Urzeiten hält.«

»Regeln?« Krigk runzelte verwundert die Stirn.

»Auch die Dunkelheit hat Gesetze, mein Junge. Gesetze, wie sie uns Nachtzähmern bekannt sind und die wir nutzen, um sie zu beherrschen. Damit sic am Ende nicht uns beherrscht.«

»Wie ... wie meint Ihr das, Meister?«

»Alles zu seiner Zeit, mein Junge. Du wirst es verstehen. Bald schon.« Mit diesen Worten wandte er sich ab und murmelte, während er sich an einem kleinen, aufwendig verzierten Schränkchen zu schaffen machte, kaum hörbar: »Vielleicht sogar früher, als dir lieb ist.«

R'hee hörte die beiden nicht einmal. Sie hatte ihre Hand ausgestreckt, berührte zögernd die dunkle Wand und hielt den Atem an, als ihre Finger ohne den geringsten Widerstand darin verschwanden. Sie griff tiefer in das Dunkel und musste kichern, als irgendetwas im Inneren der Finsternis ihre Hand kitzelte.

Ihr Bruder bemerkte es und blickte sie ernst an. »Pass auf, Schwesterchen. Erst kitzeln sie. Dann beißen sie.«

Erschrocken zog das Mädchen seine Hand zurück. Krigk grinste.

Der Schattenvater lächelte mild.

»Ganz ruhig, kleine R'hee. Er veralbert dich nur. So wie die anderen es damals mit ihm gemacht haben.«

Sie streckte ihrem Bruder die Zunge raus und schüttelte ihre Hand, als ob noch etwas vom Dunkel daran klebte.

Krigk grinste immer noch. Bis der Schattenvater eine schwarze Schatulle aus dem Inneren des Schränkchens hob und behutsam in die Mitte des Raumes stellte. In diesem Moment verging dem Jungen das Feixen. Den Geschwistern stockte der Atem. Denn die Schatulle *atmete.*

Der Schattenvater hob den Kopf. »Sie ist aus reiner Dunkelheit geschnitzt. Und sie lebt. Wie auch das Dunkel selbst.«

»Und … und was ist drin?«, wollte R'hee wissen.

»Dunkelheit, kleine R'hee. Nicht weniger und nicht mehr«, antwortete der Alte, ließ einen kaum sichtbaren, komplett schwarzen Verschluss auf der Vorderseite aufschnappen und öffnete die Schatulle.

In ihrem Inneren waren sieben kleinere, ebenso vollkommen schwarze Kästchen zu erkennen. Bruder und Schwester wussten genau, was das zu bedeuten hatte: Vor ihnen am Boden stand *das Ewignachtorakel.* Sieben Arten Dunkelheit, auf engstem Raum vereint.

Bedächtig hob der Alte die kleinen Kästchen, eines nach dem anderen, aus der Schatulle heraus und stellte sie im Kreis auf. Dabei lief es Krigk kalt den Rücken herunter. Mehr als einmal hatte er den Schattenvater von dieser Kiste erzählen hören. Stets leise und voller Ehrfurcht. Auf der ganzen Welt gab es bloß noch drei ihrer Art. Und wenn man sie benutzte, war ihre Macht dahin. Das Ewignachtorakel war das vielleicht mächtigste Werkzeug der Schattenväter und barg in seinem Dunkel Antworten, die niemand sonst geben konnte.

Krigk schlug das Herz bis zum Hals. Er war aufgeregt. Würde gleich Zeuge von etwas sein, das so in der Welt nicht noch einmal geschah. Meister Chaya, der Schattenvater aus dem Stamm der H'ru im Dorfe Rhai auf der Insel Whaku, befragte das Ewignachtorakel. Und er war dabei. Genau wie seine kleine Schwester. Was die ganze Sache schon wieder etwas weniger großartig machte, aber gerade wohl nicht zu ändern war.

Leise auf Nächtisch murmelnd begann der Schattenvater nun, ein Kästchen nach dem anderen in die Schatulle zu leeren. Der Alte sprach leise und undeutlich. Beinahe als ob er nicht wollte, dass die Geschwister ihn verstanden. Ein paar wenige Worte glaubte Krigk dennoch zu verstehen. Schutzzauber, wie er sie aus den ersten Höhlen kannte. Aber auch wenn diese Worte ihn aufhorchen ließen, so waren sie doch im nächsten Augenblick vergessen, als sich im Inneren der Schatulle die Dunkelheiten zu mischen begannen! Wenn man ganz genau hinsah, war im kargen Licht der Hütte zu erkennen, wie Finsternis sich mit Dunkelheit und schummrige Dämmerung sich mit völliger Schwärze mischte, bevor der Schattenvater schließlich noch etwas Zwielicht dazugab.

Krigk glaubte, so etwas wie ein leises Raunen zu hören, das mit jedem Kästchen, das der Alte ins Innere der Orakelschatulle leerte, lauter zu werden schien. Ein kurzer Blick zu seiner Schwester verriet ihm, dass sie es ebenfalls hörte. Das Dunkel begann zu wispern. Das Orakel sprach zum Schattenvater. In einer uralten, längst vergessenen Sprache.

Und Krigk verstand nichts davon. Im Gesicht seines Meisters jedoch konnte er mehr sehen, als ihm lieb war. Denn selbst im schummrigen Inneren der Hütte war die Sorge darin nicht zu übersehen.

Als der Alte schließlich das letzte Kästchen leer beiseitelegte, glaubte Krigk, sogar Angst in seinen Augen erkennen zu können. Er schluckte. »Was sagt es?«, wollte er wissen.

Der Schattenvater zögerte, suchte offenbar nach Worten, und betrachtete nachdenklich das in der Schatulle wabernde Schwarz, das noch immer leise zu flüstern schien.

»Das Dunkel verändert sich, mein Junge. Und in seinem Inneren wächst etwas heran. Eine Gefahr, die größer ist als unser Dorf. Unsere Insel.«

Seine Stimme bebte deutlich hörbar. Was sogar R'hee bemerkte, die ihn jetzt aus großen Augen ängstlich anstarrte.

Mit zitternden Fingern schloss der Alte die Schatulle.

»Was ist das für eine Gefahr?«

»Ihr würdet es nicht verstehen, Krigk. Noch nicht. Aber bald. Wenn ihr angekommen seid.«

»Angekommen?«

»Du und deine Schwester. Ihr müsst fort von hier. Jemanden treffen.«

»Aber warum auch R'hee? Und was ist mit meiner Ausbildung?«

»Wenn ihr dieses Abenteuer übersteht, mein Junge,

wirst du vielleicht wirklich der bedeutendste Nachtzähmer sein, der je gelebt hat.«

In diesem Moment, da der Schattenvater ihn fortschicken wollte, dachte der Junge nicht einmal mehr an die Prophezeiung. »Aber wo sollen wir überhaupt hin? Müssen wir das Dorf verlassen?«

»Dieses Dorf. Die Insel. Das Land. Vielleicht sogar diese Welt, mein Junge.« Er zögerte einen Moment. Dann klatschte er zweimal laut in die Hände. »Allerdings werde ich euch freilich nicht allein gehen lassen.«

Im gleichen Moment erschien in der Tür eine riesige Gestalt. Ein dunkelhäutiger Koloss, der offenbar nur auf das Zeichen des Alten gewartet hatte. »Ja, Meister? Sind sie so weit?«

»Gleich, Menga. Nur einen Moment noch.«

Reglos verharrte der Hüne auf der Schwelle. Menga. Krigk und R'hee kannten ihn. Jeder auf Whaku kannte ihn. Er war der geheimnisvollste Mann der Insel. Der Einzige, der sie von Zeit zu Zeit verließ, tatsächlich sogar einige Jahre komplett fort gewesen war.

Als Krigk ihn unsicher musterte, lächelte der Riese ihn freundlich an und der Schattenvater fuhr fort: »Menga wird euch begleiten, euch beschützen. Er kennt sich dort aus, wo ihr hingehen werdet. Besser als jeder andere hier. Ihr könnt ihm vertrauen.«

Der Alte nickte dem Hünen knapp zu und blickte von Krigk hinüber zu R'hee. Dann wandte er sich ab und stellte den schwarzen Kasten zurück in den geschnitzten Schrank. An seiner Schulter vorbei erkannte Krigk die magischen

Nachtzähmerwerkzeuge darin. Ein Bund Schattenbolgfedern, die gebogene Kralle eines großen Zwielichtlings und ein Zepter aus Dämmerstein. Wie gern hätte er die Hand danach ausgestreckt. Wie gern hätte er jetzt schon die Nacht beherrscht.

Im gleichen Moment wandte der Schattenvater sich ihnen wieder zu.

Als Erstes händigte er den Geschwistern zwei kleine schwarze Anhänger an dünnen Lederbändern aus. Schutzamulette. Auch von denen hatte Krigk bereits gehört. Sie waren aus den bekannten Arten Dunkelheit gemacht, und vor allem dazu geschaffen, die Schüler der Nachtzähmermeister vor Zaubern und Magie zu schützen.

Zufrieden sah der Schattenvater dabei zu, wie die Geschwister die Talismane überstreiften. Doch er hatte noch etwas für sie. In seiner Hand hielt er einen eigentümlich flachen schwarzen Stein, wie keiner der beiden ihn je zuvor gesehen hatte. Es war, so viel erkannte Krigk, weder Schimmerit noch Nachterz. Und die Vorsicht, mit der der Alte das Ding behandelte, ließ vermuten, dass es etwas Besonderes sein musste.

»Ich werde euch alles erklären. Und euch dies hier mitgeben. Ihr werdet es brauchen. Und solltet es achtsam behandeln. Denn es ist sehr wertvoll. Große Magie. Und nur hierüber wird der Mann, den ihr treffen müsst, Kontakt mit euch halten können. Menga wird es für euch aufbewahren.«

Verwundert betrachteten R'hee und Krigk die glänzende Oberfläche des Dings.

Der Schattenvater strich darüber und Bruder und Schwester fuhren erschrocken zusammen, als ein leises Geräusch erklang. Der Riese aber lächelte. Und die Geschwister schauderten, als das Ding von einem Moment auf den anderen hell zu leuchten begann.

Schließlich hatten sie noch nie zuvor ein Smartphone gesehen …

KAPITEL IV

IN DEM NEBEN EINEM VEGANEN EXPERIMENT SOWIE EINER SCHÜLERZEITUNG ZULETZT AUCH DER DÄMMERFLECHTER EINE ROLLE SPIELT

»Alles in Ordnung?«, fragte seine Mutter.

David stocherte gedankenverloren in seinem Mittagessen herum, von dem er allerdings nicht hätte sagen können, was es war. Die veganen Experimente seiner Mutter waren mit der Zeit ein wenig außer Kontrolle geraten. Seinem Vater ging es, was die Begeisterung betraf, ähnlich. Sein Gesicht sprach jedenfalls Bände.

Im Hintergrund, auf der Küchenanrichte, lief der Fernseher. Damit es nicht so still war, wenn sie sich beim Essen anschwiegen. Davids Vater war während seiner Mittagspause nie besonders gesprächig und seine Mutter wartete meist nur darauf, dass ihre beiden Jungs wieder aus dem Haus waren und sie ihre Ruhe hatte.

»David?«, setzte seine Mutter noch einmal nach. »Ist alles in Ordnung?« Ihm war vermutlich anzusehen, dass er in Gedanken ganz woanders war.

»Alles gut«, antwortete er, lächelte bemüht und schob sich einen weiteren Löffel Irgendwas in den Mund. Seine

Mutter runzelte die Stirn. Im Hintergrund begannen die Nachrichten. Sein Vater schaute auf die Uhr und schob den Teller beiseite.

»Ich muss dann auch schon wieder los. Mittagspause ist gleich vorbei.«

Er küsste seine Frau beiläufig auf den Mund, knuffte seinen Sohn kumpelhaft in die Schulter und verließ die Küche. Vermutlich in der Hoffnung, in der Betriebskantine, auch wenn sie seinen Worten zufolge nicht die beste war, noch eine Bulette abgreifen zu können. Das hatten David und er nämlich auch schon mehr als einmal gemeinsam getan.

Heute allerdings nicht. Weil David einfach nicht aus dem Kopf bekam, was auf dem Schulklo geschehen war. Das Ding in der Dunkelheit. Leon und Marvin, die mit schreckensweiten Augen am Boden lagen. All das war so unheimlich, so unglaublich, dass er zum Mittag am liebsten überhaupt nicht heimgekommen und gleich weiter zu Ayumi gefahren wäre. Weil sie vermutlich die Einzige war, die wusste, was dort passiert war. Weil sie ihm schließlich das Röhrchen mit dem Schattending drin gegeben hatte.

Frau Drescher hatte er gesagt, dass er in der Schülerzeitung etwas über Ayumi und ihren Alltag schreiben wollte. Was seine Lehrerin natürlich so großartig gefunden hatte, dass sie ihm ihre Adresse ohne zu zögern gegeben hatte. Im schlimmsten Fall würde er tatsächlich einen Artikel schreiben müssen.

Während der Nachrichtensprecher im Fernsehen von einer Häufung mysteriöser Diebstähle in den vergangenen Nächten sprach, zog Davids Vater die Tür hinter sich zu.

Seine Mutter blickte ihren Sohn stirnrunzelnd an. Sie kannte ihn lang genug, um zu wissen, dass etwas nicht stimmte. »Du weißt, dass du mit mir über alles reden kannst, ja?«

David nickte zögerlich, war sich allerdings sicher, dass seltsame Kreaturen aus Finsternis, die in kleinen Glasfläschchen wohnten und Rowdys auf dem Schulklo anfielen, nicht zu dem gehörten, worüber er mit seiner Mutter hätte sprechen wollen.

Die schaute ihn ernst an. »Hey, ich bin für dich da.« Sie machte eine kleine Pause und fügte dann in bedeutsamem Ton hinzu: »Auch wenn es um Mädchen geht.«

David verdrehte die Augen. »Ma! Nee. Echt jetzt. Ich hab grad wirklich andere Probleme.«

»Ich wollte ja nur, dass du weißt, dass du immer mit mir reden kannst. Über alles.«

»Prima.« Er nickte und lächelte seine Mutter halbherzig an.

Die wandte sich dem Fernseher zu, und David war froh, dass das Gespräch vorbei war. Ihrem Blick folgend bekam er so gerade noch die letzten Momente eines Berichtes mit, in dem die Zuschauer aufgefordert wurden, abends ihre Häuser abzuschließen und vorsichtiger zu sein. Weil offenbar des Nachts verstärkt Diebesbanden durch die Straßen zogen.

Hastig schlang David seine letzten beiden Löffel hinunter, sprang dann auf, küsste seine Mutter auf die Wange und eilte zur Tür. »Ich muss los, Ma. Hab noch was für die Schülerzeitung zu tun.«

»Vergiss deinen Schlüssel nicht, Schatz.«

David drehte noch einmal um und schnappte sich seinen Schlüssel von der Anrichte. Dann war er froh, zu Hause raus zu sein.

Auf einem Thron aus reiner Nacht saß inmitten des fensterlosen Raumes die Schattengestalt Meister Skadwas und lauschte ins Dunkel. Die Finsternis flüsterte ihm ihre Geheimnisse zu, erzählte ihm von dem, was im Dunkel geschah. Und wäre er nicht der Dämmerflechter, einer der letzten drei Meister, gewesen, er hätte in jenem Dunkel nichts gesehen oder gehört. So aber konnte er sogar die verschiedenen Arten Dunkelheit um ihn herum nicht nur unterscheiden, sondern verstand jedes Wort, das sie wisperten.

Hier, in seinem Nachtpalast, bewegte er sich ausschließlich in seiner Schattengestalt. Weil seine menschliche ihn nur unnötig verwundbar gemacht hätte. So aber war er ein Stück Nacht inmitten der Nacht. Jeder Meister beherrschte diese Fähigkeit, seinen Schattenkörper vom realen Körper zu trennen. Obwohl es unter Nachtzähmern als unehrenhaft galt und Spuren in der Wirklichkeit hinterließ. Skadwa aber scherten diese alten Regeln nicht. Weil die Nacht sein Zuhause war. Und die Wirklichkeit bald nicht mehr existieren würde.

Die Dunkelheit erzählte ihm von den Geheimnissen der Menschen und was diese im Verborgenen im Laufe der Nacht getan hatten. Sie raunte ihrem Meister von Verbrechen, Liebe und Abenteuern. Von der Stadt, die nach der

Dämmerung nicht mehr die gleiche und nach Mitternacht sogar eine vollkommen andere war. Und Meister Skadwa war zufrieden. Alles entwickelte sich nach Plan. Während es um die Menschen herum mit jeder Nacht dunkler wurde, merkten diese nicht einmal, was wirklich vonstatten ging. Er musste bloß die letzten beiden Personen aus dem Weg schaffen, die ihm noch gefährlich werden konnten: die anderen beiden Meister. Den Schattenvater und den Nachtwahrer. Damit sie sich nicht gegen ihn verbünden oder gar einen weiteren Nachtzähmer ausbilden konnten. Sobald er diese beiden aus dem Weg geräumt hatte, würde sich bald schon eine nie da gewesene Nacht über die Welt legen. Finsternis ohne Ende. Für immer. Eine Dunkelheit, die er allein beherrschen würde. Weil niemand außer ihm ihre Sprache beherrschte oder ihre Regeln kannte.

Skadwa, der Dämmerflechter, der dritte Meister der Finsternis, war zufrieden. In seiner Schattengestalt lehnte er sich auf seinem Thron zurück und genoss die kühle, flüsternde Dunkelheit, die ihn hier, abseits der Wirklichkeit, umgab. Er lauschte und lächelte. Bis er plötzlich hochschrak. Er konnte es spüren. Etwas hatte sich verändert. Jemand hatte den Saal aus Nacht betreten. Jemand, der sich nun dem Thron inmitten der Dunkelheit näherte.

»Meister?«, drang leise eine beinahe menschliche Stimme durch die wispernde Finsternis. Und Skadwa befahl dem Dunkel zu schweigen. Er wusste, wer sich da so zielstrebig auf ihn zubewegte und nun in respektvoller Entfernung vor dem Thron stehen blieb. Einer seiner treuesten Diener. Selbst der Nacht entwachsen. Einer von zwei Zwielichtwichteln, die ihm zu Diensten waren. Gnista und Mörker. Kreaturen, die er selbst einst aus tiefster Dunkelheit im höchsten Norden herausgebrochen und in diese Welt gebracht hatte. Schergen, die im Licht nicht einmal existieren konnten.

»Was gibt es, Gnista? Habe ich dir nicht gesagt, dass ich bis zur Dämmerung nicht gestört werden will?«

»Das habt Ihr, Meister. Aber die Dinge geraten in Bewegung.« Der Klang der Stimme des Zwielichtwichtels hatte etwas vom Klappern alter Knochen, das sich mit geflüsterten Geheimnissen mischte.

»Was meinst du?«

»Meister Chaya. Er hat den Jungen losgeschickt, damit er Meister Kuro aufsucht.«

»Dann hat Krigk die Insel also verlassen ...«

Ein zufriedenes Lächeln spannte sich über das Schattengesicht des Dämmerflechters. Sein Plan schien aufzugehen. Das Dunkel wucherte. Seine Macht wuchs.

Gnista war jedoch noch nicht fertig. »Nicht ganz Meister. Denn Krigk reist nicht allein.«

Skadwa richtete sich in seinem Thron auf und funkelte seinen Diener inmitten der Schwärze zornig an. »Was soll das heißen?«

Der bucklige Gnom zuckte zusammen und verneigte sich noch etwas tiefer. »Er ... er reist in Begleitung seiner Schwester. Der Vertraute des Schattenvaters soll dafür sorgen, dass beide unbeschadet ans Ziel kommen.«

»Seine Schwester? Hat R'hee denn ihre Ausbildung überhaupt schon begonnen?«

»Nein. Nicht wirklich. Und auch Krigk ist noch nicht bis in die vierte Höhle vorgedrungen. Seine Schwester war jedoch zugegen, als er dem Dämmermahr begegnet ist. Sie war es, die ihn gerettet und das Notfeuer entzündet hat.«

Skadwa zögerte. Überlegte, ob das Mädchen eine Gefahr für seinen Plan darstellte. Doch solange alle anderen Teile reibungslos funktionierten …

»Aber der Mahr hat ihn wie geplant verwundet?«

»Ja, Meister. Das hat er.«

»Gut. R'hee wird uns kaum Ärger bereiten. Und abgesehen von den beiden Meistern bleibt, sobald wir Krigk ins Dunkel gestoßen haben, bloß noch das blinde Mädchen. Ayumi. Und für die habe ich auch schon einen Plan …«

Gnista atmete auf. Schon weil es ihm bei Weitem nicht immer gelang, einer Strafe zu entgehen, wenn irgendetwas schiefging. Meister Skadwa gab seinem Diener einen Wink. Gnista verbeugte sich untertänig und schlich durch das Dunkel davon.

Unterdessen streckte der Dämmerflechter seine Schattengestalt, lauschte weiter dem Dunkel und schwelgte in den Heimlichkeiten jener, die die Nacht nicht verstanden …

Auch jetzt auf dem Fahrrad bekam David das Bild nicht aus dem Kopf. Marvin und Leon, wie sie vor ihm kauerten und ihn anstarrten, als ob er sie selbst auf den Kachelboden geschleudert hätte. Oder zumindest dafür verantwortlich war. Dabei hatte er doch ebenso wenig wie sie gewusst, was passierte. Aber sicher war, dass es verdammt unheimlich gewesen war. Als ob ein wildes Tier durch das Dunkel getobt war, das sich, kaum dass das Licht aufleuchtete, komplett aufgelöst hatte. Als ob es nie da gewesen wäre. Ein Geschöpf, das erst durch ihn, David, hinausgelangt war, als er das kleine gläserne Röhrchen geöffnet hatte. Jenes Röhrchen, das er von Ayumi bekommen hatte, die ihn, obwohl er Angst im Dunkeln hatte, nicht ausgelacht hatte. Nicht so wie die anderen. Stattdessen hatte sie ihm zugeflüstert, dass es nicht falsch war, sich vor der Dunkelheit zu fürchten und ihm dann jenes kleine Glasding voll Finsternis gegeben. Fast, als ob sie mehr als andere über die Dunkelheit wusste. Vielleicht weil sie blind war. Oder weil sie ein Geheimnis hatte. Etwas, das sie mit der Dunkelheit verband. Und obwohl es hier um genau das ging, was David wie nichts anderes auf der Welt fürchtete, war er doch so neugierig wie selten zuvor.

Er musste dringend mit Ayumi sprechen. Allein. Unter vier Augen. Auch wenn zwei davon nichts sehen konnten.

Als er jetzt vor dem kleinen, am Rande eines Neubaugebietes gelegenen Haus ankam, konnte er, während er sein Fahrrad an den hölzernen Zaun schloss, das leere Glasröhrchen in seiner Hosentasche spüren.

Er musterte das moderne einstöckige Gebäude, das, klein wie es war, mit seinem flachen Dach, seltsam winzig wirkte. Außerdem hatte er den Eindruck, dass irgendetwas fehlte. Obwohl er nicht auf Anhieb sagen konnte, was es war.

Am Zaun entlang schlenderte David zum Gartentor und betrachtete dabei die penibel gestutzten Bäume in dem kleinen Garten. Dann sah er das Klingelschild. Auf einer hellen, in dunkles Holz eingefassten Steinplatte stand unter den entsprechenden japanischen Schriftzeichen (渡辺) in Großbuchstaben der Name WATANABE. Was dafür sprach, dass er hier wahrscheinlich richtig war. Aus dem unteren Teil der Tafel ragte ein kleiner metallener Klingelknopf. Nachdenklich wendete David das Röhrchen in seiner Tasche zwischen den Fingern. Dann streckte er die Hand aus und läutete zögerlich.

Obwohl zwischen Gartentor und Haustür gut fünf Meter lagen, konnte er die Klingel deutlich hören. Es war ein seltsamer Ton. Etwas, das er noch nie zuvor gehört hatte. Wie ein Gong aus einem fremden Metall, dessen Schwingungen er eher spüren als hören konnte. Ein unheimlicher Klang. Aber mit so etwas hatte er beinahe gerechnet.

David wartete. Nichts passierte. Er überlegte bereits, ob er noch einmal klingeln sollte, als sich plötzlich die Haustür öffnete und ein kleiner alter Mann heraus und in Richtung des Gartentors gewackelt kam. Er sah aus, wie man sich einen alten asiatischen Weisen vorgestellt hätte. David musste schmunzeln. Das wallende weiße Haar, der wirre lange Bart, buschige Augenbrauen und das von Falten zerfurchte Gesicht ließen den Alten, der tatsächlich kleiner als David war, wie eine Mischung aus Konfuzius und Meister Yoda wirken. Nur seine dunkle, seitlich mit undurchsichtigen Blenden versehene Brille wirkte auf eigentümliche Weise unpassend. Im ersten Moment glaubte David, dass der Alte ebenfalls blind war.

Da war der Greis auch schon am Tor, öffnete und nickte

magst, erkläre ich es dir. Das wird allerdings ein wenig dauern. Aber wenn du es erst verstehst, wirst du womöglich auch keine Angst mehr davor haben.«

David schluckte. Er ahnte nicht einmal, was das bedeutete. Doch seine Neugier war einfach zu groß. Auch wenn es hier um Dunkelheit ging. »Erklär es mir.«

»Sehr schön. Das freut mich. Ich glaube, wir werden zusammen noch das ein oder andere Abenteuer erleben!« Ayumi umarmte ihn ungestüm und David kam sich merkwürdig vor. Im nächsten Moment aber löste sie sich bereits wieder und nickte ihm aufmunternd zu. »Fangen wir am besten gleich an!« Mit diesen Worten streckte sie ihm ihren Kasten entgegen.

David nahm ihn und betrachtete ihn genauer. Dunkles Holz, das Ganze ungefähr doppelt so groß wie eine Milchtüte, mit einer kleinen Klappe an der Oberseite.

»Mach ihn auf und schau hinein«, sagte Ayumi bestimmt.

Und David tat wie geheißen. Er nestelte ein wenig an dem Verschluss herum, öffnete die Klappe und blickte vorsichtig hinein. Aus dem Inneren starrte ihm dunkle, gähnende Finsternis entgegen, durch die er sogar den Boden des Kästchens erkennen konnte. Es war komplett leer. »Aber da ist ja gar nichts drin«, murmelte er enttäuscht.

Doch Ayumi schüttelte energisch den Kopf. »Steck deine Hand hinein«, befahl sie ihm.

David erinnerte sich an den Vorfall im Schulklo.

»Keine Angst«, flüsterte das blinde Mädchen.

Er glaubte ihr. Und begann kurz darauf, als er nun langsam seine Hand in den Kasten steckte, ungläubig zu staunen. Denn zwischen seinen Fingern fühlte er … *Fell.* Weiches, warmes Fell und einen winzigen Körper, kaum größer als ein Pfirsich. Wie ein kleines Tier, das sich eng an seine Hand schmiegte. Verwundert blickte er ein weiteres Mal in den Kasten. Doch abgesehen von seiner Hand war darin noch immer nichts zu sehen.

David musste leise auflachen, als er eine kleine raue Zunge an seinem Daumen zu spüren glaubte.

Ayumi grinste ihn breit an. »Das ist Rocky. Er ist ein Schattenhamster. Wie alle Kreaturen der Dunkelheit, ernährt er sich vom Dunkel selbst. Ein Schatten, der Schatten frisst. Und er gehört zur Gattung der niederen Zwielichtlinge. Aber das hört er nicht gern.«

»Das … das ist ja unglaublich!« David kicherte, während das Dunkel im Inneren des Kastens zaghaft an seinem Handballen zu knabbern begann.

Ayumi legte ihm eine Hand auf die Schulter. »Glaub mir, David, wenn du das schon für unglaublich hältst, wirst dich auf einiges gefasst machen müssen …«

KAPITEL V

IN DEM HOCH ÜBER DEN WOLKEN SONDERBARE DINGE GESCHEHEN, EIN LEHRER VON NICHTS GEBISSEN UND AM ENDE ETWAS VERGESSEN WIRD

R'hee hatte Angst. Sie saß ganz still am Gang, hatte die Augen geschlossen und umklammerte Mengas Hand. In der anderen hielt der Hüne eine Dose Cola, die zwischen seinen riesigen Fingern beinahe winzig wirkte. Er hatte seinen Sitz in die Ruheposition gestellt, trug Kopfhörer und starrte versonnen auf den aus der Kabinendecke ragenden Monitor. Weil die Airline eher klein war, waren die Filme nicht besonders aktuell. Das Bordkino bot ein paar *Star-Wars*-Teile, irgendeinen Thriller mit Liam Neeson, einige romantische Schnulzen und ein Reihe Disneyklassiker. Menga hatte sich für *König der Löwen* entschieden. Den er allein im Rahmen dieses Fluges nun zum dritten und vermutlich nicht zum letzten Mal schaute. Der Flug würde lang genug dauern, und am Ende würde er den größten Teil der Dialoge wieder auswendig beherrschen. Auch wenn die ersten beiden Male nicht wirklich zählten. Weil er R'hee, die den Anblick der Wolken unter ihnen nicht ertragen konnte, hatte beruhigen müssen.

Seit sie im Inneren der Maschine saß, war ihre Laune im Keller. Das letzte Mal gelacht hatte sie kurz vor dem Flug, als sie und ihr Bruder draußen vor der Maschine mit zwei putzigen Hunden gespielt hatten, die kurz darauf in ihren Käfigen in den Laderaum des Fliegers verbracht worden waren. Jetzt, hier im Flugzeug und hoch über den Wolken aber, wo Hunde und Menschen einfach nicht hingehörten, hätten vermutlich auch die sie nicht mehr zum Lächeln gebracht. Obwohl Menga alles versucht hatte. Er hatte R'hee sogar erklärt, wie ein Flugzeug funktioniert. Dass es nichts anderes als ein großer Eisenvogel war, der sie in seinem Bauch sicher von einem Ort zum anderen trug. Doch sie, die wusste, wie schlecht Eisen flog und auf welchem Weg Dinge das Innere eines Vogels gewöhnlich verließen, hatte das alles andere als beruhigt. Da hatte es Menga auch nicht mehr geholfen, ihr zu erzählen, wie oft er selbst zuvor schon geflogen war und *König der Löwen* gesehen hatte. Für R'hee waren dieser Flug, das leichte Schwanken der Maschine im Wind und die Nähe zur Sonne noch schlimmer, als die Erlebnisse mit ihrem Bruder unten in den Höhlen. Zumal sie auch Angst hatte, Rarrn, mit dem sie sich morgen am Fluss hatte treffen wollen, niemals wiederzusehen. Menga konnte spüren, wie das Mädchen zitterte. Die nächsten Stunden würde sie vermutlich damit verbringen, die Augen zuzukneifen und seine Hand zu halten. Er konnte nur hoffen, dass währenddessen keiner von ihnen aufs Klo musste.

Mit Krigk jedoch verhielt es sich anders. Für den war der Flug ein Abenteuer. Menga hatte ihn beinahe mit Gewalt davon abhalten müssen, durch das Flugzeug zu springen. Der Junge konnte kaum still sitzen und Menga war froh, dass er inzwischen zumindest die Finger von seinem Verband ließ und die Wunde an seinem Oberarm endlich zu bluten aufgehört hatte.

Dem Jungen war die Aufregung anzumerken. Und Menga wusste genau, woher sie stammte. Es war nicht bloß das Flugzeug oder die Reise in die Fremde. Für Krigk war die Tatsache, dass der Schattenvater ihn und seine Schwester auf eine derart bedeutende Mission schickte, ein Zeichen dafür, dass er selbst jetzt noch und nachdem er in den Höhlen gescheitert war, der bedeutendste aller Nachtzähmer werden konnte. Und Menga wusste, dass der Junge dafür alles tun würde, was nötig war.

Schmunzelnd sah er, wie Krigk mit leuchtenden Augen hinab auf die unter ihnen dahinziehenden Wolken blickte. Und Menga glaubte beinahe zu spüren, wie das Herz des Jungen ebenso schnell wie das seiner Schwester schlug. Krigks Brust aber bebte nicht vor Furcht, sondern vor Tatendrang! Seltsamerweise und obwohl er den eisernen Vogel schon so oft unbeschadet wieder verlassen hatte, schlug auch Mengas Herz weit schneller als sonst. Der Grund dafür aber war ein anderer, ein weitaus hässlicherer, und der tätowierte Riese hoffte, dass Timon und Pumba ihm zumindest ein wenig dabei halfen, nicht an diesen Grund zu denken …

Menga hatte Whaku einst als junger Mann verlassen, um in Amerika zu studieren und dort die Sprache des Geldes und des Rechts zu erlernen. Vielleicht hätte auch er ein Nachtzähmer werden können. Aber die Ältesten hatten beschlossen, dass der Stamm ebenso jemanden brauchte, der wusste, wie man mit den Ungeheuern der Neuzeit umgehen musste. Mit Maschinen, die Wälder abholzten, gigantischen Wohnhäusern, die den Blick zum Strand verstellten, und Menschen, die den Stammesangehörigen erklärten, warum sie ihr Land und ihre Kultur verkaufen sollten. Und die Ältesten hatten recht gehabt. Auf den umliegenden Inseln gab es inzwischen mehr Touristen als Eingeborene und an ihren Stränden mehr Plastik als Muscheln.

Statt Nächtisch, die Sprache der Dunkelheit, zu erlernen, hatte Menga schließlich Internationales Recht studiert und sich mit Naturschutz und Wirtschaft befasst. Nach seiner Rückkehr war es mit seiner Hilfe bald schon gelungen, die Insel zu einem offiziellen Naturschutzgebiet zu machen, das nur mit besonderer Genehmigung bereist werden durfte. Und das hatte tatsächlich das Schlimmste von ihnen ferngehalten. Auch wenn er es nicht hatte verhindern können, dass man sie von den Booten aus mit Ferngläsern wie wilde Tiere beobachtete. Das aber war am Ende wohl der Preis dafür, dass sie auf der Insel unter sich bleiben konnten. Mit ihrem Wissen, ihren Göttern und ihrem Glauben. Dafür, dass ihre Trommeln dort nur für sie und ihresgleichen erklangen.

Inzwischen beherrschte Menga sowohl die Sprache der Tradition als auch die der Moderne. Er war die Verbindung des Stammes zur Außenwelt. Der Einzige, der die Geschwister sicher von der Insel in die Zivilisation bringen konnte. Und da der Schattenvater R'hee und Krigk eingeschärft hatte, dem gutmütigen Riesen zu gehorchen, würde es ihm, wenn nicht noch etwas dazwischenkam, ein Leichtes sein, den beiden den Weg zu weisen. Schließlich wusste er, wie man sich in dieser Welt verhielt, wenn man nicht auffallen wollte. Die Kleidung, die R'hee und Krigk trugen, hatte er besorgt. Alles, was seltsam wirkte, war im Bordgepäck verstaut. Er hatte bloß noch eine Tasche mit Handgepäck dabei, in der sich sein Laptop, eine kleine hölzerne Schatulle und die nötigen Papiere befanden. Der Schattenvater hatte alles von langer Hand vorbereitet. Weil er gewusst hatte, dass es irgendwann einmal so weit kommen würde. Darum waren R'hee und Krigk, abgesehen von Menga, auch die einzigen Stammesmitglieder, die überhaupt einen Pass besaßen. Und außer ihnen würde mit etwas Glück auf Whaku auch keiner sonst einen brauchen.

Bevor sie aufgebrochen waren, hatte Menga über das Smartphone in der Hütte des Schattenvaters Kontakt mit Watanabe, dem Nachtwahrer, aufgenommen. Auf Nächtisch hatten die beiden Meister sich über das Telefon verständigt und besprochen, wann die Geschwister in Deutschland ankommen würden.

Das Flugzeug war eine vergleichsweise kleine Maschine. Dreißig Sitzplätze, davon wiederum nur knapp die Hälfte belegt. Die meisten Fluggäste waren Geschäftsleute. Inmitten der Anzug- und Krawattenträger wirkten Menga und die Geschwister noch seltsamer, als sie es ohnehin schon taten. Der Flug verlief weitgehend ruhig, was von den dreien allerdings lediglich Menga beurteilen konnte. Krigk war es egal und was R'hee anging, war der Flug, wie immer er verlief, das Schlimmste, was ihr je widerfahren war.

Während der letzten Stunden hatten die Passagiere sich aneinander gewöhnt. Man musterte sich weniger argwöhnisch. Der Pilot hatte seine Durchsagen gemacht und selbst die Stewardess döste auf einem der vorderen Klappsitze. Alles war entspannt.

Bis die Bordbeleuchtung zu flackern begann.

R'hee schien es nicht einmal zu bemerken. Ihre Augen waren noch immer geschlossen. Und Mengas Aufmerksamkeit galt vor allem Simba. Einzig Krigk blinzelte verstört, weil er für den Bruchteil einer Sekunde verwundert ein finsteres schmales Etwas zu sehen glaubte. Eine dünne schwarze Schlange, die sich, in den kurzen Augenblicken, in denen das Licht komplett ausfiel, über die Kopfstützen Richtung Cockpit bewegte. Zwei Mal glaubte er sie im flackernden Licht zu sehen. Dann war sie wieder verschwunden. Und dabei war er nicht einmal sicher, ob sie wirklich da gewesen war. Krigk überlegte noch, ob er Menga davon erzählen sollte und wollte ihn gerade anstoßen, als plötzlich ein stechender Schmerz seinen Arm durchfuhr. Er spürte, wie Blut unter dem Verband herauslief. Seine Wunde hatte sich wieder geöffnet. Und weil er gleich darauf zu beschäftigt damit war, einen neuen Verband anzulegen, entging ihm auch, wie die merkwürdige, seltsam körperlose schwarze Schlange vor dem Cockpit durch die Fugen der geschlossenen Bodenluke in den Frachtraum hinabsickerte …

Das Flugzeug verfügte über zwei Laderäume. Im unteren herrschten, während die Maschine sich in der Luft befand, extreme Minustemperaturen. Der obere hingegen war isoliert und beheizt und für den Transport von Tieren und temperaturempfindlichen Waren vorgesehen.

Vom matten Licht einer grünen Notbeleuchtung erfüllt, standen in dem engen Raum zwei kleine Paletten mit exotischen Drachenfrüchten und einige Kartons mit Wein und Whisky, zwischen denen in zwei niedrigen Transportkäfigen jeweils ein Shih Tzu und ein Jonangi dösten. Die Hunde, mit denen die Geschwister von der Insel kurz zuvor noch gespielt hatten. Exotische Tiere, deren Besitzer ihnen ausreichend Beruhigungsmittel ins Futter gemischt hatten, dass sie jetzt teilnahmslos vor sich hin dösten und womöglich sogar davon träumten, eine Rolle im *König der Löwen* zu spielen. Zumindest, bis auch im oberen Frachtraum das Licht zu flackern und eine eigenartige Form von Dunkel durch die Luke ins Innere zu sickern begann.

Mit einem Mal waren beide Hunde trotz Beruhigungsmittel hellwach. Wütend begannen sie zu kläffen und auf- und abzuspringen, während die herabtropfende Finsternis sich langsam um sie herum ausbreitete.

Und dann, innerhalb kürzester Zeit, war es komplett dunkel im Frachtraum.

Obwohl das Notlicht noch immer brannte, war die Dunkelheit auf seltsame Weise stärker, verschluckte das Licht geradezu. Aus der undurchdringlichen Finsternis klang das Bellen der Hunde.

Dann war es plötzlich still. Im nächsten Augenblick war alles vorbei und die Dunkelheit verschwunden.

Wie zuvor erfüllte mattes grünes Licht den Laderaum.

Wie zuvor standen zwischen den Paletten und den Kartons zwei Transportkäfige.

Jetzt allerdings … *waren sie leer.*

Mathe bei Dr. Grobholdt war kein Vergnügen. Nie. Zum einen, weil er wie ein verrückter Wissenschaftler wirkte und an der Tafel meist selbst durcheinanderkam. Zum anderen, weil sein zu offenes Hemd mehr von seinem Brusthaar zeigte, als irgendein Schüler sehen wollte. Haare waren bei ihm aber ein grundsätzliches Problem. David konnte sich, wenn Dr. Grobholdt ihn ansah, nie richtig konzentrieren. Weil er immer auf die Haarbüschel starren musste, die links und rechts aus seinen Ohren ragten und aussahen, als ob ein fusseliges Tuch im Kopf des Lehrers feststeckte. Eben dieses Tuch versaute David jeden mündlichen Test. Und jetzt, wo er dieses Problem Ayumi erklärte, war es auf einmal doppelt so lustig. Da sie die grobholdtschen Fusseln nicht sehen konnte, musste er sie nämlich umso genauer beschreiben. Die beiden saßen in der drittletzten Reihe. David flüsterte, so leise er konnte. Und Dr. Grobholdt, der wieder einmal verwirrt an der Tafel vor seinem eigenen Schaubild stand, hätte vermutlich gar nichts bemerkt, wenn Ayumi nicht plötzlich laut losgelacht hätte. Was David als Erfolg wertete. Weil sie sich das fusselige Tuch dank seiner Schilderungen offenbar hatte vorstellen können. Sein Triumph aber hielt nicht lange an. Als Erstes drehten sich nämlich alle anderen nach ihnen um. Wobei David in den Augen von Marvin und Leon tatsächlich so etwas wie Furcht oder zumindest Respekt zu erkennen glaubte. Die zwei hatten das Erlebnis auf dem Schulklo gewiss noch nicht vergessen und würden sich eine Zeit lang von ihm fernhalten. Seine anderen Mitschüler waren überwiegend verwirrt, während Ayumi, ganz in Schwarz und mit ihrer riesigen Fliegenaugensonnenbrille auf der Nase, vor Lachen gerade fast keine Luft mehr bekam. Und jetzt musste auch er losprusten.

»Was genau ist denn so witzig, Gliehm?«, fragte Dr. Grobholdt, der sich nun auch von der Tafel abgewendet hatte und David vorwurfsvoll anstarrte, der, was Ärger anging, natürlich schlechtere Karten als eine japanische Austauschschülerin hatte.

»Wir … also, wir haben gerade … haben …«, begann er zu stammeln. Marvin und Leon grinsten. Dr. Grobholdt hob zweifelnd eine Augenbraue.

»Da ich vermute, dass Sie gerade nicht die heitere Seite der Stochastik entdeckt haben, dürfte Ihre Vergnügtheit wohl mit etwas anderem als meinem Unterricht zusammenhängen, hm?«

Der Lehrer, der seine Schüler grundsätzlich zu siezen pflegte, funkelte ihn zornig an und war dann auch schon mit zwei großen Schritten an seinem Tisch. Ehe David sich's versah, hatte Dr. Grobholdt nach dem kleinen Karton gegriffen, der aus seinem Rucksack herausragte.

Das Grinsen der beiden Fieslinge zwei Reihen vor ihm wurde breiter.

»Na, da wollen wir doch mal schauen, Gliehm, was Sie uns denn so Witziges mitgebracht haben!« Dafür war Dr. Grobholdt bekannt. Obwohl er wusste, dass er für derlei

Ärger bekommen konnte, hatte er, wenn man ihn wütend machte, seine Finger schnell mal im Rucksack eines Schüler versenkt.

David sprang auf und versuchte noch, sich die Schachtel zurückzuholen, aber Dr. Grobholdt reckte sie triumphierend von ihm weg. Resigniert sackte David zurück auf seinen Stuhl, während sein Lehrer den kleinen Karton jetzt ans Ohr hob und zu schütteln begann.

Die anderen lachten. David vergrub das Gesicht in den Händen und flüsterte Ayumi leise zu, was gerade geschah. Jetzt war auch ihr nicht mehr nach Lachen zumute. Dr. Grobholdt kniff die Augen zusammen und versuchte herauszuhören, was da in der Schachtel gedämpft hin und her polterte. Als ihm das nicht gelang, öffnete er schließlich den Karton und griff hinein. Was er allerdings besser nicht getan hätte.

Mit einem entsetzten Aufschrei schleuderte der Lehrer die Schachtel im nächsten Moment weit von sich und starrte entsetzt auf seinen blutenden Zeigefinger.

Amad war es, der das Kästchen fing, bevor es zu Boden fiel. Verwirrt starrte er erst hinein und dann zu Dr. Grobholdt hinüber. »Aber … aber die Schachtel ist doch leer.«

Mit diesen Worten reckte er die offene Schachtel, in der tatsächlich nichts als gähnende Dunkelheit zu erkennen war, nach vorn. Alle blickten einander verwundert an. Die ganze Klasse. Und Dr. Grobholdts Finger blutete noch immer.

David allerdings wunderte sich nicht. Er kannte den Schattenhamster inzwischen gut genug, um zu wissen, wie sauer es das kleine Geschöpf machte, geschüttelt zu werden. Ayumi kicherte wieder. David stand auf und holte sich die Schachtel zurück.

Dr. Grobholdt hob seinen Zeigefinger. »Das wird Konsequenzen haben, Gliehm.«

»So, wie wenn man seine Finger nicht bei sich behalten kann, hm?«, murmelte David leise.

Aber sein Gegenüber hörte ihn doch und funkelte ihn zornig an. »Was war das, Gliehm? Was haben Sie da gerade gesagt?«

In diesem Moment wurde David allerdings vom Pausengong gerettet. Kaum dass die ersten Töne durch die Schule dröhnten, sprangen seine Mitschüler auf, griffen ihre Taschen und Rucksäcke und eilten am Lehrer vorbei aus dem Klassenraum. Verstört sah Dr. Grobholdt sich um. Lang genug, dass David die Schachtel wieder im Rucksack verstauen, Ayumi, die eilig ihren Stock auseinanderfaltete, bei der Hand nehmen und zusammen mit den anderen aus dem Klassenzimmer verschwinden konnte.

Statt dem aufmüpfigen Schüler nachzuschauen, betrachtete Dr. Grobholdt kopfschüttelnd seinen blutenden Finger.

Der Hausmeister staunte nicht schlecht, als David mit Ayumi im Schlepptau atemlos in seine Werkstatt platzte.

»Wenn du so außer Atem bist, hast du sicher wieder Ärger gemacht, nicht wahr, David?«, fragte der kleine glatzköpfige Mann mit dem Anflug eines Lächelns auf den Lippen.

»Na ja, das mit dem Ärger war nicht direkt ich, Herr Klandt. Obwohl ich durchaus nicht unbeteiligt war.«

»Worum ging es dieses Mal?«, wollte sein Gegenüber wissen.

David öffnete seinen Rucksack, zog den kleinen Karton daraus hervor und murmelte: »Das würde ich Ihnen jetzt lieber nicht so genau erzählen. Vor allem, damit Sie da nicht noch mit reingezogen werden …«

Vorsichtig griff er in die Schachtel, um zu überprüfen, ob Rocky sich beruhigt hatte. David atmete auf, als der Schattenhamster sich in seine Handfläche schmiegte und er sein schattiges Fell spüren konnte.

Klandt hob die Brauen und blickte dann zu Ayumi hinüber, die auf ihrem Blindenstock lehnte. »So so, ich verstehe. Und das ist dann wohl deine blinde Freundin, von der du mir erzählt hast.«

David zuckte ein wenig zusammen. *Freundin.* Das klang seltsam. Gar nicht gut. So etwas konnte schnell zu Missverständnissen führen. Vor allem, wenn es sich herumsprach.

»Mitschülerin, Herr Klandt. Mitschülerin«, versuchte er klarzustellen.

Der Hausmeister grinste und streckte Ayumi seine Hand hin. »Klandt. Barabas Klandt, kleines Fräulein. Diese Rumpelkammer ist quasi Davids persönliches Pausenparadies und ich bin so etwas wie der Torwächter.«

Lächelnd ergriff Ayumi die behaarte Hand. »Freut mich. David hat schon ein bisschen von Ihnen erzählt. Und was mich angeht, dürfen Sie mich gern seine Freundin nennen.«

Menga war ihm dann schließlich irgendwann hinterher, hatte sich bei den Wartenden entschuldigt und sich, als der nächste Flieger dann landete, bemühen müssen, Krigk ins Flugzeug zu bekommen. Und dabei hatte er sich geschworen, ihm künftig bloß noch Wasser zu trinken zu geben.

Das Flugzeug, das sie von Afrika nach Deutschland brachte, war fünf Mal so groß wie die kleine Maschine zuvor und hatte zu Mengas Bedauern *Der König der Löwen* nicht mehr im Programm. Allmählich wurde auch er nervös. Nicht des Fluges, der Größe der Maschine oder der anderen Passagiere wegen. Sondern weil er hoffte, dass alles problemlos vonstatten gehen würde. Der Plan war zwar nicht allzu komplex, aber allein der Zwischenstopp hatte gezeigt, dass die Geschwister, besonders Krigk, unberechenbar waren. Menga konnte nur hoffen, dass die beiden auf ihn hören würden. Wenn sie es nicht taten, würde das Ganze um einiges schwieriger werden. Dementsprechend würde er weiter sein Bestes geben, damit Krigk und R'hee ihn als Autorität, als väterlichen Vertrauten und Freund akzeptierten.

Menga schaute nach rechts zu R'hee hinüber, die mit den Händen vor den Augen zurückgelehnt im Sitz saß und eingeschlafen war. Er wandte den Kopf und beobachtete den langsam ruhiger werdenden Krigk, der die Plastikschale mit dem Essen ignorierte und stattdessen, während seine Augen staunend zwischen den flimmernden Monitoren der umliegenden Sitze hin- und herhuschten, beiläufig mit dem Plastikbesteck herumspielte.

Ayumis Großvater fuhr einen alten weißen Volvo. Weil es, wie er sagte, ein stabiles Auto war. Eines, auf das man sich verlassen konnte. Das Alter des Wagens konnte David schon anhand der Geräusche erahnen, die er machte. Was seine Farbe anging, hätte er im ersten Moment und da das Auto offenbar nur selten gewaschen wurde, statt Weiß allerdings auf Grau getippt.

Während der in die Jahre gekommene Wagen ratterte und klapperte, hockten David und Ayumi ordentlich angeschnallt auf der Rückbank. Beide schwiegen. Sie spielte nervös an ihrem zusammengefalteten weißen Stock herum und er starrte durch die schmutzigen Fenster nach draußen.

Er staunte. Denn er hatte gar nicht geahnt, wie schnell so ein Volvo fahren konnte. Jedenfalls hatte der Wagen, wenn er richtig aufgepasst hatte, zwischen Schule und Flughafen mindestens zwei Blitzer ausgelöst. Sein Vater ging immer schon nach dem ersten vom Gas und begann laut zu schimpfen. Ayumis Großvater nicht. Weder schimpfte er noch wurde er langsamer.

»Warum fahren wir denn so schnell?«, fragte David und hoffte, dass der alte Herr seine Frage durch das Gerumpel hindurch überhaupt hören konnte.

»Weil wir da sein sollten, wenn sie ankommen«, gab der Angesprochene zurück und überholte einen Lkw.

»Wer genau kommt denn da überhaupt an?«, wollte er wissen.

»Krigk und R'hee«, antwortete Ayumi knapp.

»Was?«

»Eher wer. Zwei Geschwister, die die Sprache der Nacht beherrschen, in der Obhut des Schattenvaters aufgewachsen sind und jetzt von ihrem Meister in Großvaters Obhut überstellt werden sollen.«

»Aha. Okay. Und warum das alles?«

Nun ergriff der alte Watanabe das Wort: »Weil dort draußen im Dunkel etwas vor sich geht, mein Junge. Etwas, das selbst die Meister nicht verstehen. Irgendetwas verändert sich. Und es scheint nichts Gutes zu sein. Wenn ich könnte, würde ich also sogar noch schneller fahren.«

Ayumi biss sich auf die Unterlippe und murmelte, während die Geschwindigkeit sie in den Sitz drückte, nachdenklich: »Das Schlimme ist, dass *niemand* weiß, was es überhaupt ist, das da im Dunkel passiert.«

»Ganz genau«, tönte es vom Fahrersitz, während der Wagen noch etwas beschleunigte. »Wisst ihr, ich habe mit grausigen Nächten gerungen, mich in der Finsternis verloren und Dinge gesehen, von denen vermutlich nicht einmal die anderen Meister etwas ahnen. Ich habe mit Schatten gesprochen und von der Dunkelheit getrunken, aber selbst ich habe, obwohl ich ein Nachtzähmermeister bin, keine Ahnung, was dort draußen im Moment vor sich geht.«

Und wenn David auch nichts von alldem verstand, hatte er ein bestimmtes Wort doch nicht überhören können. »Ein … Nachtzähmermeister?«, fragte er verwirrt.

Ayumi lächelte ihn an. Der Himmel spiegelte sich in ihrer Sonnenbrille. »Die drei Meister, David, sind die einzigen Menschen auf der Welt, die *alle* Geheimnisse der Dunkelheit kennen und die Sprache derer sprechen, die darin leben. Nächtisch. Einer dieser Meister ist der Schattenvater auf der Insel Whaku. Ein anderer mein Großvater, der Nachtwahrer. Und es gibt noch einen dritten namens Skadwa. Den Dämmerflechter.«

»Oha, das klingt ja mächtig geheimnisvoll.«

»Na ja, um Geheimnisse geht es ja auch. Dunkle Geheimnisse ...«

»Wenn wir lebendig ankommen, erfahr ich über die ja vielleicht noch ein bisschen mehr«, sagte David und krallte sich in den Sitz, als Ayumis Großvater in die Kurve ging, ohne großartig abzubremsen.

»Das kriegen wir hin!«, sagte sie fröhlich und fügte dann noch hinzu: »Mach dir keine Sorgen. Opa war mal Rennfahrer.«

»Ernsthaft?«, staunte David.

»Nein, ich dachte nur, es gibt dir ein besseres Gefühl.«

»Danke. Aber hat jetzt nicht so geklappt.«

»Tut mir leid.«

Während die zwei auf der Rückbank ein wenig schwiegen und ordentlich durchgeschüttelt wurden, ließ der alte Watanabe den Wagen derart zu Höchstform auflaufen, dass es einen Moment lang fast so klang, als ob irgendwelche Teile verloren gehen würden. Da Ayumi dabei jedoch ruhig blieb, beschloss auch David, erst mal nicht in Panik zu verfallen. Zu Recht. Denn ein paar Minuten später erreichten sie mit allen Rädern am Wagen den Flughafenparkplatz. Mehr schlecht als recht parkte der Großvater mit quietschenden Reifen ein, zog die Handbremse an, blickte hastig auf die Uhr und hielt die beiden zur Eile an.

»Los jetzt! Nicht trödeln. Die Maschine sollte eigentlich schon angekommen sein.« Mit diesen Worten nahm er Ayumi bei der Hand und hastete, ohne dass sie überhaupt Zeit hatte, ihren Stock auseinanderzufalten, los. David hatte beinahe Mühe, mit den beiden Schritt zu halten.

Kurz bevor die Maschine landete, war schließlich auch Krigk eingenickt.

Als der Pilot dann über Lautsprecher die anstehende Landung ankündigte, hockte Menga zwischen den Geschwistern und versuchte, seine Nervosität niederzukämpfen. Sobald das Flugzeug aufsetzte, würde es ernst werden. Das wusste er. Und ihm war ebenfalls bewusst, dass er nicht mehr zurück konnte. Weil er seine Entscheidung bereits gefällt hatte. Lange bevor Krigk und seine Schwester in die dritte Höhle hinabgestiegen waren. Als er selbst dort gewesen war.

Er hoffte nur, dass er sich richtig entschieden hatte.

Die Anschnallzeichen leuchteten auf. Menga beugte sich kurz zu beiden Seiten und überprüfte sowohl bei R'hee als auch Krigk sorgsam den Sitz ihrer Gurte. Dann erst legte er seinen eigenen an und spürte dabei, wie die Maschine in den Landeanflug überging.

Die Landung verlief unkompliziert. Während die Maschine sich zügig leerte und die Passagiere ihren Wohnungen, Arbeitsplätzen oder ihrem Urlaub entgegenstrebten, atmete Menga noch einmal tief durch. Dann weckte er Krigk und R'hee.

Verschlafen blinzelten die Geschwister ihn an und folgten ihm schließlich, nachdem er ihr Handgepäck geschultert hatte, durch den schmalen Mittelgang und über die Brücke ins Innere des Flughafengebäudes.

Die Geschwister waren müde. Der Flug war anstrengend gewesen. Darum, und vielleicht auch weil Menga ihnen keinen weiteren Energydrink spendiert hatte, machten sie ihm jetzt auch keine Probleme und trotteten inmitten der voranstürmenden Menschen ruhig hinter ihm her.

Bevor die Menge in die Halle mit den Gepäckbändern abbog, tönte aus den Lautsprechern plötzlich Mengas Name: »Der Passagier Menga N'Bhate wird umgehend zur Überprüfung seines Gepäcks in den Sicherheitsbereich gebeten. Der Passagier Menga N'Bhate wird umgehend zur Überprüfung seines Gepäcks in den Sicherheitsbereich gebeten.«

Das Ganze wurde auch noch einmal auf Englisch wiederholt. Krigk und R'hee verstanden nichts. Abgesehen vom Namen ihres Begleiters. Der, in der Lautstärke, in der er durch die Halle tönte, gewiss nichts Gutes zu bedeuten hatte. Sie blickten Menga an. Der schluckte. Auf seiner Stirn glänzten Schweißtropfen. Kurz darauf zwinkerte er seinen beiden Schützlingen gespielt unbekümmert zu. »Na, dann wollen wir das mal hinter uns bringen, was, ihr zwei?«

Als sie in der Ankunftshalle ankamen, konnten David, Ayumi und ihr Großvater durch die riesigen Fenster bereits das Flugzeug sehen, das draußen am Flughafengebäude angedockt hatte.

»Gut, wenn sie jetzt noch ihr Gepäck holen, dürften sie in ungefähr einer Viertelstunde hier sein«, schnaufte der Alte und verlangsamte seinen Schritt. »Es sollte also reichen, wenn wir auf den letzten Metern zügig gehen.«

Das war auch David ganz recht, der tatsächlich erst zum dritten Mal in seinem Leben auf einem Flughafen war und noch immer ein wenig staunen musste.

Während er sich in der großen Halle umblickte, bemerkte er, wie Ayumi ihre Stirn runzelte. Unruhig wendete sie sich hin und her, beinahe als ob sie sich umblickte.

»Irgendetwas stimmt hier nicht«, flüsterte sie und fühlte sich dabei sichtlich unwohl.

»Ich weiß«, murmelte ihr Großvater in einem sonderbaren Ton. Und David lief es, während die drei sich zwischen hunderten Menschen hindurch weiter auf das Tor für ankommende Passagiere zubewegten, kalt den Rücken hinab.

Ein Wachmann führte Menga, Krigk und R'hee in einen kleinen Raum. Dabei verfehlte seine schwarze Uniform ihre Wirkung nicht. Die Mütze, das Abzeichen, der Schlagstock und die Pistole in ihrem Holster wirkten derart einschüchternd, dass selbst Krigk vergaß, wie gern er ein Held sein wollte. Die Geschwister hielten sich bewusst hinter Menga, der den Anweisungen des Mannes gelassen Folge leistete.

»Warten Sie hier«, bellte der Wachmann kurz darauf, wandte sich ab und verließ den Raum.

Kaum dass der Fremde die Tür hinter sich geschlossen hatte, blickte Menga sich um. Ein kleines fensterloses Zimmer. In der Mitte ein Tisch mit vier Stühlen. Die einzige Tür war die, durch die sie hereingekommen waren. Es gab zwei Steckdosen, einen Lichtschalter. Sonst nichts. Über ihnen brummten leise einige Neonröhren, die in den Ohren der Kinder vermutlich sehr befremdlich klangen. Nervös bedeutete Menga Krigk und R'hee, Platz zu nehmen.

»Also, ihr zwei, bleibt ganz ruhig. Es ist alles in Ordnung. Ihr wisst ja, was der Schattenvater gesagt hat. Ihr könnt mir vertrauen.«

Zögernd nickten die beiden ihm zu. Er sah ihnen an, dass der Raum sie verunsicherte. Was jedoch nicht weiter verwunderlich war, wenn man bedachte, dass die zwei noch nie derart abgeschlossen von der Natur gewesen waren, dass das Summen falscher Käfer das einzig fast Vertraute war.

Menga streckte seine riesige Rechte aus und legte sie auf den Tisch. Sofort griffen die beiden danach. Er lächelte. Seine Stimme schien ein wenig zu zittern, als er leise weitersprach: »Jetzt gebt mir bitte eure Amulette.«

Er nahm wahr, wie Krigk stutzte. Und er wusste auch weshalb. Weil jene Amulette, die die beiden aus der Hand des Schattenvaters empfangen hatten, älter waren als die Meister selbst. Weil sie das Einzige waren, das sie vor den Mächten der Dunkelheit schützte und es in der ganzen Welt einzig noch sechs Stück davon gab. Eines für jeden der jeweils zwei Schüler, die einer der drei Meister zur gleichen Zeit hätte ausbilden können. Drei Meister. Sechs Stück. Mehr gab es nicht. Weil es mächtige Talismane waren, die vor schier unendlich langer Zeit im Dunkel selbst geschmiedet worden waren. Er selbst hätte vermutlich auch gezögert, sie aus der Hand zu geben.

Menga atmete tief durch. »Vertraut mir. Es muss sein. Ich weiß genau, was ich mache. Und ich tu es für uns. Für die Insel. In dieser Welt, müsst ihr wissen, herrschen andere Gesetze. Und manchmal muss man Dinge tun, deren Sinn man nicht sofort versteht.«

Er streckte seine Linke aus und hielt sie offen vor sich hin.

Zögernd nestelten Krigk und R'hee ihre Amulette unter der unbequemen neumodischen Kleidung hervor, zerrten sie sich über den Kopf und legten sie ihrem Begleiter in die Hand.

Beinahe wie in Zeitlupe schlossen Mengas mächtige Finger sich um die beiden Talismane. »Ich danke euch für euer Vertrauen.« Bedächtig erhob er sich, betrachtete die Geschwister auf ihren Stühlen und trat zwei Schritte zurück. »Wenn wir uns wiedersehen, ist das Ganze hoffentlich vorbei.« Mit diesen Worten tastete er hinter sich, schloss die Augen und betätigte den Lichtschalter.

Im nächsten Moment verstummte das Summen der Neonröhren und der Raum lag in völliger Finsternis. In Gedanken zählte Menga bis zehn. Dann drückte er den Schalter von Neuem.

Flackernd flammte das Licht wieder auf.

Jetzt aber waren die Stühle vor ihm leer.

Als David, Ayumi und ihr Großvater eine geschlagene Stunde lang in der Halle gewartet und die meisten Passagiere des Fluges aus Kairo den Flughafen längst verlassen hatten, sahen sie Menga schließlich durch die Tür für ankommende Flüge treten. Er ging gebückt und wirkte dabei alles andere als zufrieden. In dem Moment, als er die kleine Gruppe erblickte, fuhr er zusammen. Und dann sprintete er los, bahnte sich hastig seinen Weg durch die umstehende Menschenmenge, weg von David, Ayumi und ihrem Großvater.

Seufzend schaute der alte Watanabe ihm nach.

»Was … was ist los?«, wollte Ayumi wissen.

»Der Riese. Er ist allein.«

»Ich wusste doch, dass etwas nicht stimmt!«

David begriff, dass irgendetwas hier gehörig schiefgegangen war. Zumal von den Geschwistern, die sie in Empfang hätten nehmen sollen, nirgends etwas zu sehen war. »Und … und was machen wir jetzt?«, fragte er zögerlich.

»Nun …«, murmelte Ayumis Großvater, »… da wir gerade zwei potenzielle Nachtzähmer verloren haben und das Problem, was es auch ist, noch immer besteht, werden wir, um es zu lösen, zwei neue Nachtzähmer brauchen.«

»Das bedeutet?« David war nicht wohl zumute, als er diese Frage stellte.

»Dass ich Ayumi und dir alles beibringen werde, was ich über die Dunkelheit weiß. Und das, so schnell es geht.«

»Ich bin mir nicht sicher, ob mir das gefällt …«, entgegnete David und verschränkte die Arme vor der Brust.

Ayumi knuffte ihn in die Seite. »David!«

Nachdenklich betrachtete er sie. Die Hände in die Hüften gestemmt stand sie vor ihm. Seufzend warf er einen kurzen Blick auf seine Armbanduhr. »Okay. Ich denk drüber nach. Aber nur wenn wir es hinkriegen, dass ich in einer halben Stunde zu Hause am Mittagstisch sitze! Sonst krieg ich nämlich vermutlich so viel Ärger, dass wir das Ganze eh verschieben müssten.«

KAPITEL VII

IN DEM EIN MEISTER ZU SEINEN SCHÜLERN, DER GRAF IN DIE SCHULAULA UND AM ENDE AUCH NOCH ETWAS ABHANDEN KOMMT

»Willkommen, Krigk und R'hee, vom Stamme der H'ru, gelehrt von Chaya, dem Schattenvater, die Sprache und die Gesetze der Nacht zu verstehen.«

Durch das Dunkel hallte die Stimme eines Mannes, der Nächtisch sprach. Jene Sprache, die allein im Dunkel zu hören und lediglich Eingeweihten vorbehalten war. Die ein Schüler gelehrt bekam, bevor er die erste Höhle betrat.

Die Geschwister standen in einem vollkommen finsteren Saal. So dunkel, als ob Wände, Decken und Boden komplett mit einer Tapete aus reinster sternenloser Nacht überzogen wären.

Die Schwärze im Inneren dieses Raumes war geradezu vollkommen und wäre für jeden normalen Menschen undurchdringlich gewesen. Doch da ihr Meister den beiden Kindern von der Insel ihr nächtenes Auge geöffnet hatte, erkannten sowohl Krigk als auch R'hee die mächtigen schwarzen Säulen, den Thron aus Finsternis und den mächtigen Schatten darauf.

»Wo … wo sind wir hier?«, fragte R'hee zaghaft, während ihr Bruder den dunklen Schemen argwöhnisch musterte, als dieser nun zu einer Antwort anhob.

»Vor dem Thron des dritten Meisters, abseits des Lichtes, im Nachtpalast des Dämmerflechters.« Die Worte hallten durch die Dunkelheit, wurden von den nachtschwarzen Wänden leise zurückgeworfen und erfüllten den Saal.

»Aber war es nicht der Wille unseres Meisters, dass Menga uns in die Obhut des Nachtwahrers überstellt?«, fragte Krigk, kaum dass die Worte verklungen waren.

Und ohne zu zögern entgegnete die Schattengestalt auf dem Thron: »Die Dinge dort draußen, mein Junge, entwickeln sich zu schnell, als dass noch die Zeit bliebe, euch zwei das Wahren der Grenzen zwischen Licht und Dunkelheit zu lehren. Es ist an der Zeit, dass ihr die Finsternis *beherrschen* lernt. Sie zu *verstehen*, wird später noch möglich sein. So entspricht es dem Willen eures Meisters.«

Unter normalen Umständen hätte Krigk gespürt, dass Skadwa log. Doch hier und jetzt vermochte der Dämmerflechter seine Worte in ein derart undurchschaubares Dunkel zu hüllen, dass Wahrheit und Lüge kaum voneinander zu unterscheiden waren. Weshalb die Geschwister ihm tatsächlich glaubten.

Schließlich hatte der Schattenvater angedeutet, dass dort draußen etwas Ungeheuerliches vor sich ging. Ein Problem, das nicht auf die übliche Art zu bewältigen war. Weshalb es auch nicht weiter verwunderlich war, dass Menga sie zunächst zum dritten statt zum zweiten Meister brachte.

»Dann werdet ihr mich also lehren?«, fragte Krigk, dessen Misstrauen, nicht zuletzt weil er sich seinem Ziel plötzlich wieder näher fühlte, beinahe verflogen war.

Der Schemen auf dem Thron nickte. »Ich werde dir alles beibringen, was ich weiß. Alles, was es braucht, das Dunkel zu biegen, zu formen und zu befehligen. Alles, was es über die Geschöpfe der tieferen Nacht zu wissen gibt.«

Krigk schauderte es wohlig bei dem Gedanken, die Geheimnisse der Dunkelheit offenbart zu bekommen und womöglich doch noch jener zu werden, von dem die Prophezeiung kündete.

Der Dämmerflechter fuhr fort: »All das und weit mehr werde ich dich lehren. Dich und deine Schwester.«

Diese letzten Worte durchfuhren Krigk heiß und kalt zu gleich. *R'hee.* Seine kleine Schwester. Die ihn durch das Entzünden des Notfeuers aus der dritten Höhle gerettet hatte, die er von Herzen liebte, die einzige Familie, die ihm geblieben war. Und dennoch versetzte ihm der Gedanke, dass sie, ein Mädchen, das sogar jünger war als er, die gleichen Chancen haben sollte wie er, ihm einen schmerzhaften Stich.

Skadwa lächelte und fügte in bedeutsamem Ton hinzu: »Auf dass bald schon zwei Nachtzähmer, bereit für ein neues Zeitalter, die Schule des inneren Dunkels verlassen.«

R'hee konnte das alles noch gar nicht fassen. Zwei Tage zuvor war sie in ihrem kleinen Dorf auf der Insel davon ausgegangen, dort den Rest ihres Lebens friedlich als kleine Schwester eines Nachtzähmers zu verbringen. Und nun hatte sie plötzlich die halbe Welt umrundet, die Wolken von oben gesehen und sollte selbst eine Nachtzähmerin werden?

Sie stand bloß dort und staunte, die Hand ihres Bruders haltend, dessen Griff plötzlich so fest wurde, dass seine Knöchel weiß hervortraten.

Krigk hatte einen bitteren Geschmack im Mund, als er mit gesenktem Kopf antwortete: »Wie Ihr wünscht, Meister Skadwa.«

Und der dritte Meister auf seinem Thron war zufrieden. »Gut. Dann wird also dies bis zum Ende eurer Ausbildung euer neues Zuhause sein. Gnista! Mörker!«, rief er herrisch in das Dunkel.

Dienstbeflissen traten die beiden nordischen Zwielichtwichtel aus dem Dunkel und warfen sich vor ihrem Meister zu Boden.

R'hee musste kichern. Jene kurzbeinigen Finsterlinge mit den wirren Haaren und ungepflegten Bärten aus Finsternis wirkten einfach zu witzig. Zumal sie solch derartige Kreaturen niemals zuvor gesehen hatte. Weil die Schatten in der Südsee anders als die des hohen Nordens gewachsen waren.

Mörker wendete den Kopf und funkelte das Mädchen kurz an, wandte sich aber dann gleich wieder seinem Herrn zu, als dieser ihm und seinem Kumpan ihren Auftrag erteilte: »Zeigt den beiden ihre Zimmer. Und seid ihnen zu Diensten, was immer sie wünschen. Versorgt sie gut. Und dass mir keine Klagen zu Ohren kommen.« Seine letzten Worte waren von derart eisiger Strenge, dass Mörker und Gnista zusammenfuhren und es selbst die Kinder schauderte. Dann wendete der Meister sich noch einmal direkt an R'hee und raunte mit leiser eindringlicher Stimme: »Und du, junge Dame, solltest wissen, dass es nicht klug ist, über das Dunkel zu lachen, bevor man es beherrscht ...«

Daraufhin gab Meister Skadwa seinen beiden Schattenschergen einen Wink, und die Zwielichtwichtel führten die Geschwister aus dem von Dunkelheit erfüllten Saal in die lichtlosen Tiefen des Nachtpalastes.

Die Aula der Hedwig-Klötzke-Gesamtschule in Dinkwitz bei Düsseldorf war am nächsten Morgen ungefähr zur Hälfte gefüllt. Alle neunten Klassen waren anwesend und in der üblichen Mischung aus Neugier und Desinteresse hockten die Schüler dort und starrten auf die Bühne. Was immer gleich passieren würde, war mit Sicherheit besser als Unterricht. Inmitten der anderen wähnten die meisten sich sicher und scherten sich deshalb nicht um das Handyverbot. Die einen zockten, die anderen texteten. Wieder andere hatten Kopfhörer auf und hörten Musik. Der Rest unterhielt sich leise. Dementsprechend unruhig war es im Saal. Die Klassenlehrer in der ersten Reihe unterhielten sich ebenfalls und schienen dabei auf etwas zu warten.

Der Schulgong zum Stundenbeginn war bereits vor mehr als zehn Minuten verklungen. Laut Plan sollte heute der Besitzer der Lampenfabrik, Graf Erebos, einen Vortrag über das größte Unternehmen des Ortes halten und dabei auch ein paar Worte an seine angehenden Praktikanten richten. Damit, dass er pünktlich erschien, hatte aufgrund seines Terminkalenders ohnehin niemand gerechnet. Denn Jan Graf Erebos war nicht nur der größte Arbeitgeber, sondern vermutlich auch der meistbeschäftigte Mann der Gegend und ebenso in Dinkwitz wie New York, Tokyo und Helsinki zu Hause. Heute kam er, wenn David es richtig mitbekommen hatte, direkt aus New York, was eine gewisse Verspätung vermutlich verzeihlich machte.

»Und wer ist das genau, der da heute zu uns sprechen wird?«, wollte Ayumi wissen.

»Jan Graf Erebos, der Besitzer der Lampenfabrik drüben im Industriegebiet«, flüsterte David ihr zu.

»Du meinst den riesigen Fabrikkomplex am Rand des Ortes?«

»Was? Woher kennst du denn den?«

»Na, die Gebäude hört und riecht man auf zehn Kilometer, David. Die Anlage ist so groß, dass sich der Schall daran bricht, und sie stößt dabei so viele Schadstoffe aus, dass das ganze Ding mit Sicherheit so groß wie ein Viertel von Dinkwitz ist.«

»Dürfte sogar ungefähr stimmen. Aber dafür arbeitet dort auch mehr als die Hälfte aller Anwohner. Und es ist die umweltfreundlichste Fabrik ihrer Art in der Gegend.«

»Na ja, wahrscheinlich weil es die einzige ist.«

David warf Ayumi einen bösen Blick zu, erinnerte sich dann aber, dass das gar keinen Sinn machte. Sie grinste trotzdem. Während er das Mädchen verwundert anschaute, die Mobiltelefone leise piepten und surrten und Teenagerstimmen flüsterten, begann plötzlich die Luft um sie herum zu vibrieren. Mit einem Mal hielten alle inne und lauschten.

Aus der Ferne näherte sich ein rhythmisches, gleichmäßiges Brummen, das ganz allmählich lauter wurde.

Im nächsten Moment stürmte der Direktor aufgeregt und wild gestikulierend auf die Bühne. »So, liebe Schüler, werte Lehrkräfte. Es ist so weit! In wenigen Augenblicken wird der Graf mit seinem Firmenhubschrauber auf dem Dach unserer Aula landen und direkt von dort zu uns hier auf die Bühne kommen. Bitte verhaltet euch während seiner Ansprache gesittet, steckt eure Mobiltelefone weg und bereitet für später eure Fragen vor.«

Der Rektor hatte noch nicht einmal zu Ende gesprochen, da war die Aula plötzlich von hektischer Geschäftigkeit erfüllt. Ohrhörer wurden ausgestöpselt, Handys weggesteckt, Gespräche verstummten und die Aufmerksamkeit aller richtete sich nach vorn auf die Bühne.

Ayumi schmunzelte. »So schnell reagieren deine Mitschüler sonst nicht. Muss ja wirklich wichtig sein, dieser Kerl.«

David versuchte leise zu sprechen, als er ihr antwortete: »Oh ja. Wichtig ist er auf jeden Fall. Vielleicht sogar der wichtigste Mann im Ort. Der hat, wenn ich mich richtig erinnere, sogar die Aula gestiftet. Und die Laptops für die Oberstufe. Ganz zu schweigen vom Mercedes des Direktors.«

Draußen vor der Fensterfassade senkte sich für einen kurzen Moment der Hubschrauber ins Sichtfeld. Komplett weiß, mit surrenden Rotoren, auf der Kabine das markante Erebos-Logo: die, von den beiden griechischen Buchstaben Alpha und Omega flankierte Glühbirne, in der das kleine gekrönte e zu erkennen war. Während der Pilot, der wie in einem Actionfilm einen schwarzen Overall mit Sonnenbrille, Kopfhörern und Schirmmütze trug, etwas länger zu sehen war, konnte man den komplett in Weiß gekleideten Passagier im Innenraum nur einen kurzen Moment lang erahnen.

»Aha. Dann benehmt ihr euch jetzt, weil ihr auch was von ihm haben wollt?«

»Zumindest 'n Praktikumsplatz. Die Fabrik kann man immerhin mit'm Fahrrad erreichen. Sonst muss man sich am Ende noch was in der Stadt suchen. Und das wär halt echt stressig.«

»Hm.« Ayumi nickte und wusste in ihrer Eigenschaft als blinde Austauschschülerin nicht einmal, ob sie überhaupt ein Praktikum würde machen müssen.

Jetzt war es komplett still im Saal. Lehrer und Schüler waren bereit für die Ankunft jenes so bedeutenden Gastes.

Sie alle spürten wie der Helikopter über ihnen auf dem Dach aufsetzte. Ayumi hob eine Augenbraue, schien dabei aber nicht halb so beeindruckt wie der Rest der schier in Ehrfurcht erstarrten Anwesenden, die beinahe die Luft anzuhalten schienen, als hinter der Bühne laute Schritte erklangen und die Tür zum Backstagebereich sich öffnete. Und dann betrat Jan Graf Erebos, auf den schimmernd weißen Kugelknauf eines weißen Gehstocks gestützt, die Bühne.

Er war ein untersetzter Mann, allenfalls 1 Meter 60 groß, kleiner sogar als David, trug einen weißen Anzug, glänzende Lackschuhe von ebensolcher Farbe und eine dunkle Sonnenbrille mit einem breiten, ebenfalls weißen Rand, ohne die er, wenn man seine Promofotos und Fernsehauftritte betrachtete, scheinbar nie aus dem Haus zu gehen pflegte.

Seiner Größe zum Trotz erschien der Graf, dessen fülliges Gesicht wie eine seltsame Mischung aus George Clooney und einem angeschmolzenen Schneemann wirkte, auf eigentümliche Art Ehrfurcht gebietend. Lächelnd trat er an den vorderen Rand der Bühne.

Und weil diesem Mann der größte Teil der Stadt gehörte, begann der Saal zu applaudieren.

Ayumi schüttelte den Kopf.

Das Lächeln des Grafen wurde breiter, als er lässig seinen Stock schulterte, mit der anderen Hand in die Innentasche seines Jacketts griff, ein schmales Mobiltelefon hervorzog und daraufhin mit einer knappen Geste das komplette Saallicht auf ein Minimum dimmte. David staunte nicht schlecht. Im gleichen Moment flammte auf der Leinwand das Erebos-Logo auf und über dem gekrönten kleinen e startete die Präsentation. »Guten Morgen, junge Menschen von Dinkwitz. Ich bin heute hierher eingeladen worden, um mit euch, wie schon mit den Jahrgängen zuvor, über die Bedeutung des Lichtes zu reden. Und natürlich über die weiterführenden Karriereoptionen, die sich für euch durch ein Praktikum bei Erebos Industries ergeben könnten.«

David beugte sich zu Ayumi hinüber und wisperte: »Den Satz bringt er seit fünfzehn Jahren. Damit hat er schon meinen Vater bekommen.«

»Und der hat die Karriereoptionen genutzt?«

»Na ja, er ist jetzt zumindest Oberlampenschrauberfachkraft. Und kann von seiner Arbeit ein Haus abzahlen und 'ne Familie versorgen. Zumindest, wenn er jeden Monat ein paar Überstunden macht«, meinte David schulterzuckend.

»Na, das klingt doch mal nach einer lohnenden Zukunft.«

»Leuchtend.« David nickte. »Eine leuchtende Zukunft. Energiesparend. Bei 10 bis 50 Watt. Und zehnmal so hell. So lautet zumindest der Werbespruch der Firma.«

Vorne auf der Bühne lief unterdessen Jan Graf Erebos mit seinem Stock auf und ab, veränderte mit seinem Telefon die Lichtstimmung im Saal und begann mit begeistertem Tonfall und einem gewinnenden Lächeln Richtung Publikum seinen Vortrag.

Dabei klang seine Stimme seltsam hell und laut, wie das Meckern einer aufgeregten Ziege. »Ich will euch von der Zukunft erzählen. Einer leuchtenden Zukunft. Energiesparend. Bei 10 bis 50 Watt. Und zehnmal so hell!«

Veit und Leonid mochten ihren Job. Die beiden hatten, seit sie im Berliner Pergamonmuseum als Nachtwächter arbeiteten, meistens ihre Ruhe. Zwischen den nächtlichen Rundgängen und dem Check der Überwachungsmonitore lag jeweils eine gute Stunde. Wenn sie sich abwechselten, konnten sie in der Zwischenzeit ein entspanntes Nickerchen machen. Und wenn sie das nicht taten, hatten sie viel Freude daran, nachts allein durch die Ausstellungsräume zu schlendern und eine Ahnung Tausender Jahre Geschichte zu spüren. Auch wenn die wichtigsten Ausstellungsstücke, die legendäre Laokoongruppe oder das Markttor von Milet weitgehend moderne Kopien waren, ahnte man doch, wie die Menschen sich vor Hunderten von Jahren im Schatten jener Bauwerke gefühlt haben mochten. Und es war ein ganz besonderes Gefühl, wenn man sich nachts inmitten der Notbeleuchtung allein davor befand. Manchmal standen Veit und Leonid auch etwas länger dort, atmeten tief durch und träumten von vergangenen Zeiten, von denen sie nicht mehr wussten als das, was auf den kleinen Plastikschildchen an der Wand stand.

Nebenbei kümmerten sie sich um die Alarmanlage, die zwar nicht unkompliziert war, die sie aber im Verlauf der letzten Monate beinahe blind zu bedienen gelernt hatten. Wobei sie zu dem Schluss gekommen waren, dass das Museum mit seinen zahllosen Druck-, Licht- und Schallsensoren womöglich der sicherste Ort in ganz Berlin war. Vor allem, weil während der vergangenen Wochen bereits etwas Zugluft und eine verirrte Motte einen Großalarm ausgelöst hatten. Ebenso wie ein Besucher, der nach Museumsschluss auf der Toilette eingeschlafen war. Bei eingeschaltetem Sicherheitssystem gab es tatsächlich *nichts*, das unbemerkt in dieses Museum hätte eindringen können.

Um ihre Rundgänge ungestört machen zu können, mussten die beiden jedes Mal eine hochkomplizierte Tastenfolge auf den Schaltkonsolen eingeben. Inzwischen aber beherrschten sie diese beinahe, ohne hinzusehen.

Die letzte Sicherheitstastenchoreografie lag bereits einige Minuten hinter ihm, als Leonid, gedankenverloren auf einem Karamellbonbon herumlutschend, vor dem Markttor stehen blieb, gähnend die Hände in die Seiten stemmte und sich streckte. In diesen Moment beneidete er Veit, der gerade vermutlich vor der Monitorwand döste. Aber dafür konnte er nachts im Museum, im matten Widerschein der Notbeleuchtung, mit den Zeugnissen der Vergangenheit zumindest ein wenig allein sein. Mit Skulpturen, die Tausende Jahre Geschichte an sich hatten vorüberziehen sehen.

Leonid schob das Bonbon in seinem Mund von rechts nach links und betrachtete den lebensechten steinernen Grablöwen, eines der wenigen Originalausstellungsstücke im Raum. Manchmal, wenn er sie des Nachts so betrachtete, wirkte die Kreatur auf ihn beinahe lebendig.

Er schaltete seine Taschenlampe ein und leuchtete der Skulptur in ihr graues steinernes Auge.

Im gleichen Moment begann plötzlich die Notbeleuchtung an der Decke zu flackern. Leonid runzelte die Stirn. Weil es hier drei unabhängig voneinander funktionierende Stromkreise gab, die einander gegebenenfalls ergänzten oder ersetzten, sodass, wenn einer ausfiel, immer noch zwei blieben, die seine Aufgabe übernahmen und die Spannung stabilisierten. Dementsprechend war es eigentlich *gar nicht möglich*, dass die Deckenlampen überhaupt flackerten.

Noch unmöglicher war es allerdings, dass seine Taschenlampe es ebenfalls tat!

Einen Wimpernschlag später war es vollkommen finster.

Zögernd bewegte Leonid sein Bonbon zurück nach rechts, und fragte sich, ob Veit vor den Monitoren das, was hier passierte – was immer es auch war – ebenfalls mitbekam.

Dabei wagte er nicht, sich zu bewegen. Er war verwirrt, bemühte sich, ruhig zu atmen, sich einzureden, dass es bloß ein Stromausfall war. Es gelang ihm, das Bonbon ein weiteres Mal zur einen und dann erneut zur anderen Seite zu schieben. Gleich darauf gingen Deckenlicht und Taschenlampe wieder an.

An Leonids Verwirrung änderte das allerdings nichts.

Denn seine Taschenlampe leuchtete ins Leere.

Der steinerne Grablöwe von Milet, der gerade noch direkt vor ihm gestanden hatte, war verschwunden.

KAPITEL VIII

IN DEM EIN FRÜHSTÜCK ETWAS UNENTSPANNT, DER STANDORT EINES GEWISSEN GEBÄUDES UNGEWISS, EIN SCHATTENHAMSTER VERSCHWUNDEN UND EIN MINISTER LETZTENDLICH RATLOS IST

Als der Wecker klingelte und David die Augen aufschlug, war es dunkel. Das erste Mal seit Jahren. Weil er am Abend zuvor das Nachtlicht aus der Steckdose gezogen hatte, nachdem die Gespräche mit Ayumi und die Gelassenheit ihres Großvaters ihn etwas gelehrt hatten: dass nämlich die Dunkelheit zwar einerseits wirklich gefährlich war, zugleich aber alles, was darin lauerte, mit Sicherheit Besseres zu tun hatte, als ihm, einem unauffälligen 15-Jährigen ohne Freunde oder nennenswerte Talente, etwas anzutun. Eine seltsame Gewissheit. Zu wissen, dass er recht daran tat, das Dunkel zu fürchten, es aber zugleich, weil er beinahe bedeutungslos war, gar nicht fürchten musste.

Beim Einschlafen hatte er sogar versucht, in das Dunkel seines Zimmers hineinzufühlen. Zu ahnen, was für Geschöpfe in dem lichtlosen Raum umherhuschten, von denen die meisten Menschen dort draußen vermutlich niemals etwas wissen würden. Und dann war David der Schattenhamster eingefallen, den sie mitsamt seiner Schachtel beim Hausmeister vergessen hatten. Er und Ayumi würden ihn am Morgen holen müssen. Dringend. Bevor der vermeintlich leere Karton im Altpapier landete oder gar geschreddert wurde. Und so war es weniger die Angst vor der Dunkelheit als vielmehr die Furcht um den Schattenhamster gewesen, die ihn zunächst nicht hatte einschlafen lassen. Irgendwann aber war es David dann doch gelungen. Und das sogar ohne Nachtlicht. Was ihn tatsächlich ein wenig stolz machte. Wobei die Sorge um Rocky um einiges größer war, sodass ihn das Schicksal des Schattenhamsters vom Rucksackpacken übers Zähneputzen bis zum Frühstück beschäftigte.

Die Lustlosigkeit, mit der David in seinen Cornflakes stocherte, wurde nur noch von der Übellaunigkeit übertroffen, mit der sein Vater über seinen Kaffee hinweg auf die Wand starrte.

»Sag mal, wann fängt denn jetzt eigentlich dein Praktikum an?«, fragte seine Mutter und klang ernsthaft interessiert. Das war eines ihrer Talente. In Wirklichkeit suchte sie jeden Morgen nur eine Möglichkeit, das Schweigen zu übertönen. Ein Schweigen, das seit Beginn der fast mehrheitlich beschlossenen veganen Phase sogar noch schlimmer geworden war.

»Nächsten Montag. Der Graf war auch schon in der Aula.«

»Hm. Ist er wieder mit Hubschrauber gekommen und hat einen auf wichtig gemacht?«, fragte sein Vater missmutig.

»Kann man so sagen. Kam wohl gerade aus New York.«

Kopfschüttelnd verdrehte sein Vater die Augen. »Das erzählt der jedes Jahr. Alles nur Show. In Wirklichkeit startet der keine zwanzig Kilometer entfernt drüben im Industriegebiet. Der will nur seinen Helikopter vorführen.«

»Jochen!«, empörte sich Davids Mutter im Bestreben, die morgendliche Harmonie nicht zu gefährden. Was seinen Vater allerdings nicht zu kümmern schien.

»Na, mal ehrlich: Wir arbeiten in dieser Fabrik jeden Monat mehr und der Herr Graf macht vor den Schülern auf dicke Hose.«

»Lass ihn doch. Dafür hast du wenigstens Arbeit und uns geht's gut.«

»Ja, aber wenn dieser knickrige Zwerg mit der albernen Sonnenbrille in seinem weißen Anzug seinen Hubschrauber in der Garage stehen ließe und ein bisschen Sprit sparen würde, bekäm ich vielleicht mal meine Überstunden bezahlt«, grummelte sein Vater, während David in Gedanken noch immer bei Rocky und Herrn Klandt war. Vor allem, weil sie den Schattenhamster, wenn etwas schiefgegangen war, garantiert nicht mehr wiederfinden würden. Sein normales Meerschwein hatte er damals wenigstens begraben können. Bei dem Gedanken schnürte sich ihm der Hals zu. Und dabei bemerkte er nicht mal, wie seine Eltern sich neben ihm beinahe schon wieder stritten.

»Ich hoffe, draußen redest du nicht so über den Grafen«, sagte seine Mutter besorgt und schaute ihren Mann ernst an. Der aber verdrehte bloß wieder die Augen, schüttete seinen Kaffee runter und stand auf.

»Weißt du, wie lange ich schon in dieser Leuchtenklitsche arbeite, Birgit? Das sind inzwischen fünfzehn vermaledeite Jahre! Und ich muss immer noch hoffen, dass das Auto nicht kaputtgeht, weil wir sonst nicht in den Urlaub fahren können. So gut geht's uns!«

Mit diesen Worten knallte er erst die leere Kaffeetasse auf den Tisch und kurz darauf die Tür hinter sich zu. Derart, dass David zusammenfuhr. Erschrocken blickte er seine Mutter an, die ihrem Mann verwundert nachsah.

Irgendwie hatte David, auch wenn Rocky ihm noch immer das größere Problem schien, das Gefühl, dass seine Eltern sich in letzter Zeit häufiger stritten als früher.

Und vor allem, dass das nicht nur mit der veganen Phase zu tun hatte.

Als R'hee aufwachte, war es noch immer ebenso dunkel wie in dem Moment, da sie vor Stunden eingeschlafen war. So dunkel, wie es wohl auch in den kommenden Stunden bleiben würde. Weil es in diesen Räumen keinen Platz für Licht gab.

»Weißt du, wo wir hier sind, Krigk?«, fragte sie leise und blinzelte durch die Finsternis zu ihrem Bruder hinüber. Wie sie lag er in einem mit Nacht bezogenen Bett. Genüsslich streckte er sich.

»Im Nachtpalast Meister Skadwas, Herzensschwester«, antwortete er und blickte ihr dabei in die Augen. Während R'hee ihre Fähigkeiten gerade erst entfaltete, vermochte er im Dunkel inzwischen beinahe besser zu sehen als bei Licht.

»Ich weiß. Aber wo genau ist das? Wo befindet er sich, sein Palast aus Nacht?«

Krigk zögerte, richtete sich etwas auf und grübelte kurz. Aber er musste sich eingestehen, dass er keine Antwort auf diese Frage hatte. Er hatte keine Ahnung, wo sie sich befanden. Nur, dass es ein wohliges, gutes Dunkel war, ein Ort, in dessen Schutz ihn der Dämmerflechter zum Nachtzähmer ausbilden würde. Und solange das passierte, spielte es für ihn keine Rolle, wo er sich befand. Was er seiner Schwester jedoch so nicht zu sagen wagte. Deren Neugier wurde im nächsten Moment auch schon von jemand anderem gestillt …

»Dieses Gemäuer, zusammengefügt aus Steinen, die meine Diener aus den sternenlosesten aller erdenklichen Nächte brachen, kleine R'hee, steht auf der Grenze zwischen dem Dunkel und der Welt.« Im nachtschwarzen Türrahmen erschien die hagere, hochgewachsene Schattengestalt Skadwas, dessen Worte eindringlich durch die Finsternis drangen. »Auf der einen Seite ewige reine Schwärze, auf der anderen der stete Wechsel von Tag und Nacht, und dazwischen habe ich meinen Palast errichtet. Ein Bindeglied zwischen den Wirklichkeiten. Jener im Licht und jener im Dunkel.«

R'hee runzelte die Stirn. Die Antwort des Meisters stellte sie keinesfalls zufrieden. Aber das musste sie auch nicht. Dafür hatte Skadwa nämlich etwas anderes vorbereitet.

»Ich habe mir schon gedacht, dass es euch irritieren würde, in diesen Mauern zu weilen. Weil ihr doch von der Insel noch den Wechsel von Tag und Nacht gewohnt seid.

Aber ich habe etwas für dich, das dir die Eingewöhnung vielleicht etwas leichter machen wird …«

Kaum hatte er das gesagt, da sprang hinter dem Rücken des Dämmerflechters ein kleiner, vergnügt mit dem Schwanz wedelnder zotteliger Hund hervor, eilte quer durch den lichtlosen Raum und sprang zu R'hee aufs Bett. Als er begann, ihr über das Gesicht zu lecken, musste sie lachen. Und im gleichen Augenblick waren Sorgen und Unsicherheit vergessen.

Der schlanke Schatten lächelte. Krigk stutzte kurz. Er hatte das Gefühl, den kleinen Shih Tzu irgendwo schon einmal gesehen zu haben. Aber das spielte keine Rolle. Solange nur seine Ausbildung weiterging und er so bald wie möglich die Gelegenheit bekam, der Welt etwas zu beweisen.

Durch das Dunkel des Zimmers betrachtete er seine Schwester, die den Hund im Arm hielt und sich lächelnd und mit geschlossenen Augen an ihn schmiegte. Krigk spürte, wie glücklich sie in diesem Moment war. Und er selbst hoffte, es ebenfalls bald zu werden. »Wann, Meister Skadwa, können wir mit meiner Ausbildung fortfahren?«

Seinen Blick von dem Mädchen und dem Hund losreißend, wendete sich der schwarze Schemen nun ihm zu. »Wir beginnen, sobald deine Schwester bereit ist, Krigk.«

Die Worte des Meisters durchfuhren ihn eisig. Aus irgendeinem Grund schien R'hee dem Dämmerflechter wichtiger als er. Aber bald schon würde er dem Schemen beweisen, wie falsch er damit lag und dass er, Krigk, nicht nur seiner Wertschätzung würdiger, sondern darüber hinaus der beste Schüler war, den er je gehabt hatte!

In der Schule hatte David Ayumi am Morgen sofort von seinen Sorgen erzählt. Und sie war ebenso entsetzt wie er gewesen. *Wie hatten sie Rocky nur vergessen können?* Aber das war wohl das zentrale Problem eines kaum tennisballgroßen Geschöpfes, das einzig im Dunkeln existierte, für den Großteil der Menschen ebenso lautlos wie unsichtbar war und nur unter ganz bestimmten Umständen wahrgenommen werden konnte. Ayumi hatte es David erklärt. Dass Kreaturen wie der Schattenhamster sich im Dunkel verbargen, weil sie ihre Ruhe schätzten und die Menschen fürchteten. Weil sie die Grenze respektierten, die zwischen Licht und Dunkel verlief. Dass sie nur erahnbar wurden, wenn sie es wollten. Wenn sie Zorn oder Zutraulichkeit zeigten. Was für David auch erklärt hatte, weshalb er Rocky hatte streicheln dürfen und der Schattenhamster andererseits Dr. Grobholdt hatte beißen können.

Gleich in der ersten Pause waren David und Ayumi, die sich schon das schlimmstmögliche Szenario ausmalten, mit angstvoll klopfenden Herzen zum Hausmeister hinabgelaufen. Dessen Raum war jedoch verschlossen, weil Herr Klandt, wie sie von Frau Scheppstett, der Sekretärin, erfahren hatten, heute den ganzen Tag unterwegs war.

Sie hatten überlegt, heimlich das Schloss zu knacken. Um nachzuschauen, ob es Rocky gut ging. Ob er überhaupt noch da war. Aber selbst wenn es ihnen gelungen wäre, wären sie dabei sicher bemerkt worden. Und das war schließlich das Letzte, was sie wollten.

So waren sie schließlich schweren Herzens zurück in den Unterricht gegangen, hatten sich mit Mathe, Physik und Deutsch herumgeschlagen und gehofft, Klandt zumindest zum Schulschluss in seinem Raum anzutreffen.

Mittags aber war er noch immer so verschlossen wie am Morgen.

David hatte kein gutes Gefühl gehabt, als er schließlich zusammen mit Ayumi und seinem Fahrrad in den Bus stieg, um raus ins Neubaugebiet zu fahren. Er hatte seiner Mutter gesagt, dass er der Hausaufgaben wegen über Mittag bei Ayumi bleiben und dann mit ihr an einem gemeinsamen Erdkundereferat arbeiten würde. Nach dem morgendlichen Stress war das seiner Mutter wohl ganz recht gewesen. David kannte das schon. So konnte sie sich mit seinem Vater während seiner Mittagspause in Ruhe weiterstreiten und hatte am Nachmittag dann etwas Zeit für sich.

Aber natürlich sollte es nicht um Geografie, sondern um fortgeschrittene Dunkelkunde gehen. Die Vertiefung dessen, was er bereits gelernt hatte. Über das Dunkel und seine Geheimnisse. Er hatte begonnen, die Nacht nicht mehr zu fürchten. Als Nächstes würde er ihre Sprache erlernen. Und in dem kleinen einstöckigen Gebäude sollte David bei Kuro Watanabe, Ayumis Großvater, seine ersten Lektionen in Nächtisch bekommen. Damit er das Dunkel verstehen lernte und bereit für jene Dinge wurde, die da in der Finsternis lauerten.

Das ausgesteckte Nachtlicht jedenfalls, so viel war sicher, war nur der Anfang gewesen.

Sie standen vor der offenen Terrassentür. Ayumi hielt seine Hand. Drinnen, im Schatten, vom hereinfallenden

Licht nur schemenhaft beleuchtet, wartete ihr Großvater darauf, dass sein neuer Schüler das lichtlose Haus betrat.

David spürte, wie sein Herz ihm bis zum Hals schlug. Er hatte in den letzten Tagen unglaubliche Dinge gesehen, hatte gelernt, dass sein Respekt – nach allem, was er inzwischen wusste, hätte er es nicht mehr Angst genannt – vor der Dunkelheit mehr als nur gerechtfertigt war. Er hatte den Grantelschwarz befreit, einen Schattenhamster gestreichelt und längst zu ahnen begonnen, dass jenseits des Lichtes eine ganze Welt existierte, die nur darauf wartete, von ihm erkundet zu werden.

Und nun war es bloß noch ein einziger Schritt, der ihn von der Bereitschaft trennte, all das zu entdecken.

Drinnen im Dunkeln konnte er den alten Mann lächeln sehen. David atmete schwer.

Ayumi schien seine Anspannung beinahe wahrzunehmen. Sie drückte seine Hand ein wenig fester. »Wenn die Dunkelheit dir ein schlechtes Gefühl macht …«, flüsterte sie, »… schließ deine Augen. Dann nämlich hast du für einen Moment das Gefühl, als würdest du sie kontrollieren.«

David atmete noch einmal tief durch. Er zitterte ein wenig. Dann schloss er die Augen, löste seine Hand aus der ihren und trat durch die Tür ins Dunkel des Hauses.

»Herr Minister?«

Der Angesprochene blickte von seinem Laptop auf, schob die Brille hoch und blinzelte seinem persönlichen Assistenten verwundert entgegen. Weder hatte er gemerkt, dass sein Gegenüber wiederholt geklopft hatte, noch wie er schließlich eingetreten war. Weil er mit den aktuellen Entwicklungen zu tun hatte, die sich in E-Mails, Presseberichten, geheimen Dossiers und Prognosen vermeintlicher Fachleute auf seinem Bildschirm manifestierten. Der Minister für Inneres und Sicherheit war besorgt. So besorgt wie schon lange nicht mehr.

»Was gibt es, Molchert?«

Bedächtig schloss Thorben Molchert die Tür hinter sich und wandte sich mit ernstem Blick seinem Vorgesetzten zu. »Die Unsicherheit in der Bevölkerung wächst, Herr Minister.«

»Und um mir das mitzuteilen kommen Sie extra in mein Büro?« Der Angesprochene an seinem Schreibtisch klang empört. »Denken Sie, ich bekomme das nicht mit?« Er nahm seine Brille ab, legte sie zur Seite und rieb sich die müden Augen. »Was glauben Sie eigentlich, womit ich mich hier beschäftige, Molchert, hm? Warum ich die letzten Nächte kaum geschlafen habe, das Büro nicht verlasse, mein Telefon nicht aufhört zu klingeln und das Sekretariat völlig überlastet ist?«

Sein Assistent verzog keine Miene. Er stand dort, ganz ruhig, das Tablet unter dem Arm, seinen Blick auf sein Gegenüber gerichtet, das in seinem verknitterten Anzug vor seinem Rechner inmitten unerledigter Papiere saß. Unrasiert, mit dunklen Ringen unter den Augen, wirkte der Minister ein wenig verzweifelt. »Vermutlich aus den gleichen Gründen wie auch der Rest von uns. Ich kann Ihnen versichern, dass niemand hier in den letzten Nächten durchgeschlafen hat.«

»Aber *ich* werde am Ende derjenige sein, der sich vor die Kameras und die Mikrofone stellen und den Leuten alles erklären muss. Woraufhin die Leute vermutlich noch unzufriedener werden und ich meinen Platz räumen muss, damit irgendein neuer Minister ihnen erklären kann, dass er auch nicht weiß, was hier vor sich geht.«

»Es tut mir leid, Herr Minister.«

Sein Vorgesetzter winkte ab, fuhr sich über das stoppelige Kinn und zwinkerte seinem Assistenten kraftlos zu. »Schon gut, Molchert. Sie können ja nichts dafür. Aber raus mit der Sprache. Was ist so dringend, dass Sie der Meinung sind, mich hier zwischen Ärger und Problemen stören zu müssen?«

Einen kurzen Moment lang herrschte in dem großräumigen, geschmackvoll eingerichteten Büro, an dessen Wänden moderne Kunst hing und hinter dessen Fenstern sich unter dunklen Wolken die malerische Kulisse der Hauptstadt erhob, eine sonderbare Stille. Thorben Molchert, der persönliche Assistent des Ministers für Innere Sicherheit, suchte nach Worten. Um einen Umstand zu beschreiben, der ebenso einfach wie schrecklich war. Und für den es nicht viele Worte geben konnte. Weshalb er am Ende auch beschloss, die vielleicht einfachsten zu wählen, die ihm in den Sinn kamen.

»Die Dinge, die nachts verschwinden, Herr Minister. Sie werden größer.«

KAPITEL IX

DAS NEBEN REUE, GUTEN ABSICHTEN UND DER SPRACHE DER DUNKELHEIT AUCH EINE REIHE DIEBSTÄHLE ZUM INHALT HAT

Als Menga aufwachte, fühlte er sich miserabel.

Was unter anderem daran lag, dass er am Abend zuvor zu viel getrunken hatte. Aber diesen Kopfschmerz kannte er. Dieses Gefühl, dass ein pulsierender pelziger Ballon von innen gegen seine Schädeldecke drückte. Er wusste, dass das vorbeiging. Weil er oft trank. Ein Alkoholproblem hatte. Seit Jahren. Genau genommen seitdem er die Insel verlassen hatte und in die Welt aufgebrochen war, um die Sprache der Zivilisation zu lernen und den Stamm vor eben dieser zu schützen. Er hatte studiert. Wusste inzwischen, wie Wirtschaft und Tourismus funktionierten und wie interessant das kleine Eiland seiner Väter für das eine wie das andere war. Die ursprüngliche Natur, malerischer Urwald, Wasserfälle, unter denen er als Kind herumgetobt hatte, Palmen und Strände, wie Urlauber sie liebten. An denen man im Schatten großer Hotels kleine Imbissbuden und Cocktailbars aus dem Sand stampfen konnte, wo man bis früh in den Morgen lachte und trank, während es niemals dunkel wurde. Lichter, die nie verloschen und Menschen, die nie verstummten. Und natürlich Bodenschätze. Vor allem seltene Erden, wie man sie für den Bau von Mobiltelefonen und Computern brauchte. Menga wusste von den Vorkommen. Weil er selbst bei einem seiner Besuche heimlich Proben genommen hatte.

Sowohl die Tourismusindustrie als auch Unternehmen warteten also nur darauf, die kleine Insel im Golf von Bengalen zu erobern. Und dann würde es ihr so ergehen, wie zuvor Tonga, Nauru oder Timor. Inseln, die bloß noch ein Schatten ihrer früheren Schönheit waren und auf denen es inzwischen mehr Touristen als Eingeborene und mehr Plastikmüll als Hoffnung gab.

Genau davor hatte er Whaku bewahren wollen. Mithilfe des Dämmerflechters. Der ihm versprochen hatte, die Insel schützen zu können. Weil er die Macht dazu hatte. Vielleicht sogar in dieser Welt und der der Dunkelheit. Menga hatte oft genug am Lagerfeuer des Schattenvaters gesessen und seinen Erzählungen gelauscht, um zu wissen, dass Skadwa der mächtigste der drei verbliebenen Meister war. Weil er die Dunkelheit, während die anderen beiden sie nur verstanden und bewahrten, zu beherrschen vermochte.

Menga, der selbst kein Talent für das Nachtzähmen besaß, hatte schließlich mithilfe eines Mitternachtsmagneten Kontakt mit dem dritten Meister aufgenommen. Und er erinnerte sich genau, wie er eines Nachts Skadwas Stimme aus dem Dunkel gehört hatte. Wie die Dunkelheit mit ihm sprach. Ihm Fragen stellte. Wie er, Menga, von Krigk, dem jüngsten Schüler des Schattenvaters, dessen Schwester und seiner eigenen Angst um die Insel gesprochen hatte.

Und wie Skadwa ihm aus dem Dunkel heraus ein Angebot gemacht hatte. Die Insel und den Stamm zu beschützen. Vor lauten Touristen, elektrischem Licht und der Gier der Welt. Insofern Menga ihm Krigk und R'hee brachte. Damit er die beiden anstelle des Nachtwahrers ausbilden konnte. Ein geringer Preis für die Zukunft seines Stammes, seiner Kultur. Hatte Menga zumindest angenommen.

Nun aber waren seine Kopfschmerzen plötzlich das kleinere Problem.

Langsam öffnete Menga die Augen, orientierte sich in dem kleinen Pensionszimmer und richtete sich mit brummendem Schädel auf. Er senkte den Blick und blinzelte müde. Die leeren Flaschen am Boden sprachen eine klare Sprache. Schwerfällig schob er sie mit dem Fuß auseinander.

Das dumpfe Pochen in seinem Schädel war schlimm. Der Kopfschmerz aber würde vorübergehen. Im Gegensatz zu den Schuldgefühlen, die ihn plagten, seit das Dunkel R'hee und Krigk verschluckt und er den Flughafen allein verlassen hatte. Er hatte dieses Geschäft mit Skadwa nur gemacht, um die Insel und den Stamm vor Übel zu bewahren. Zugleich aber machte der Handel es ihm unmöglich, dorthin zurückzukehren. Wie hätte er dem Schattenvater jemals wieder unter die Augen treten können? Wie hätte er ihm erklären sollen, was er getan hatte?

Der Preis für die Rettung der Seinen war, dass er sie womöglich niemals wiedersehen würde. Und das ungewisse Schicksal zweier Geschwister, die das Dunkel vielleicht niemals wieder verlassen würden.

Er war nicht mehr sicher, ob er das Richtige getan hatte.

Menga spürte Tränen in sich aufsteigen. Er wandte den Kopf und betrachtete schwermütig die beiden Amulette auf dem Nachttisch. Dann schloss er die Augen, stützte das Gesicht in die Hände und wünschte sich, dass er nur Kopfschmerzen gehabt hätte.

»Was … was ist das für ein Geschöpf?«, fragte Krigk und versuchte sich nicht anmerken zu lassen, wie sehr der Anblick jener Kreatur ihn verunsicherte. Übermannsgroß, weit größer und schwärzer als alle Wesen, denen er bis jetzt im Dunkel begegnet war, wirkte jenes geflügelte Ungetüm, das ihm dort gegenüberstand, derart Furcht einflößend auf ihn, dass er das Zittern in seiner Stimme kaum unterdrücken konnte.

R'hee indessen machte keinen Hehl aus ihrer Angst, versteckte sich hinter ihrem Bruder und hielt sich wieder einmal die Augen zu.

Skadwas Mundwinkel hoben sich leicht. Es war ein feines Lächeln, sein Mund wie eine dünne Klinge, die die Finsternis durchschnitt. Und seine Lippen bewegten sich nicht, als er nun leise auf Nächtisch antwortete. »Das, junger Schüler, ist ein Nachtkrabb. Eines der wenigen Geschöpfe, die bisweilen aus eigener Kraft die Grenzen zwischen dem Dunkel und dem Licht zu überwinden vermögen.«

Krigk betrachtete das nachtschwarze Ungeheuer. Sein mattschwarz schillerndes Gefieder, den schrundigen Schnabel, der in einen beinahe menschlichen Kopf überging, welcher wiederum auf einem Körper saß, der, teilweise nackt und teilweise gefiedert, eine Mischung aus Mensch und Vogel zu sein schien. Und natürlich die kleinen düsteren Augen, die wie schwarze Perlen aus dem unwirklichen Kopf funkelten und ihn eindringlich musterten.

Ein Nachtkrabb also. Er glaubte bereits von diesen Kreaturen gehört, sie sogar daheim auf den Felszeichnungen im Inneren der Höhle gesehen zu haben. Doch war es, wenn Krigk sich richtig entsann, ein Wesen aus der sechsten Dunkelheit, was bedeutete … Krigk schluckte.

»Ich dachte, dass ich erst einmal die dritte Höhle wiederholen sollte, und …«

Der Dämmerflechter lachte leise auf. »Nein, mein junger Freund. Ich bin nicht wie dein Meister. Der Weg des Schattenvaters, euch das Dunkel verstehen lassen zu wollen, ist langwierig und zäh. Ich werde euch lediglich lehren, es zu beherrschen.«

Etwa im gleichen Moment zuckte der Kopf des Nachtkrabbs vor und mit einem heiseren nächtischen Krächzen hackte er nach den Geschwistern. Erschrocken fuhr Krigk zusammen, drehte sich nach hinten und schloss die Arme um seine Schwester. Doch er war nicht schnell genug. Der schartige Schnabel erwischte ihn an seinem rechten Arm und riss seine beinahe verheilte Wunde wieder auf.

Krigk schrie und griff sich an den Oberarm. R'hee duckte sich in seine Arme. Und Skadwa zwang den Nachtkrabb mit einer knappen Geste zurück an seinen Platz. Der Meister schaute dem Ungetüm ruhig in die kalten schwarzen Augen. Mit schmerzverzerrtem Blick sah Krigk, während Blut zwischen seinen Fingern hindurchlief, wie der Dämmerflechter das Ungetüm mit einer knappen Bewegung seiner Hand scheinbar mühelos bändigte. Wie der Nachtkrabb, schützend seine Flügel vor dem Leib faltend, auf seinen dünnen Beinen zurückwich und dabei den Kopf senkte. Deutlich spürte Krigk die Macht, über die der Dämmerflechter verfügte. Die Fähigkeit, ein Wesen der sechsten Dunkelheit kraft eines Blickes und einer knappen Bewegung zu zähmen, war eine, über die gewiss weder der Schattenvater noch der Nachtwahrer verfügten. Eine Fähigkeit, die er, um sein Ziel zu erreichen, erlangen musste. Er würde das Dunkel beherrschen lernen. Wenn es sein musste, auch bevor er es verstand.

Mit überkreuzten Beinen saß David, das Handy neben sich liegend, am Boden eines fensterlosen, unbeleuchteten Raumes. Er spürte seinen eigenen Herzschlag, versuchte, ruhig zu atmen. Dem Rat Ayumis entsprechend hatte er seine Augen geschlossen. Um das Gefühl zu bekommen, zumindest ein wenig Kontrolle über die Dunkelheit zu haben. Ihm gegenüber auf der anderen Seite des Raumes stand Kuro Watanabe mit seiner Enkelin und beobachtete ihn. Das Verrückte dabei war, dass er die Blicke des Alten *spüren* konnte. Aufgrund eines einzigen Ratschlages, den Ayumis Großvater ihm gegeben hatte: Die Dunkelheit als einen Organismus wahrzunehmen und zu vergessen, was ihn von ihr trennte. Sich nicht als Fremdkörper darin zu empfinden. Sondern als Teil von ihr. Um die Grenze aufzulösen und jene Kräfte fließen zu lassen, von denen die wenigsten etwas ahnten.

Es war nicht leicht gewesen. Eine gute halbe Stunde hatte David reglos hier gesessen und mehr als einmal aufspringen und nach draußen rennen wollen. Einzig aufgrund des leisen beruhigenden Summens Ayumis, ihr Großvater hatte es »Nachtsang« genannt, war er geblieben.

Nach und nach war er zu einem Teil des Dunkels geworden, war darin versunken. Dann hatte er zu spüren begonnen, sobald der Alte ihn anschaute. Und dann plötzlich sogar, *was* er anschaute. Linker Arm, rechter Arm, linkes Bein, Kopf, Schulter, Hand. Wenn er sich konzentrierte, konnte er durch das Dunkel hindurch den Blick Kuro Watanabes inzwischen tatsächlich *fühlen.* Das war die erste Übung gewesen.

David hatte begonnen, in die Geheimnisse der Dunkelheit einzutauchen. Und er spürte bereits, wie sich ihm ein weiteres Geheimnis zu erschließen begann. Weil er Ayumis Gesang, den er gerade noch nur mit den Ohren wahrgenommen hatte, nun plötzlich auch in seinem Inneren zu hören begann.

»Das, David, ist Nächtisch. Jene Sprache, die alle eint, die das Innere der Dunkelheit kennen. Sie braucht keine Worte, keine Zeitformen. Und es braucht weder Mund noch Ohren, sie zu sprechen oder zu verstehen. Wer immer Nächtisch spricht, wird, wenn du in einem Raum, einem Dunkel mit ihm bist, kraft des Dunkels und seiner Gedanken mit dir zu sprechen vermögen. Ein Meister gar auf große Entfernung.«

David staunte wortlos. Ayumis Singsang hatte beinahe etwas Magisches. Als ob sich ihre Worte einen Weg durch sein Inneres suchten und dort etwas zum Klingen brachten, das immer schon dort, aber bis jetzt nicht bereit gewesen war. Als flutete Ayumi ihn durch das Dunkel hindurch mit ihren Gedanken, ihren Gefühlen. Und er glaubte deutlich zu spüren, wie froh sie darüber war, ihn nun zwischen Licht und Dunkel an ihrer Seite zu wissen. Und zugleich strömten durch die Schwärze des Raumes zahllose andere Eindrücke auf ihn ein. Er vernahm die Gedanken der Dunkelheit selbst, aus der es tonlos wisperte.

Wer ist das? Woher kommt er? Was will er? Wem dient er? Weshalb will der Nachtwahrer ihn die Geheimnisse der Nacht lehren?

So viele Fragen, so viele Gedanken, dass es David schier von innen heraus zu erdrücken schien. Bis er »Halt!« schrie und die Stimmen in seinem Inneren von einem Moment auf den anderen verstummten. Im gleichen Augenblick lief es ihm kalt den Rücken hinunter. Denn er hatte dieses Wort keinesfalls laut gerufen, sondern lediglich gedacht. David hatte Nächtisch gesprochen.

»Sehr gut, mein Junge«, vernahm er die Stimme des Alten in seinem Kopf. »Du begreifst schnell. Während all der Jahre, die du Angst vor dem Dunkel hattest, spürtest du womöglich nur, was sich alles in seinem Inneren verbirgt. Und jetzt, wo du es zu verstehen beginnst, wirst du es bald nicht mehr fürchten müssen.«

Die Worte Kuro Watanabes klangen einleuchtend und gaben ihm ein gutes Gefühl. Langsam öffnete David seine Augen, ahnte in völliger Finsternis die Konturen des Alten und seiner Enkelin. Die Grenzen begannen tatsächlich zu verschwimmen. Das Dunkel um ihn herum begann sich zu lichten.

Und dann leuchtete plötzlich sein Handy auf und vertrieb das Dunkel aus dem Raum. Er hatte es auf lautlos gestellt, aber vergessen, es auszuschalten.

Stirnrunzelnd sah er *Ma* auf dem Display leuchten und griff nach dem Telefon.

»David?«, hörte er die Stimme seiner Mutter.

»Ja?«

»Schaffst du es vielleicht, obwohl es schon dunkel ist, nachher den Bus zu nehmen?«, fragte sie mit einem besorgten Unterton in der Stimme.

David lächelte. »Dunkel« würde jetzt vermutlich kein größeres Problem mehr darstellen. »Denke schon. Kein Problem. Aber warum? Wollte Paps mich nicht eigentlich abholen?«

»Schon. Aber das Auto ist weg. Irgendjemand scheint es gestohlen zu haben.«

»Was? Wann denn das?«

»Frag mich nicht. Heute Nachmittag war es noch da. Scheint aber auch nicht der einzige Wagen zu sein, der verschwunden ist. Dein Vater ist jedenfalls schon drüben bei der Polizei. Zusammen mit den Nachbarn.«

Das war gar nicht gut. Vor allem, weil der Verlust des Autos die Laune seines Vaters alles andere als verbessern würde.

»Krass. Da scheint ja eine richtig üble Bande am Werk zu sein. Na ja, ich mach mich dann bald auf den Weg.«

»Pass auf dich auf, David.«

KAPITEL X

IN DEM DER NACHTKRABB GEZÜCHTIGT WIRD, EIN BUSFAHRER DERSELBE WIE IMMER IST UND MENGA ETWAS ZU BEGREIFEN BEGINNT

Krigks Arm schmerzte. Die Wunde, von den Klauen des fremdartigen Ungetüms in der Höhle geschlagen und vom finsteren Schnabel des Nachtkrabbs vertieft, hatte sich entzündet. Dumpf konnte er es in seinem Oberarm pochen spüren. Aber Krigk ließ sich nichts anmerken. Auf keinen Fall wollte er seine Fortschritte gefährden. Alles, was sein neuer Meister sehen sollte, war ein eifriger Schüler, der jede ihm gestellte Aufgabe zu meistern vermochte. Schnell und ohne Probleme. Und besser als seine Schwester.

Zwar hatte Krigk, weil Menga die Geschwister so unerwartet ins Dunkel entlassen hatte, seinen lichtgehärteten Dolch am Flughafen eingebüßt, doch Skadwa hatte ihm zum Zähmen der nachtwärtigen Kreaturen etwas anderes gegeben: eine sechsfingrige Glimmergeißel, die aus einem einzigen gebändigten und in die Haut eines Unlichtleviathans eingenähten Blitz bestand. Aus einem der größten Feinde der Dunkelheit und den Überresten eines ihrer mächtigsten Geschöpfe. Dem Dämmerflechter zufolge war diese Geißel die einzige ihrer Art. Ein mächtiges Instrument, das dem, der es führte, erlaubte, dem Dunkel seinen Willen aufzuzwingen.

Die Peitsche wog leicht in seiner Hand. Selbst durch den Griff hindurch konnte Krigk die flirrende Kraft des Blitzes spüren. Und als er ein weiteres Mal zuschlug und die Geißel knallen ließ, ahnte er die Macht, die ihr innewohnte.

Der Nachtkrabb zuckte furchtsam zusammen. Er hatte die Schwingen schützend über seinem Kopf zusammengelegt, kauerte vor Krigk am Boden und wirkte nun weit kleiner als noch bei ihrer ersten Begegnung. Der Junge mit der Peitsche zeigte keine Gnade. Weil sein Meister es ihm befohlen hatte. Weil er dieses Geschöpf aus dem Herzen der Dunkelheit züchtigen und beherrschen sollte. Und weil er ihm nicht verzieh, dass es ihn vor den Augen Skadwas und seiner Schwester verletzt hatte.

In einiger Entfernung standen im Dunkeln Gnista und R'hee und beobachteten schweigend, wie Krigk tobte. Bei jedem seiner Schläge fuhr auch der nordische Zwielichtwichtel zusammen. Gnista war sein Mitleid mit dem Nachtkrabb deutlich anzumerken. Auf dem Rücken der zitternden Kreatur zeichneten sich zwischen den Federn dunkle Striemen ab, die schwärzer noch als die schwarze Haut schienen. Die Glimmergeißel hatte sie gezeichnet. Und Krigk war noch lange nicht fertig. Dieses Monstrum würde ihm nie wieder etwas antun. Dafür würde er sorgen.

Er holte ein weiteres Mal aus. Das Geschöpf schrie auf. Und Skadwa wandte sich lächelnd ab, entfernte sich langsam und gab, während hinter ihm das Knallen der Geißel durch das Dunkel hallte, Gnista einen Wink, ihm zu folgen.

Beinahe dankbar riss der Gnom seinen Blick von dem gepeinigten Nachtkrabb los, um seinem Herrn nachzueilen.

»Ich will, dass du mit Mörker aufbrichst. Durchstreift die Nacht. Fangt Streuner, kleine Kreaturen des niederen Dunkel. Dimmlinge, Schattenhamster, Schemenschnabler und bringt sie mir.«

»Wie Ihr befehlt, Meister. Aber … aber wofür?«

»Wir werden bald etwas zu füttern haben. Und wenn es so weit ist, sollten unsere Vorratskammern gut gefüllt sein …« Skadwas nächtisches Raunen klang geheimnisvoll, verschwörerisch und durch das Dunkel wie eine fast vergessene, böse Erinnerung. Wie Worte, die ein Teil der Finsternis waren. Gnista lief es eiskalt den tiefschwarzen Rücken hinab. Im nächsten Moment hallte wieder der Knall der Glimmergeißel durch das Dunkel. Gefolgt vom Aufschrei des Nachtkrabbs.

»Meister?«, fragte der Zwielichtwichtel scheu.

»Hm?«, brummte der Angesprochene, seinen Mantel aus fein gewobener Nacht enger um seine schmalen, dunklen Schultern ziehend.

»Der Junge. Weiß er, was er da tut?«

Skadwa lachte leise auf. »Er glaubt, es zu wissen. Das reicht.«

»Wenn … wenn er so weitermacht, wird er den Nachtkrabb töten.«

»Es kann durchaus sein, dass es so weit kommt.«

»Aber wenn das geschieht, dann … dann …«

»Ich weiß, Gnista. Ich weiß.«

»Was gedenkt Ihr dann zu tun, Meister?«

»Seine Schwester loben und Krigk verzweifeln lassen. Wenn wir sie schon beide hier haben, sollten wir sie auch beide benutzen …«

»Und was ist mit der Insel? Dem Versprechen, das Ihr dem verräterischen Riesen gabt?«

»Das, mein treuer Diener, werde ich halten. So, wie ich jedes meiner Versprechen zu halten pflege. Nur Geduld. Menga wird zufrieden sein. Ich werde Whaku vor der übrigen Welt zu bewahren wissen. Bald schon. Sehr bald …«

»David! Jetzt aber los! Beeil dich ein bisschen! Wir müssen los. Die können nicht ewig auf uns warten!« In der offenen Tür des Busses stehend, tippte Frau Drescher mit ihrem dünnen Zeigefinger genervt auf ihre Armbanduhr.

David hastete, den Rucksack locker über der Schulter, vom Schulgebäude auf den Parkplatz. Dass die Abfahrt sich seinetwegen verzögert hatte, war ihm egal. Zumal er ohnehin lieber gar nicht mitgefahren wäre. Dafür hätte er sich allerdings im Vorfeld um ein anderes Praktikum kümmern müssen. Was er gewiss auch getan hätte, wenn ihm klar gewesen wäre, was er später mal werden wollte. Obwohl er da durchaus einige Ideen hatte, hätte er dennoch nicht gewusst, welche Art von Praktikum eine solide Grundlage für eine spätere Karriere als Künstler, Erfinder oder durch glückliche Zufälle zu Reichtum gelangter Millionär verhieß. Darum würde er nun wohl oder übel in jenen Bus steigen müssen, in dem der größte Teil seines Jahrgangs darauf wartete, zusammen mit Frau Drescher in den Fertigungskomplex von Erebos Industries am Rand der Stadt gefahren zu werden. Was eigentlich vollkommen unnötig war, weil die meisten von ihnen ja von ihren Eltern wussten, wie der Arbeitsalltag dort aussah. Und die Bezahlung. Oder auch die Kantine. Davids Vater pflegte zu sagen, dass sie der einzige Ort auf der Welt war, wo es noch weniger schmeckte als zu Hause. Was, der Buletten zum Trotz, tatsächlich nur halb scherzhaft gemeint war. Das größte Problem bei Erebos war allerdings weniger das Essen als vielmehr die Bezahlung. Davids Vater zufolge zahlte der Graf weit schlechter als die anderen Arbeitgeber der Umgebung. Aber dafür gab es in der Lampenfabrik zumindest Arbeit. Und da, das hatte sein Vater ihm beigebracht, war eine schlecht bezahlte immer noch besser als gar keine.

Ein wenig außer Puste sprang David an seiner Lehrerin vorbei in den Bus, warf sich in einer der vorderen Reihen neben Ayumi auf den für ihn freigehaltenen Sitz und schubste seinen Rucksack achtlos in den Fußraum. Dabei spürte er, wie Marvin und Leon ihn von der Rückbank aus übellaunig anfunkelten. Aber auch das war ihm in diesem Moment egal.

Die Tür schloss sich mit einem leisen Zischen. Wummernd startete der Bus. Nach einem kurzen Blick auf David und Ayumi schnallte Frau Drescher sich auf dem Sitz neben dem Fahrer an. Und damit waren nun gut achtzig, zu etwa gleichen Teilen männliche wie weibliche, Schüler bereit, sich gemeinsam über einen möglichen zukünftigen Arbeitsplatz zu informieren, der zumindest besser als keiner war.

Der Busfahrer, derselbe, der sie auch auf Klassenfahrt

und im Rahmen der Tagesausflüge gefahren hatte, schob sich seine Schirmmütze in den Nacken, stellte im Radio irgendeinen Rentnersender lauter und tuckerte, von Volksmusik begleitet, gemächlich vom Schulparkplatz.

»Und? Was ist mit Rocky? Hast du ihn wiederbekommen?«, fragte Ayumi neugierig. Dabei war die Besorgnis in ihrer Stimme nicht zu überhören.

»Der Hausmeisterraum war schon wieder zu. Bin extra noch mal ins Sekretariat. Aber die wussten auch nicht, wo Klandt sich rumtreibt.«

»Hm, dann müssen wir jetzt also nicht nur einen Schattenhamster, sondern auch noch einen Hausmeister suchen?«

»Na, zumindest der Hausmeister kann hoffentlich auf sich selbst aufpassen.«

Ayumi kaute einen Moment lang nachdenklich auf ihrer Unterlippe herum. »Was Rocky angeht, sollten wir uns allerdings was überlegen. Der Kleine tut mir echt leid. Wenn ich mir vorstelle, dass er vielleicht seit Tagen völlig verängstigt in irgendeinem Schatten unter einem Regal hockt ...«

»Wenn er dem Schein der Erebos 3000 entkommen ist.«

»*Das* will ich mir gar nicht erst vorstellen.«

David teilte ihre Sorge. »Aber du hast recht. Wir sollten wirklich was unternehmen. Ich lass mir was einfallen, versprochen.«

»Danke, David.«

Ayumi wandte sich ihm zu und lächelte ihn an. David spürte, wie er rot wurde. Im nächsten Augenblick griff sie nach seiner Hand und drückte sie. Ihm wurde heiß und kalt zugleich. Von hinten hörte er Marvin und Leon dreckig lachen. Was ihm in diesem Moment aber seltsamerweise erstaunlich egal war.

Als der Bus dann kurz darauf auf die Hauptstraße einbog und im Radio ein neuer schrecklicher Schlager ertönte, hatten sich die beiden auf der Rückbank wieder beruhigt. Ayumi aber hielt nach wie vor Davids Hand.

Menga lag noch immer im Bett und versteckte sich dort vor der Welt und den Folgen seines Handelns. Er hatte nicht geschlafen. Nur vor sich hin gedöst und, um sich abzulenken, den Fernseher laufen lassen. Die ganze Nacht. Aber das hatte es nicht besser gemacht. Die Nachrichten waren voll mit merkwürdigen Ereignissen. Geschichten von geheimnisvollen Räuberbanden und eigentümlichen Diebstählen, Dingen, die nachts unter seltsamen Umständen verschwanden, und zornigen Menschen, die irgendjemandem die Schuld dafür geben mussten. Und obwohl die Flaschen vor seinem Bett mehr geworden waren und sein Kopf schmerzte, ahnte Menga, was vor sich ging. Er erinnerte sich, wie Krigk und R'hee am Flughafen verschwunden waren. Wie das Dunkel sie im Bruchteil einer Sekunde geholt hatte. Er hatte nur das Licht ausgeschaltet. Mehr nicht.

Menga hob seine Rechte, betrachtete die beiden Schutzmedaillons darin und fragte sich zum wohl unzähligsten Mal, ob er richtig gehandelt hatte. Ob es richtig gewesen war, Skadwa die Kinder zu überlassen, um das Erbe seiner Väter zu retten.

Plötzlich hämmerte es laut an die Tür. »Sind Sie da?«

Menga schrak hoch. Verwirrt betrachtete er den Wecker auf dem Nachttisch. Kurz nach elf. Das bedeutete, dass er bereits mehr als zehn Stunden wach lag.

»Moment!« Er räusperte sich, stellte den Fernseher stumm und schwang sich aus dem Bett. Wobei es sich als praktisch erwies, dass er seine Kleider gar nicht erst ausgezogen hatte. Er bahnte sich seinen Weg durch die leeren Flaschen und öffnete im Vorbeigehen das Fenster. Noch bevor er die Tür erreicht hatte, wurde von außen wieder dagegengedonnert. Energischer. Unbeherrschter. Mit jedem Schlag spürte er seinen schmerzenden Kopf deutlicher.

»Nur die Ruhe. Ich komm ja schon!«, murmelte er, rieb sich die Schläfen und öffnete die Apartmenttür. Jedoch nur so weit, dass er hinausschauen konnte. Wer immer dort draußen stand, musste nicht sehen, wie es im Zimmer aussah.

Draußen stand, die Arme vor der Brust verschränkt und offensichtlich schlecht gelaunt, der Besitzer der Pension. Menga stutzte und fragte sich, ob er im angetrunkenen Zustand womöglich etwas Dummes getan hatte. Wobei er längst zu dem Schluss gekommen war, die größtmögliche Dummheit bereits nüchtern begangen zu haben.

Stirnrunzelnd betrachtete er seinen Vermieter, der ihn vorwurfsvoll anblickte und schwieg. Zwischen den beiden Männern entstand eine kurze unangenehme, beinahe schmerzhafte Stille. In Mengas Kopf rumorte es weiter. Bis er schließlich das Wort ergriff.

»Guten Morgen. Was gibt es denn? Ist etwas vorgefallen?« Er bemühte sich, freundlich zu sein. Was aber offenbar keine Wirkung auf sein Gegenüber hatte.

»Das kann man wohl sagen. Ich habe gestern Nacht meinen Laptop an der Rezeption stehen lassen.« Der Mann machte eine Pause, sog scharf die Luft ein und fuhr dann in harschem Ton fort. »Der jetzt nicht mehr dort ist.«

Menga schaute ihn verständnislos an. »Und was genau hab ich damit zu tun?«

»Genau das wollte ich gerade herausfinden. Ich denke, es ist kein Problem, wenn ich kurz reinkomme?«

Das war natürlich doch ein Problem. Einerseits der Flaschen, andererseits des Zimmers wegen. Weil es Menga peinlich war. Er überlegte kurz. Sein Gegenüber war gut einen Kopf kleiner als er. Ein Größenunterschied, den seine Wut jedoch wieder wettmachte. Der Mann war zornig. Und Menga ahnte auch, woran es lag, dass er, wenn es um seinen verschwundenen Computer ging, ausgerechnet zu ihm kam. Weil seine Haut dunkler und sein Akzent seinem Gegenüber nicht bekannt war. Weil man immer als Erstes die Fremden verdächtigte. Er zögerte kurz, kam dann aber zu dem Schluss, dass es besser war, wenn sein zorniger Vermieter ihn für einen Alkoholiker als einen Dieb hielt. Darum gab er der Tür einen Stoß, sodass sie aufschwang und so den Blick auf verstreute Schmutzwäsche, Schnapsflaschen, halb zugezogene Vorhänge und ein ungemachtes Bett eröffnete. Der zornige kleine Mann machte einen Schritt nach vorn, blieb im Türrahmen stehen und blickte sich misstrauisch um. Einzig Krigks Dolch und die Amulette auf dem Nachttisch schienen ihn kurz zu irritieren.

Menga schnaubte leise. »Reicht Ihnen das? Oder möchten Sie vielleicht noch reinkommen und genauer nachschauen, ob ich Ihren Laptop nicht irgendwo versteckt habe?«

Der Angesprochene winkte ab, murmelte, an ihm vorbeischauend eine halbherzige Entschuldigung und drehte sich weg. Wahrscheinlich hatte er Angst, dass Menga mit dem Messer umgehen konnte.

Nachdenklich schaute er seinem Vermieter nach, der wütend den Flur hinunterstapfte und dabei wohl überlegte, wer, wenn nicht der Ausländer, seinen Laptop noch gestohlen haben könnte. Dann schloss Menga die Tür wieder.

Sein Blick fiel auf den stumm geschalteten Fernseher, auf dem unter dem reißerischen Slogan *DIEBSTÄHLE NEHMEN DRAMATISCH ZU* eine Moderatorin gerade mit ernstem Blick ihren Mund bewegte. Menga ahnte den Text. Dinge verschwanden. Menschen wurden zornig. Irgendjemand musste schuld sein.

Und er konnte sich vorstellen, wie viele unzufriedene Menschen dort draußen gerade irgendwo an Türen klopften, um irgendeinen Schuldigen zu finden.

Die Empfangshalle im Hauptgebäude des Erebos-Fertigungskomplexes war beeindruckend. Schon von der Größe her. Die neunten Klassen der Hedwig-Klötzke-Gesamtschule waren durch einige Schulbusladungen der gleichen Jahrgangsstufe aus dem Umland verstärkt worden. Und obwohl sich inzwischen gut 200 Schüler im Inneren der Halle tummelten, wirkten sie inmitten des riesigen Raumes, der vermutlich noch fünfmal mehr von ihnen hätte fassen können, seltsam verloren. Die Schüler staunten. Über die mit weißem Kunststoff überzogenen Wände und die Säulen, die Monitore, die zahllos und in verschiedenen Größen in die einzelnen Wandsegmente eingelassen waren und auf denen sich in beinahe hypnotischer Langsamkeit die von den zwei griechischen Buchstaben umgebene Glühbirne drehte. Das Erebos-Logo war allgegenwärtig und spiegelte sich in seiner Zahllosigkeit noch einmal in den blanken weißen Marmorkacheln am Boden. Hunderte Alphas, Omegas und gekrönte kleine es. Und als wäre das noch nicht genug, erhob sich zu allem Überfluss im Zentrum der Halle das Ganze ein weiteres Mal in Form eines riesigen Springbrunnens, aus dessen gut vier Meter großem e sich ein steter Wasserstrom über seinen Querbalken ergoss und in ein Becken plätscherte, das das Dinkwitzer Hallenbad geradezu jämmerlich wirken ließ.

Aus der Decke, die mit den gleichen Plastiksegmenten wie der Rest des Raumes verkleidet war, ragten in sieben Meter Höhe einige futuristisch anmutende Scheinwerfer, die den Raum gleichmäßig erhellten und entgegen seiner Fensterlosigkeit wie von Tageslicht erfüllt scheinen ließen.

Über dem Ganzen lag, aus mehreren Dutzend in Wänden und Decke versenkten Lautsprechern tönend, eine ebenso entspannende wie nichtssagende Fahrstuhlmusik, die das aufgeregte Plappern der Schüler übertönte. Sie standen in kleineren Gruppen herum. Einzelne Klassen, Kumpels, Freundinnen. Unterhielten sich aufgeregt. Über diesen Raum, in dem abgesehen von ihnen ohne Weiteres auch noch ein Einfamilienhaus Platz gehabt hätte. Darüber, wie viel die Monitorwand, der Marmorboden und erst dieser Springbrunnen gekostet haben mochten.

In ihrer unmittelbaren Nähe wartete unterdessen ein gutes Dutzend Erebosmitarbeiter in weißen Anzügen und mit Tablets, um mögliche Fragen zu beantworten.

Sogar die Lehrer waren verblüfft und schienen sich angesichts des modernen Prunksaals beinahe zu überlegen, ob eine Tätigkeit bei Erebos Industries nicht womöglich lohnender als die Lehrerlaufbahn sein konnte.

David staunte wortlos. Das alles wirkte, als stammte es aus einer weit entfernten Zukunft. Beinahe wie in *Star Wars.* Die riesige Halle mit ihren mächtigen Säulen und der umlaufenden Empore erinnerte an einen Thronsaal. Was auch an den beiden breiten, rechts und links emporführenden Treppen und den riesigen Toren lag, die von hier aus in die Fertigungsgebäude führten. Offenbar konnte man damit, dass man den Menschen Licht verkaufte, ganz schön reich werden.

Von den aufgeregten Stimmen der anderen, der Kaufhausmusik und dem Plätschern des monströsen Brunnens umwabert, nahm Ayumi ihre Sonnenbrille ab. Für einen kurzen Moment konnte David ihren leeren ausdruckslosen Blick sehen. Sie rieb sich die Augen.

»Seltsam. Hier drin ist es so hell, dass ich davon ernsthaft Kopfschmerzen bekomme.«

»Wirklich? Du merkst das?«

»Na ja, Unterschiede zwischen hell und dunkel nehm ich schon noch wahr. Und hier drin ist es echt überhell.«

»Krass«, murmelte David, während Ayumi sich ihre Brille zurück auf die Nase schob.

Ungefähr im gleichen Moment begann sich die Musik aus den Lautsprechern zu verändern: die nichtssagende Melodie verstärkte sich, wurde lauter und begann von den Wänden widerzuhallen, bevor sie langsam in etwas anderes, etwas Größeres überging und zu einem melodischen Fanfarengeschmetter anschwoll.

In ihren Gesprächen innehaltend hoben die Anwesenden ihre Köpfe. Die aus Decken und Wänden tönende Musik bildete eine Art akustischen Korridor, an dessen Ende nun auf der Empore lautlos eine übermannsgroße, zweiflüglige Tür aufglitt. Heraus trat, von zwei weiteren Tabletträgern flankiert und gerade mal halb so groß wie die Tür wirkend, Jan Graf Erebos.

Die Fanfaren erreichten ihren Höhepunkt. Alle Blicke wandten sich in seine Richtung und ein Raunen ging durch die Schüler und Lehrer, als der Graf nun lächelnd und, seinen weißen Stock in der Hand, in einer übertriebenen Geste die Arme ausbreitete.

»Willkommen, junge Menschen, im Herzen von Erebos Industries!«

Er trug offenbar ein Mikrofon. Denn seine Stimme schien aus den Wänden und der Decke, von überall zu kommen. Und kaum, dass das letzte Wort verhallte, wurde es mit einem Schlag dunkel in der Halle.

KAPITEL XI

IN DEM ES ERST ZORN, DARAUFHIN GESCHENKE UND AM ENDE EINE UNANGENEHME ÜBERRASCHUNG GIBT

»R'hee, Kleines. Wenn du so weitermachst, bist du am Ende noch schneller eine Nachtzähmerin als dein Bruder!« Skadwa lachte laut auf. Und Krigk auf der anderen Seite des Raumes fuhr wie von der Glimmergeißel getroffen zusammen. Er hatte alles ganz genau beobachtet. Der Dämmerflechter hatte R'hee einen Mitternachtsmagneten überreicht und sie damit herumexperimentieren lassen. Dann war er gegangen und hatte sich irgendwo in seinem Nachtpalast versteckt. Mithilfe des Magneten hatte seine Schwester ihn dann ausfindig gemacht. Und das nicht nur einmal. Skadwa hatte den Versuch wiederholt. Drei Mal hatte R'hee sich auf die Suche nach ihm machen müssen. Und jedes Mal hatte sie den Schattenflechter innerhalb kürzester Zeit gefunden. Weil sie das Artefakt schnell verstanden hatte; denn der Magnet wies, wenn man sich auf seine Schwingungen konzentrierte, die Richtung zu einem zuvor definierten Gegenstand oder einer Person. In die richtige Richtung gehalten vibrierte er stärker. Und je näher man kam, desto mehr tat er es. Das Prinzip war denkbar einfach. Aber man musste sich darauf einlassen. Krigk hatte es damals noch auf Whaku vom Schattenvater im Rahmen der Lehren der zweiten Höhle erklärt bekommen. Und er war sich sicher, dass er Skadwa mit dem Artefakt doppelt so schnell wie seine Schwester gefunden hätte. Zumal er nicht einmal sicher war, ob sie ihren Meister überhaupt mithilfe des Mitternachtsmagneten gefunden hatte. Vielleicht hatte auch der hechelnde, schwanzwedelnde Shih Tzu, den R'hee inzwischen Pickel genannt hatte, den Dämmerflechter gewittert, sodass sie am Ende bloß dem kleinen Flohfänger gefolgt war.

Es ärgerte Krigk, wie zufrieden der Dämmerflechter mit R'hee schien. Er funkelte seine Schwester an, während diese Pickel tätschelte, der sich im Dunkel eng an ihr Bein schmiegte.

Dann wandte Krigk sich dem Dämmerflechter zu. »Lasst es mich versuchen, Meister! Gebt mir den Mitternachtsmagneten.«

Skadwa aber schüttelte den Kopf. »Nein, mein Junge. Für heute ist es zu spät. Und womöglich reicht es ja auch, wenn einer von euch mit dem Artefakt umgehen kann. Deine Schwester hat es jedenfalls schon sehr gut gemacht. Ich denke tatsächlich, dass sie ein gewisses Talent für die Nachtzähmerei hat.«

Wieder fühlte es sich für Krigk an, als ob irgendjemand ihm aus dem Dunkel zwei Hiebe mit der Geißel verpasste. Ein bitterer Schmerz, der sich bis in sein Innerstes fortpflanzte. »Wie Ihr meint, Meister«, murmelte er und hatte dabei einen bitteren Geschmack im Mund.

Als er den Raum kurz darauf mit hängendem Kopf verließ, spürte er Tränen in sich aufsteigen. Weil Skadwa ihn den ganzen Tag über nicht gesehen, nicht wahrgenommen und sich nur Zeit für R'hee genommen hatte. Krigk war wütend. Seine Unterlippe bebte, als er nach der Glimmergeißel griff, die in seinem Gürtel steckte. Er würde den Nachtkrabb züchtigen, der in seinem Quartier in Ketten lag. Bis die Kreatur wimmernd unter seinen Hieben zusammenbrach.

Im Inneren der Halle war es komplett dunkel.

Da war nicht einmal die Ahnung eines Lichtscheins.

Vor Kurzem noch wäre David angesichts der völligen Finsternis im Inneren der Halle irre geworden. Er spürte, wie Ayumi seine Hand ergriff. Früher hätte er sich ängstlich auf dem Boden zusammengerollt. Womöglich sogar geheult. Doch jetzt, wo er dank des Mädchens an seiner Seite und dem alten Watanabe etwas Nächtisch beherrschte und die Dunkelheit zumindest ein wenig kannte, war es anders. David hatte etwas verstanden. Das Dunkel war nicht ungefährlich. Aber es gab, ebenso wie im Straßenverkehr oder wenn ein Feuer ausbrach, gewisse Gesetzmäßigkeiten. Regeln. Und wenn man die kannte, vermochte man dem Schlimmsten zu entgehen. Als das Licht verlosch, schloss David die Augen. Versuchte, sich in das Dunkel einzufühlen. Es zu spüren. Sich mit ihm zu verbinden. Doch dafür blieb ihm nicht die Zeit. Weil die Empfangshalle von Erebos innerhalb weniger Augenblicke noch mehr Science-Fiction wurde: Durch seine geschlossenen Augenlider konnte David erkennen, wie plötzlich dünne helle Lichter das Dunkel durchdrangen und sich mitten im Raum bündelten. Er blinzelte und sah wie sich über ihren Köpfen inmitten des Raumes, von verschiedenen Lasern gespeist, ein dreidimensionales hochkomplexes Hologramm aufbaute. Es brauchte nicht lange, bis sie alle begriffen, was dort entstand: *das Erebos-Logo.* Dieses Mal allerdings aus reinem Licht. Und während die Laser das Bild in die Dunkelheit zeichneten, erklang aus Wänden und Decke die Stimme des Grafen: »Erebos ist Licht. In mehr als dreißig Ländern dieser Welt steht unser Name nicht nur für Qualität, sondern für Leuchtentechnologie, die ihrer Zeit weit voraus ist und in Stromersparnis, Leistung und Preis ihresgleichen sucht. Hier, am Rande von Dinkwitz, befindet ihr euch im zentralen Fertigungskomplex des weltweiten Marktführers für innovative Leuchtmitteltechnologie.«

Ehrfürchtig schwiegen die Anwesenden, lauschten und starrten wie gebannt auf das animierte Laserlogo. Nur Ayumi, die Davids Hand inzwischen wieder losgelassen hatte, stieß ihn an und flüsterte leise: »Ernsthaft? Das klingt jetzt wie eine dieser Reden, die so lang werden, dass man sich wünscht, man hätte sich ein Pausenbrot mitgenommen.«

David nickte und lauschte, während das Logo sich hypnotisch langsam zu drehen begann, den Worten des Grafen.

»In all ihren Fabriken beschäftigt unsere Firma über den Erdball verteilt mehr als 20.000 Mitarbeiter. Sie hält 72 Patente und befindet sich auf der Liste der wertvollsten Unternehmen seit Jahren unter den ersten fünf. Wir bringen das Licht. Überall. In tausend Formen.«

Die einzelnen Laser fächerten sich auf und begannen, etwas anderes in den Raum zu zeichnen. Schemazeichnungen von Glühlampen, Neonröhren und Halogenstrahlern bauten sich über ihnen auf. Und dazu erklang von allen Seiten wieder die Stimme des Grafen: »Ihr alle werdet bald schon im Rahmen eures Schulpraktikums die Gelegenheit bekommen, herauszufinden, ob auch ihr Teil unserer großen Lichtbringerfamilie sein wollt.«

Bei den letzten Worten des Grafen hatte die Lasershow die gesamte Produktpalette von Erebos Industries abgebildet. In der Mitte flammte noch einmal das Logo auf und drehte sich im Dunkel um sich selbst.

Dann ging das Licht wieder an.

Im Bruchteil eines Augenblicks wurde es, beinahe wie durch einen Blitzschlag, wieder hell im Saal. Ayumi hob die Hand vor ihre Brille und die Anwesenden blinzelten irritiert ins Licht.

Oben auf der Empore blickte der Graf, auf den schimmernd weißen Knauf seines Stockes gestützt, auf die Schüler herab. »Und um euch die Entscheidung ein wenig leichter zu machen, hab ich für euch alle eine Kleinigkeit vorbereitet …«

Ein Lichtreflex brach sich in seiner breitrandigen Brille, als der kleine Mann in Weiß mit den Fingern schnippte, die Seitentüren sich öffneten und zwei weiße führerlose Gabelstapler mit dem Erebos-Logo auf der Seite in die Halle surrten. Zugleich setzte auch die Fahrstuhlmusik wieder ein.

Die Schüler machten Platz und die beiden Geräte stellten jeweils eine mit kleinen glänzenden Kartons beladene Palette auf dem Hallenboden ab.

»Was ist los? Was passiert da?«, wollte Ayumi wissen.

»Die haben hier gerade zwei Paletten mit irgendwelchem Zeug reingefahren. Keine Ahnung, was das soll.«

Verwundert runzelte das Mädchen die Stirn und war ebenso verwirrt wie die übrigen Schüler, die sich ebenfalls fragten, was das wohl bedeuten mochte.

»Das ist für euch. Zum Mitnehmen. Aber jeder nur eins. Ach, und für eure Lehrer sind auch welche da!«

Von seiner Empore deutete der Graf zwinkernd auf die glänzenden Päckchen. Die Schüler blickten einander kurz an. Dann stürmten sie los, um sich jeder eines zu schnappen. Sie drängten sich um die Paletten, schubsten und stießen einander beiseite, nur um vor den anderen eines der Pakete zu bekommen. Ohne überhaupt zu wissen, was sich darin befand. Einzig unter dem Eindruck dieser unglaublichen Kulisse und in der Hoffnung, dass es sich, wenn die Firma schon so lukrativ war, um irgendwelchen geilen Scheiß handelte.

Und das tat es auch. Teilweise zumindest.

David wartete, bis der Andrang kleiner und die Paletten schon beinahe geplündert waren. Dann nahm er Ayumi bei der Hand, führte sie hin, drückte ihr eines der Päckchen in den Arm und nahm sich selbst auch eines. Um sie herum war die Aufregung groß. Weil sich in jenen Geschenkpaketen vollkommen unterschiedliche Dinge befanden. Einen kurzen Moment lang betrachtete David das schimmernde Papier, auf dem glänzend und schwarz auf schwarz einmal mehr das Erebos-Logo geprägt war. Dann riss auch er sein Päckchen hastig auf und fand im Inneren verwundert ein Buch über die Geschichte der Glühbirne vom 19. Jahrhundert bis in die Gegenwart. Ayumi hingegen, die für das Auspacken etwas länger brauchte, zog eine kleine Spielekonsole aus ihrer Schachtel.

»Das ist jetzt nicht dein Ernst«, sagte David kopfschüttelnd, verriet ihr, was sie da in der Hand hielt und verkniff sich mit Mühe die Frage, ob sie mit ihm tauschen wollte.

»Super«, meinte Ayumi daraufhin. »Am liebsten spiele ich ja Autorennspiele. Die machen nach Gehör noch am ehesten Spaß.«

»Ernsthaft jetzt?«

»Nein, du Dödel. Von mir aus kannste das Ding haben.«

David musste grinsen. So breit, dass Ayumi es wahrscheinlich sogar hören konnte. Um sie herum versuchten alle anderen ebenfalls Geschäfte miteinander zu machen. Weil die einen Glühlampen und die anderen MP3-Player, wieder andere Fotoapparate und die nächsten Bettwäsche mit dem Erebos-Logo bekommen hatten. Was unter den Schülern zu einem gewissen Unmut führte, den der Graf jedoch im Keim erstickte.

Von oben und überallher donnerte seine Stimme auf sie herab: »Aber damit könnt ihr euch später vergnügen. Jetzt bekommt ihr erst einmal eine Führung durch den Betrieb. Bitte begebt euch zu den ausgewiesenen Türen und leistet den Anweisungen meiner Mitarbeiter Folge. Vor euch liegen zwei Stunden Abenteuer in der Wunderwelt der Leuchtmittelherstellung!«

Um sie herum nahmen die Angestellten in ihren weißen Anzügen Aufstellung, um den Schülern den Weg zu einer der offenen Türen zu weisen. Die Jugendlichen setzten sich, jeder ein Päckchen unter dem Arm, die einen mehr, die anderen weniger zufrieden, in Bewegung. Und David schauderte es bei dem Gedanken an die zwei Stunden Abenteuer in der Wunderwelt der Leuchtmittelherstellung. Vor allem, weil sein Vater irgendwie seit über fünfzehn Jahren in genau dieser Welt gefangen war und zu Hause kaum etwas von ihren Wundern erzählte …

Viele Tausend Kilometer entfernt sammelte sich zum Abend des gleichen Tages vor dem Eingang der Höhle, in welcher das Dunkel wohnte, ein Dutzend Speerträger des Stammes der H'ru um Meister Chaya, den Schattenvater.

Seit dem Vorfall im Inneren hielt der Stamm vor dem Höhleneingang mehr als ein Dutzend Fackeln und einige größere Feuerschalen am Brennen. Hinter ihnen waren breite Bahnen aus hellem Stoff aufgespannt, die den Schein des Feuers noch einmal zurückwarfen und den Platz beinahe taghell erscheinen ließen. Eine Lichtlinie, wie die Nachtzähmer sie seit Anbeginn der Zeiten zu ziehen pflegten, um Geschöpfe, die das Licht fürchteten, in ihre Grenzen zu weisen.

Seit das seltsame Schattenungeheuer Krigk und seiner Schwester erschienen war, waren einige Tage vergangen. Das Notfeuer im Inneren der Höhle war längst verloschen. Niemand wusste, was dort unten seitdem vorgegangen war. Ob das schauerliche Geschöpf im Dunkel womöglich noch weiter gewachsen war und ob es noch andere Kreaturen in sich aufgesogen hatte. So oder so war es vollkommen fremd.

Der Schattenvater hatte lange nachgedacht. Meditiert. Hatte seinen Geist auf Wanderschaft durch das Dunkel geschickt und dort mit Geschöpfen kommuniziert, von denen die wenigsten Menschen jemals überhaupt etwas ahnen würden. Alle sieben Kreise der Dunkelheit hatte er durchwandert. Mehr als einmal. Aber nirgends hatte er Antworten gefunden. Er hatte keine Ahnung, was es sein konnte, das da aus der Finsternis aufgetaucht war und den Jungen angegriffen hatte. Was immer es war, es schien völlig fremd. Etwas, das so im Dunkel noch nie existiert hatte. Eine Gefahr. Womöglich nicht nur für den Stamm und die Insel …

Der alte Chaya hatte die Rüstung angelegt, die vor Urzeiten aus den Schuppen des einzigen Unlichtleviathans zusammengefügt worden war, den die Nachtzähmer jemals besiegt hatten. Aus jener Rüstung ragend wirkte sein Kopf ein wenig wie der einer ausgemergelten Schildkröte. Aber der Alte war weit weniger wehrlos, als es den Anschein hatte: In seinem Gürtel, der aus der Haut einer Nachtschattennatter geflochten war, steckte ein Bund aus Schattenbolgfedern. Um den Hals trug er die gebogene und in schwarzes Silber gefasste Kralle eines großen Zwielichtlings und in der Hand das Zepter aus Dämmerstein. Der Schattenvater war gewappnet. Und bereit, dem Untier entgegenzutreten. Auch wenn nicht sicher war, ob er das überlebte. Denn er hatte lange nicht mehr im Dunkel gekämpft.

Den Speerträgern hatte er mit Farbe aus Schwarzsteinasche die alten Zeichen auf den Leib gemalt und ihnen dadurch jenes Maß an Schutz verliehen, das ohne eines der Vielnachtamulette möglich war. Ihre Speere hatte er mit Dämmersteinspitzen versehen und am Gürtel trug jeder von ihnen einen kleinen, mit Zunder und trockenem Gras gefüllten Eisenzylinder mit einer dünnen Schnur, an der ein kleiner Feuerstein baumelte. Die mobile Variante des Notfeuers, das zu entfachen keine zehn Sekunden brauchte. Auch die Männer waren bereit. Und sie alle wussten, wie gefährlich es werden würde.

Der Schattenvater schritt an ihnen vorüber. Bei jedem Einzelnen hielt er kurz inne, um ihm die Augen mit einem nachtgetränkten Tuch zu verbinden, das den jeweiligen Krieger zumindest während der nächsten Stunde im Dunkel würde sehen lassen.

Kurz darauf waren sie so weit. 12 Speerträger und ein Nachtzähmer. Bereit, in das Dunkel der Höhle zu dringen und sich dort einem Ungetüm zu stellen, das vollkommen unberechenbar, einer fremden Finsternis entsprungen und völlig unbekannt war.

Der Schattenvater ging voran. Vorsichtig. Konzentriert. In der einen Hand das Zepter, die andere um die sanft vibrierende Kralle gelegt, die sich bei wachsender Gefahr im Dunkel stärker regen würde. Und die Männer folgten dem Alten. Nach und nach schwand mit jedem Schritt, den sie tiefer ins Innere der Höhle vordrangen, der Schein des Fackellichtes von außen. Bis sie bei der ersten Höhle schließlich in völliger Dunkelheit anlangten.

Nichts regte sich. Nicht in der ersten und auch nicht in

der zweiten Höhle. Weder darin noch davor. Nicht ein Geschöpf bewegte sich in der Finsternis. Kein einziges. Selbst in den hinteren Höhlen nicht. Komplett leer erstreckte das Dunkel sich vor ihnen.

Als sie wenig später aus den Höhlen zurück in die Lichtlinie traten, war der Schattenvater beinahe verwirrter als zuvor. Noch nie hatte er eine derart entleerte Finsternis gesehen. Eine Dunkelheit, die rein gar nichts beinhaltete. Als wäre alles darin geflohen oder von irgendetwas anderem verschlungen worden. Was das bedeutete, wollte er sich gar nicht vorstellen.

Doch noch während der Alte in Gedanken war und die Speerträger um ihn herum ihre Augenbinden abnahmen und in das Licht der umstehenden Fackeln blinzelten, begann die Kralle in seiner Hand zu vibrieren.

Stärker als es je ein Nachtzähmer zuvor erlebt hatte.

KAPITEL XII

IN WELCHEM DAVID TIEFER IN DIE DUNKELHEIT EINDRINGT, EIN MINISTER PROBLEME BEKOMMT, MENGA DAS HERZ BRICHT UND AM ENDE SOGAR EIN VERBRECHEN BEGANGEN WERDEN MUSS

Als sie am Haus ihres Großvaters ankamen, waren David und Ayumi noch immer beeindruckt von ihrem Ausflug zu Erebos Industries, der den halben Tag gedauert hatte. Inzwischen war es bereits später Nachmittag. Im Inneren der Fabrik hatten sie gar nicht gemerkt, wie die Zeit vergangen war.

David ließ seinen Rucksack von der Schulter gleiten und öffnete das niedrige Gartentor.

»Und? Könntest du dir vorstellen, dort später wirklich mal zu arbeiten?«, fragte Ayumi, während sie das Grundstück betraten.

»Vielleicht. Aber nur wenn ich nichts anderes finde. Ganz oben steht die Lampenklitsche jedenfalls nicht auf meiner Liste. Auch wenn es so ein übermoderner Techniktempel ist.«

»Na ja, zumindest hättest du es zur Arbeit nicht weit.«

»Genau das hat mein Vater sich damals auch gedacht. Und jetzt schraubt er für den Grafen seit 15 Jahren seine

Glühbirnen zusammen und schimpft über das Essen in der Kantine. Er sagt allerdings auch: Der Job ist nicht gut, aber sicher.« David zögerte kurz und klopfte lächelnd auf den Karton mit dem Erebos-Logo, der aus seinem Rucksack ragte. »Aber die Geschenke sind schon cool.«

»Wenn man was damit anfangen kann.« Ayumi seufzte.

»Na ja, auf blinde Praktikanten sind die vermutlich nicht unbedingt vorbereitet«, entgegnete David, ohne nachzudenken, biss sich dann aber gleich auf die Zunge.

»Ach weißt du, Licht ist eh nicht so meins.« Sie wandte sich ihm zu und grinste.

»Du nun wieder …« Er lachte erleichtert und knuffte ihr sanft gegen die Schulter.

Über den mit kleinen Schieferplatten gepflasterten Pfad betraten die zwei kurz darauf die Terrasse.

»Heute Abend werde ich zu Hause jedenfalls mit Sicherheit erst mal ein wenig zocken«, fügte er hinzu.

»Morgen«, widersprach Ayumi bestimmt.

»Hä? Wieso morgen?«

»Weil du heute Abend noch etwas vorhast. Oder hast du das schon wieder vergessen?«

Das hatte er tatsächlich. Weniger vergessen als vielmehr verdrängt. Weil es zum einen wirklich Ärger geben konnte und er es zum anderen allein tun musste. Denn Ayumi würde ihm bei diesem Vorhaben kaum etwas nützen. Zumindest hatte er noch nie von einer Gaunergeschichte gehört, bei der ein Blinder Schmiere gestanden hätte. Aber sie hatten sich drauf geeinigt, dass er es tun würde. Weil es anders vermutlich nicht ging.

»Ist ja gut. Keine Sorge. Ich kümmer mich drum«, murmelte er widerwillig und stutzte kurz. Der Garten. Etwas hatte sich *verändert.* Die schwarzen Kästen vor der Terrasse waren weniger als zuvor.

Da erklang durch die halb geöffnete Verandatür und aus dem Dunkel des Hauses heraus plötzlich die brüchige Stimme Kuro Watanabes: »Wenn ihr zwei euch dann von der Schule erholt habt, würde ich vorschlagen, dass wir David jetzt erst einmal das Wichtigste über die ersten beiden Arten Dunkelheit beibringen.« Der Alte machte eine kurze Pause, bevor er besorgt hinzufügte: »Ich fürchte nämlich, dass wir nicht so viel Zeit haben, wie wir eigentlich bräuchten.«

»Wie … wie meinst du das, Großvater?«, wollte Ayumi wissen, während sie nun zur Tür sprang, sie weiter aufschob und David hinter sich her ins Haus zerrte.

»Das weiß ich selbst nicht genau, Kleines. Aber dort draußen passiert etwas. Immer wenn es dunkel wird. Etwas, das es so noch nicht gegeben hat.«

»Ich verstehe nicht.«

»Ich auch nicht, Kleines. Aber wenn du nachts die Augen schließt und dich konzentrierst, dann kannst du es spüren. Wie einen tonlosen Donner, der in der Finsternis rumort und jede Nacht lauter wird.«

»Du machst mir Angst, Großvater.«

»Wohl leider nicht grundlos. Aber darum müssen wir uns beeilen. Besonders jetzt, wo die anderen beiden verschwunden sind. Und seltsamerweise habe ich mit Meister Chaya keinen Kontakt aufnehmen können. Aber das

Wichtigste ist: Wir haben Krigk und R'hee verloren. Darum muss David jetzt lernen. So schnell wie möglich. Folgt mir, ihr zwei.«

Der Alte begab sich tiefer in das fensterlose Haus. David und Ayumi folgten wie geheißen. Hinter ihnen verblasste das Licht, das durch die Terrassentür ins Innere fiel. Dicht hinter dem Alten bleibend stiegen sie über eine knarrende, schmale Holztreppe in ein tiefer gelegenes Stockwerk hinab. Dort unten schien es sogar noch dunkler als oben zu sein. David staunte, dass er nur aufgrund des wenigen, was er bis jetzt gelernt hatte, das Dunkel selbst hier unten durchschauen und alles darin erkennen konnte. Das hatte beinahe etwas von *Magie.*

Und er wunderte sich, dass ihn allein aufgrund dieser Fähigkeit ein leerer, dunkler Raum mehr beeindruckte als die hochtechnisierte, gigantische Empfangshalle des Grafen.

Dann bemerkte er sie. Die Kästen aus dem Garten, die der Alte offenbar hier unten aufgestellt hatte.

Ayumis Großvater folgte seinem Blick und nickte lächelnd. »Dich erwarten heute hier zwei Arten Dunkelheit. Zwei Arten Wissen, das ihnen innewohnt, und zwei Arten von Kreaturen, die sich darin verbergen.«

Kreaturen. David bekam eine Gänsehaut. Ein niedlicher, kleiner Schattenhamster war das eine. Aber er erinnerte sich auch an den Grantelschwarz, und wie dieser auf dem Schulklo getobt hatte. Bei dem Gedanken, was sich wohl noch alles im Dunkel verbarg, schauderte es ihn.

Der Alte aber ließ diesen Gedanken keinen Raum und

stapfte zu einem der Kästen hinüber. »Normalerweise würde ich dich jetzt fragen, ob du bereit bist. Aber dafür haben wir keine Zeit.«

Mit diesen Worten hob er den Deckel von einem der Kästchen, aus dessen Innerem sich im nächsten Moment ein schwirrender Strom von Schwärze in die Dunkelheit des Raumes ergoss. Staunend hörte, oder besser *spürte* David das Schwirren zahlloser, für das normale Ohr nicht wahrnehmbarer Flügel.

Das zigflüglige Schwarz begann sich im Raum zu verteilen und nach und nach konnte er darin verschieden große, teils käfer-, teils motten- oder auch insektenartige Kreaturen unterscheiden.

Ayumi kicherte, als ein kleiner, dicker Käfer sich auf ihre Nase setzte. Und David staunte über die riesige Menge halbdurchsichtiger und halbfinsterer Flatterwesen.

In seinem Rücken erklang wieder die Stimme Kuro Watanabes: »Die erste Dunkelheit nennen wir ›Hauch‹, und sie ist kaum mehr als eine Ahnung. Sie ist jener Anteil des Dunkels, der sogar dem Licht innewohnt. Vage Schemen, dunkle Flecken, etwas, das nur aus dem Augenwinkel wahrgenommen wird. Der Hauch einer Ahnung von etwas, das womöglich nicht einmal wirklich da ist. Ein großes Vielleicht. Schlussendlich ist der Hauch kaum mehr als ein Botschafter der Dunkelheit, der aber allzeit und immer und selbst im hellsten Sonnenschein präsent ist.«

»Hauch …«, murmelte David von halbwirklichen Insekten umschwirrt.

»Im Hauch existieren vor allem Schemenschwirrlinge,

Dämmerflügler und Nachtwanzen. Die draußen im Licht kaum wahrnehmbar sind. Sie füllen die Lücke zwischen dem, was ist und dem, was nicht ist. Sie sind da und sind es zugleich auch nicht, sind selbst kaum mehr als ein großes Vielleicht. Dabei aber wunderschön. Vor allem die Muster auf dem Flügel eines Schemenschwirrlings, in deren Betrachtung man stundenlang versinken kann.«

Als hätte er es gehört, setzte sich im gleichen Moment ein solcher Schwirrling auf Davids Hand und spreizte langsam seine Flügel. Das Muster darauf war wirklich unglaublich. Ein dünnes Geflecht aus Schatten, das wie ein Kaleidoskop ständig in Bewegung schien und immer neue Zeichnungen schuf. Und jede Einzelne davon war wunderschön. David lächelte.

Da aber klatschte Ayumis Großvater schon wieder in die Hände und ebenso schnell wie sie daraus hervorgeschossen waren, verschwanden die zahllosen, halbwahren Insekten surrend wieder in ihrem Kasten und der Deckel schloss sich über ihnen.

Mit offenem Mund starrte David den Alten an.

»Er ist ein Nachtzähmer. Und kann sie allein kraft seines Willens beherrschen«, erklärte Ayumi.

Jetzt erst begriff David, worum es eigentlich ging. *Was* das Dunkel wirklich zu bieten hatte. Welche Wunder und welche Möglichkeiten dort vielleicht auf ihn warteten. Die Gelegenheit, selbst zum Nachtzähmer zu werden.

Kuro Watanabe fuhr unterdessen unbeirrt fort: »Die Geschöpfe der ersten Dunkelheit sind die Einzigen, die Nächtisch weder verstehen noch sprechen. Womöglich besitzen sie eine eigene Sprache. Wenn dem so ist, dann ist auch sie nur eine Art Schemen. Aber halten wir uns nicht unnötig mit so etwas auf. Fürs Erste reicht es, dass du den Hauch und seine Kreaturen zumindest kennst. Er ist Dunkelheit und eine Ahnung von Form. Kommen wir zur zweiten Dunkelheit. Dunkelheit und eine Ahnung von Willen. Einen Vertreter dieser zweiten Dunkelheit, die wir ›Schatten‹ nennen, hast du ja bereits kennengelernt.«

Rocky. David und Ayumi fuhren kaum merklich zusammen. Sie hatten beide ein schlechtes Gewissen. Schließlich wusste ihr Großvater nicht einmal, dass der Schattenhamster seit Tagen verschwunden war. Aber mit etwas Glück würde David ihn, wenn der Plan aufging, am gleichen Abend noch zurückbekommen.

»Ich habe hier noch zwei weitere Schattenhamster.« Der Alte öffnete die erste Kiste, entnahm ihr zwei der dunklen, struppigen Geschöpfe und setzte sie auf den Boden. Inzwischen konnte David, obwohl alles nicht mehr als Schwarz in Schwarz war, sogar ihr Fell schimmern sehen und ihre kleinen, dunklen Augen und die schwarzen Zähnchen in den dunklen Mäulern erkennen.

»Abgesehen davon …«, murmelte Watanabe und öffnete den nächsten Kasten, »… habe ich hier noch einen Zwergnachtling …« Kaum dass er den Deckel anhob, sprang aus dem Inneren eine seltsame Mischung aus Frosch und Kaninchen ins Dunkel des Raumes. Mit wackelnden Ohren hoppelte das Tier direkt auf David zu und wirkte dabei, als ob es jeden Moment umkippen und der Länge nach hinfallen würde. Was aber offensichtlich Bestandteil seiner Fortbewegung war. Bei David angekommen, beugte sich das Tier, das für die meisten Menschen nur etwas Dunkel im Dunkel gewesen wäre, vor und beschnupperte sein Hosenbein. Zugleich hatte der Alte noch einen weiteren Kasten geöffnet.

»... und einen Dusterwulch.« Aus seiner Behausung kroch nun so etwas wie ein sechsbeiniger stämmiger Affe, eine Art kleiner Gorilla mit riesigen Augen, der David verwirrt anblinzelte.

»Die Geschöpfe der zweiten Dunkelheit verfügen über einen eigenen Willen und existieren im Dunkel seit Urzeiten. Sie verstehen Nächtisch, vermögen es aber nicht zu sprechen. Sie kommunizieren durch ihre Regungen, verbergen sich in der Regel im Schatten, meiden Menschen und sind für solche, die das Dunkel nicht durchschauen, nur wahrzunehmen, wenn sie Angst oder Zorn empfinden.« David erinnerte sich an seinen Mathelehrer. Daran, wie Rocky ihn gebissen hatte. Nachdem er von Dr. Grobholdt durchgeschüttelt worden war. Und in so einem kleinen Karton konnte man sich eben wirklich nur schwer vor Menschen verstecken.

»Es lohnt sich, ihr Verhalten zu beobachten. Ihre Sinne sind derart geschärft, dass sie nahende Naturkatastrophen spüren und aus bedrohten Regionen fliehen, sodass Nachtzähmer in der Vergangenheit mit ihrer Hilfe schon Vulkanausbrüche und Erdbeben vorausgesagt haben. Einige von ihnen sind jedoch etwas anhänglich und können bisweilen ein wenig lästig werden.« Er hatte den Satz noch nicht beendet, da klammerte der Zwergnachtling sich bereits an Davids Bein. Irritiert tätschelte er dem sonderbaren Froschkaninchen den Kopf. Inzwischen war auch das affenartige Tier bei ihm angelangt, legte den Kopf schief und streckte seinen haarigen Arm nach ihm aus. Als David sich zu ihm hinabbeugte, ergriff der Dusterwulch seine Hand und begann, ihn mit großen Augen anblickend, an seinem Finger zu nuckeln. Es kitzelte derart, dass David ein Kichern unterdrücken musste. Er fühlte sich ein wenig wie im Zoo, als er sich nun zu den beiden Tieren auf den Boden hockte, während die zwei Schattenhamster aufgeregt um sie herumhuschten.

Versonnen betrachtete der alte Watanabe, wie selbstverständlich der Junge dort am Boden mit jenen Geschöpfen umging, die nur die wenigsten Menschen jemals überhaupt wahrnehmen würden.

Ayumi nutzte die Pause, trat näher zu ihrem Großvater und flüsterte leise: »Glaubst du, dass er es sein könnte, von dem in der Prophezeiung die Rede ist?«

»Der, von dem die alten Räume raunen?«

»Ja. Der erschafft, was zuvor nicht war. Tut, was noch nie getan wurde. Der das Dunkel verändert. Du hast mir in den letzten Jahren so viel davon erzählt.« Ayumis Stimme zitterte leicht.

Nachdenklich betrachtete ihr Großvater, wie David mit den Kreaturen spielte. Wie intuitiv er mit ihnen umging. Grübelnd strich er sich durch den Bart. »Vielleicht ist er es. Vielleicht auch nicht. Er lernt schnell. Als ob er vieles davon bereits tief in seinem Inneren weiß.«

»Wenn es tatsächlich so ist, ist das dann gut oder schlecht, Großvater?«

»Wenn es so ist, ist es vor allem eine Chance, meine Kleine …« Der Alte ergriff ihre Hand und drückte sie. »Keine Angst, wir zwei passen schon auf ihn auf.«

Ayumi seufzte leise.

Ihr Großvater räusperte sich und schnippte mit den Fingern. Von einem Moment auf den anderen lösten sich alle Tiere, der Zwergnachtling, der Dusterwulch und die Schattenhamster, von dem sitzenden David und trotteten zurück zu ihren Kästen.

»Ich denke, es reicht, David. Für heute hast du genug gelernt.«

David sah, wie der Wulch zurück in seinen Kasten kletterte. »Kommen Sie schon, nur noch ein bisschen. Ein oder zwei Stunden.«

Mit einem beherzten Sprung verschwand auch der Zwergnachtling in seinem Kasten.

»Nein. Deine Eltern machen sich vielleicht schon Sorgen«, murmelte der Alte, während er die beiden Schattenhamster einsammelte und ebenfalls zurück in ihre Kiste packte.

»Und du solltest auch nicht vergessen, dass du noch etwas vorhast!«, sagte Ayumi nachdrücklich.

»Ja, schon, aber ich würde gern …« David wirkte beinahe traurig, als Ayumis Großvater die Kästchen nun wieder verschloss.

Der Alte schmunzelte. »Dafür, dass du vor einer Woche

noch Angst im Dunkeln gehabt hast, hast du jetzt fast ein wenig zu viel Spaß darin.«

David lächelte ihn an. »Wissen Sie, ein sehr kluger, alter Mann hat mal gesagt, wenn man etwas versteht, dann muss man es nicht mehr fürchten.«

»Oho! Das scheint mir ja ein wirklich kluger Kerl gewesen zu sein. Von dem hätte sich ja selbst der alte Konfuzius noch ein Scheibchen abschneiden können!« Der alte Watanabe lachte laut auf.

Ayumi verdrehte die Augen. »Seid ihr langsam fertig? Das ist ja nicht auszuhalten.«

David winkte lächelnd ab. »Schon gut, schon gut. Aber morgen nach der Schule machen wir weiter, ja?«

Er blickte zu Ayumis Großvater hinüber, der ihm zunickte. »Abgemacht. Morgen gehen wir eine Ebene tiefer und ich zeige dir zwei weitere Arten Dunkelheit.«

David richtete sich auf. Er war zufrieden. Dennoch brannte ihm eine Frage unter den Nägeln: »Wird es gefährlich werden?«

»Gefährlicher als das hier auf jeden Fall. Aber keine Angst, mein Junge. Ich werde dich begleiten.«

David atmete tief durch und nickte Ayumi und dem Alten zu. »Okay. Dann werd ich mich mal auf den Heimweg machen.«

»Mit einem kleinen Zwischenstopp«, meinte Ayumi knurrend.

»Klar. Mit einem kleinen Zwischenstopp«, murmelte David und schulterte den Rucksack mit der Konsole, den er beinahe vergessen hätte.

Der alte Watanabe stutzte und schaute die beiden verwundert an. »Na, was habt ihr denn noch vor?«

»Nichts, Großvater. Gar nichts. Mach dir keine Gedanken. David muss bloß noch nach etwas schauen.«

Kuro Watanabe spürte, dass seine Enkelin ihm etwas verschwieg. Was in diesem Moment jedoch keine Rolle spielte. Es ging um Größeres. Und das durften sie nicht gefährden.

»In Ordnung, mein Junge. Aber trödle nicht zu lang. Nicht, dass du am Ende Hausarrest oder so etwas bekommst. Dann hätten wir nämlich noch weniger Zeit, als wir ohnehin schon haben.«

Als sein persönlicher Assistent schließlich nach mehrmaligem Klopfen mit seinem Laptop unter dem Arm das Büro betrat, war der Minister gerade am Telefonieren. Thorben Molchert wollte den Raum schon wieder verlassen, sein Vorgesetzter aber bedeutete ihm zu bleiben. Dementsprechend bemühte er sich nun, so wenig wie möglich von dem Telefonat mitzubekommen und musterte nachdenklich die Rücken der Bücher im Regal. Es waren überwiegend Nachschlagewerke und Klassiker. Nationales und internationales Recht, Sicherheit, Wirtschaft, Goethe und deutsche Balladen. Schwere, dicke Bücher. Er wusste allerdings, dass zumindest zwei davon nicht echt waren. Der Minister hatte es ihm gegenüber mehrfach erwähnt. Es waren Attrappen, in denen er jeweils eine Flasche äußerst teuren Whisky aufbewahrte, den er jedoch nur für andere hochrangige Politiker und bei Besprechungen unter vier Augen hervorholte.

Dementsprechend wusste Molchert auch nicht, wo genau die unechten Bücher sich befanden. Obwohl er schon oft vor dem Regal gestanden und einige Male sogar schon neuen Whisky für seinen Vorgesetzten besorgt hatte. Er tippte auf Goethe. Die Jubiläumsausgabe in sechs Bänden. Das hätte ihm angemessen geschienen. Schon von der Höhe des Regalbretts her. Wobei er sich natürlich nicht sicher war. Und vielleicht auch nie die Gelegenheit bekommen würde, es herauszufinden.

Unauffällig streckte er den Zeigefinger nach einem der Bücher aus, um dessen Gewicht einschätzen zu können.

In diesem Moment legte der Minister in seinem Rücken auf und begann laut zu schimpfen. »Was denken diese Leute sich eigentlich? Dass ich all diese Dinge selbst verschwinden lasse? Dass ich nachts vielleicht mit einem Laster durch die Gegend fahre und alles mitnehme, was nicht niet- und nagelfest ist?«

Molchert fuhr herum und blickte in das hochrote Gesicht seines kopfschüttelnden Vorgesetzten. Gerade wollte er etwas entgegnen, als der Minister ihn anblaffte: »Hatte ich Ihnen nicht gesagt, dass Sie solche Anrufer abwimmeln sollen? Verdammt noch eins, ich habe doch auch keine Antworten!«

Mit gesenktem Kopf trat der Assistent an den Schreibtisch. »Genau deswegen hatte ich ja geklopft, Herr Minister. Es … es tut mir leid. Bedauerlicherweise lassen sich nicht alle Anrufer abwimmeln. Das dürfte jetzt Herr Retzlaff, der Vorstandsvorsitzende von RetzTech gewesen sein, nicht wahr?«

»Ganz genau. Der von mir eine Erklärung dafür haben wollte, wie jemand ihm in der Nähe von Berlin innerhalb einer Nacht drei gut gesicherte Lagerhäuser voller Hightech ausräumen konnte. Und natürlich wer ihm das alles ersetzt.«

»Wobei Herr Retzlaff ja, wenn ich mich richtig entsinne, auch für Ihre Wiederwahl im kommenden Jahr eine Rolle spielt.«

»Nun ja, er hat einen gewissen Einfluss. Aber das ist jetzt erst einmal nicht wichtig. Wie es aussieht, wird ihm keine Versicherung den Schaden ersetzen. Weil es weder Hinweise auf einen Einbruch noch eine Erklärung dafür gibt, wie irgendjemand so etwas überhaupt hätte bewerkstelligen können.«

»Und ich vermute, das ist ein Problem?«

»Mehrere Probleme, Molchert. Mehrere. Hunderte Plasmafernseher, Computer, Waschmaschinen, Bluetoothlautsprecher und wasweißichnicht noch. Ich hab mir das nicht mal alles merken können. Alles die neueste Generation. Vorbestellt. Teilweise schon bezahlt. Und wie es aussieht, ist Retzlaff auch nicht der Einzige, dem man während der letzten Nächte sein Lager ausgeräumt hat. Da draußen wartet ein Haufen einflussreicher Unternehmer, die am Rad drehen. Und das ist schlimmer als ein paar Autos oder geplünderte Keller. Es *muss* langsam etwas passieren, Molchert! Das kann so nicht weitergehen!«

»Also, wir … wir haben inzwischen ja eine fünfzigköpfige Sonderermittlungskommission eingesetzt, die …«

»… die in ganz Deutschland agiert und bis jetzt *rein gar*

nichts herausgefunden hat. Das ist mir alles bekannt, Molchert. Aber was wir jetzt brauchen, sind Ergebnisse! Bevor das Ganze noch eskaliert.«

Der Minister, der sich nur langsam beruhigte, legte die Unterarme auf den Schreibtisch und blickte abwartend auf seinen Assistenten. Doch schon dessen Gesichtsausdruck ließ erahnen, dass er diesbezüglich nichts Gutes zu berichten hatte.

»Ich fürchte, das ist bereits geschehen, Herr Minister. Wir haben gerade eine internationale Meldung hereinbekommen, die darauf hindeutet, dass die Angelegenheit ernsthaft außer Kontrolle zu geraten scheint.«

Sein Gegenüber ließ seinen Kopf sinken und murmelte kaum hörbar: »International. Na ja, dann ist es ja zumindest nicht mehr allein unser Problem.«

»Ja. Das Ganze wächst sich, wie es scheint, tatsächlich zu einer weltweiten Angelegenheit aus. Dabei wird es allerdings, wenn Sie mir dieses Urteil erlauben, nicht besser.«

Sein Vorgesetzter hob den Kopf und blickte ihn irritiert an. »Wie meinen Sie das, Molchert?«

Der Angesprochene zog seinen Laptop hervor. »Lassen Sie mich Ihnen eine Mail zeigen, die einen beunruhigenden Vorfall in internationalen Gewässern beschreibt, der höchstwahrscheinlich direkt mit unserem Problem zu tun hat.«

Unter den aufmerksamen Blicken des Ministers positionierte Thorben Molchert seinen Rechner auf dem Schreibtisch, klappte ihn auf, öffnete das Mailprogramm und klickte darin auf eine bestimmte Nachricht.

Sein Vorgesetzter rückte seine Brille zurecht und begann zu lesen. Im nächsten Moment wurde er kreidebleich. »Aber das … das kann doch unmöglich wahr sein.«

»Leider doch, Herr Minister. Und es kommt noch schlimmer: Die Presse hat Wind davon bekommen. Der Vorfall ist bedauerlicherweise bereits öffentlich geworden.«

Menga lehnte auf seinem Bett an der Wand. Die Flaschen hatte er inzwischen am Boden hinter der Tür ordentlich zusammengestellt. Seit zwei Tagen hatte er bloß Wasser getrunken und sich von Tütensuppen ernährt. Er war vollkommen nüchtern und klar. Und das musste er auch sein. Weil er seinen Kopf brauchte, um etwas zu verstehen. Am Fußende des Bettes lief immer noch der Fernseher. Er hatte ihn leise gestellt, um sich besser konzentrieren zu können. Nachdenklich fuhr er sich über das unrasierte Kinn und betrachtete die gegenüberliegende Wand. Mithilfe kleiner metallener Heftzwecken hatte er dort mehrere Dutzend Zeitungsausschnitte und Notizen befestigt, auf denen er mit Rot einzelne Worte eingekreist und über Pfeile wieder mit anderen Notizen verbunden hatte. Aufmerksam betrachtete er die wirre Ansammlung von Zetteln und Linien. Alles, was er über die während der letzten Tage verschwundenen Dinge herausgefunden hatte, hing dort an der Wand. Artikel, die er aus Zeitungen herausgeschnitten, Listen, die er aus Fernseh- und Radiosendungen abgeschrieben hatte. Auffällig war, dass es ausnahmslos Dinge von gewissem Wert gewesen waren. Angefangen mit Schmuck, Uhren und Mobiltelefonen. Aber auch Größeres. Menga dachte an den

Laptop seines Vermieters. Außerdem Unterhaltungselektronik und andere technische Geräte. Fernseher, Beamer, Spülmaschinen. Und dann natürlich die Autos. Menga hatte die Medienlandschaft aufmerksam beobachtet. Beiträge, die immer wieder zwischen anderen, vermeintlich wichtigen Meldungen auftauchten und davon berichteten, was jetzt nun noch verschwunden war. Es gab keine sicheren Zahlen, aber anhand der Häufigkeit der Berichte hatte er in Klammern vage Schätzungen neben den entwendeten Gegenständen notiert. Menga wusste, dass hinter all diesen Vorfällen der Dämmerflechter steckte. Schließlich hatte er Krigk und R'hee verschwinden sehen. Die das Dunkel, dessen Wunsch entsprechend, geholt hatte.

Gedankenverloren spielte Menga mit den Schutzamuletten der Geschwister. Hinter all dem, so viel war ihm klar, steckte Skadwa. Auch wenn Menga sich beim besten Willen nicht erklären konnte, weshalb er all diese Dinge verschwinden ließ. Was er mit ihnen wollte oder wofür er sie womöglich brauchte. Aber was immer es auch war, der Dämmerflechter hatte einen Plan. Und Menga würde herausfinden, was für einer das war. Und dann würde er etwas tun. Irgendetwas. Ihn aufhalten. Schon der Kinder wegen. Das war er ihnen schuldig.

Menga schloss die Augen. Er brauchte unbedingt Schlaf. Doch schmerzhaft deutlich erinnerte er sich unentwegt daran, wie Skadwas schattige Gestalt ihn umflossen und umflüstert hatte. Wie er ihm schließlich geglaubt und mit ihm den Handel geschlossen hatte. Aber jetzt war er müde. So müde.

Und er war tatsächlich beinahe schon eingeschlafen, als einige Worte, die aus dem halblauten Fernseher drangen, ihn wieder hochfahren ließen. Es waren seltsam bekannte Worte. Namen. Als Menga die Augen aufschlug, sah er Kamerabilder, die offenbar aus einem fliegenden Helikopter heraus aufgenommen worden waren. Der Hubschrauber bewegte sich über das Meer. Menga erkannte die Form und die Küstenstriche der Nachbarinseln. Etwas aber irritiere ihn. Und dann begriff er, was es war. Beinahe zeitgleich wurde im unteren Drittel des Bildschirms eine Schrift eingeblendet, die seine schreckliche Erkenntnis bestätigte:

Das Rätsel von Whaku – Insel im indischen Ozean verschwindet spurlos über Nacht.

Menga spürte Tränen in sich aufsteigen.

Skadwa hatte ihn reingelegt.

Inzwischen war es dunkel geworden. Bei dem Gedanken, dass er sich eine Woche zuvor nicht einmal getraut hätte, um diese Zeit allein draußen herumzuschleichen, war David ein wenig seltsam zumute. Zumal es jetzt sogar nötig war, dass niemand ihn bemerkte. Und weil er keine Taschenlampe benutzen durfte, war es von Vorteil, dass er das Dunkel inzwischen zumindest ein wenig verstehen gelernt hatte. So vermochte er in der Nacht immerhin zu sehen.

Sein Fahrrad hatte er, um nicht aufzufallen, in einiger Entfernung zur Schule abgestellt, war unauffällig bis an das Gebäude herangeschlichen und bewegte sich nun vorsichtig im Schatten an der Außenwand der Aula entlang.

Soweit er wusste, bezahlte die Schule einen Wachdienst,

war leer. *Verdammt.* Wie sollte er den Schattenhamster jetzt wiederfinden?

»Da haben Sie sich aber Zeit gelassen, Herr Gliehm.« Erschrocken fuhr David herum. In der dunklen Ecke des Raumes saß in seinem Stuhl Hausmeister Klandt und schaute ihn vorwurfsvoll an. »Ich habe tatsächlich schon die letzten beiden Nächte hier gesessen und auf dich gewartet. Weil ich mir dachte, dass du für das, was du hier vergessen hast, einiges tun würdest.«

David folgte Klandts Blick, als der Hausmeister seufzend das eingeschlagene Fenster betrachtete. »Es war übrigens das vierte Fenster. Nicht das dritte. Du solltest vielleicht etwas besser aufpassen, wenn ich dir was erzähle. Hattest Glück, dass ich die Alarmanlage ausgeschaltet habe, als ich dich kommen sah.«

David suchte bereits nach einer Ausrede. Doch bevor er diese überhaupt fand, bemerkte er auf dem Schoß des Hausmeisters plötzlich den Schattenhamster. Ungläubig sah er, wie Rocky sich leise brummend rekelte und anstandslos von Klandt kraulen ließ.

»Aber … aber wie … weshalb?«

Der Hausmeister nickte. »Ja. Du hast vollkommen recht. Ich denke auch, dass wir reden müssen. Und das am besten, bevor der Wachdienst kommt.«

KAPITEL XIII

IN DEM ZWEI ZWIELICHTWICHTEL ZU ZWEIFELN BEGINNEN, EIN WACHMANN EIN GESPRÄCH UNGÜNSTIG UNTERBRICHT UND SICH AUS SCHLAFLOSIGKEIT NOCH SCHLIMMERES ERGIBT

»Ha! Hab ich dich!«

Triumphierend schloss der am Boden kauernde Gnista seine Krallenhand um den dunkelpelzigen Leib eines weiteren Schattenhamsters.

»Wie viel hast du inzwischen?«, fragte Mörker, der auf der anderen Seite des verlassenen Kellers auf der Lauer lag.

Gnista stopfte das Tier zu den anderen in den Sack und versuchte, sich einen Überblick zu verschaffen. Wobei es gar nicht so leicht war, die Tiere in dem Gewirr aus schwarzen Leibern auseinanderhalten zu können.

»Hm, ungefähr ein Dutzend Schattenhamster und zwei Zwergnachtlinge, würde ich schätzen«, murmelte er und schaute sich in dem unbeleuchteten Kellerraum noch einmal um. Hier unten schienen sie alle bekommen zu haben.

»Wie viele hast du?«

»Vermutlich noch mal genau so viele.«

»Gut. Dann reicht es für heute. Der Meister wird zufrieden sein.«

Die beiden kleinen Gestalten in ihren ausgefransten finsteren Kleidern, die, wie sie selbst, aus reiner Dunkelheit bestanden, blickten einander an.

Gnista zögerte kurz. »Weißt du, ich habe in meinem dunklen Dasein schon einiges getan. Menschen erschreckt. Mich beschwören lassen. Und einiges an Unsinn, das kannst du mir glauben. Aber nachtwärtige Kleintiere fangen …«

»Der Meister befiehlt und wir folgen. So ist es und so soll es sein. Oder willst du, dass er dich wieder in die Nordnacht friert?«

Gnista schwieg betreten. Er erinnerte sich an all die Jahrhunderte, die er in der Finsternis unweit des Nordpols festgefroren gewesen war. Kaum mehr als ein Stück Nacht. Ein schwarzer Klumpen Finsternis ohne Wille, Wunsch und Wahrnehmung. Bis der Dämmerflechter gekommen war, um ihn und Mörker aus der Nacht herauszubrechen. Seitdem konnten sie sich frei in der Finsternis bewegen, durchstreiften das Dunkel und dienten ihrem Herrn. Und es war so viel wunderbarer als reglos in die Nacht gebannt verharren zu müssen …

»Dacht ich mir«, murmelte Mörker und schulterte seinen Sack. »Aber jetzt lass uns in den Palast zurückkehren.«

Der Angesprochene warf sich den seinen ebenfalls auf den schwarzen Rücken. Die Tiere darin quiekten kaum vernehmlich.

»Hast ja recht, Mörker. Ich würde nur gern verstehen, warum er es uns tun lässt.«

»Er sagte, weil wir bald etwas zu füttern haben werden.«

»Ja, aber was genau?«

»Er wird es uns schon sagen, wenn es so weit ist.«

»Ich weiß nicht. Ich hab dabei einfach kein gutes Gefühl.«

»Ach, Gnista. Du bist bloß ein Stück Nacht. Und du solltest besser keine Gefühle haben. Das macht alles doch bloß unnötig kompliziert.«

»Ich mein ja nur. Was immer der Meister füttern will, wird wahrscheinlich wachsen. Und irgendwann reichen Zwergnachtlinge ihm womöglich nicht mehr. Wenn du verstehst, was ich meine.«

Mörker stutzte und blickte seinem finsteren Kollegen ins Gesicht. Dieser Gedanke war ihm offenbar noch nicht gekommen. Schien aber doch so einleuchtend, dass er ihn für einen Moment ernsthaft beschäftigte. Dennoch sprachen die Zwielichtwichtel kein weiteres Wort, als sie den Keller gemeinsam verließen und in der Nacht verschwanden, um in den Palast ihres Meisters heimzukehren.

David und Herr Klandt saßen in der unbeleuchteten Werkstatt des Hausmeisters beisammen. Auf dem Boden funkelten die Scherben des eingeschlagenen Fensters. Herr Klandt hatte Tee gemacht.

David saß mit einer dampfenden Tasse auf der Werkbank, kraulte den neben ihm hockenden Rocky, ließ die Beine baumeln und staunte über das, was sein Gegenüber ihm zu erzählen hatte. Weshalb er mit dem Dunkel so vertraut war, dass er so ohne Weiteres einen Schattenhamster wahrnehmen konnte.

»Was glaubst du, warum wir uns so gut verstehen, David? Warum ich dich in der Pause immer hier bei mir rumhängen lasse?«

»Keine Ahnung. Hab ich mich aber auch schon gefragt.«

»Weil ich früher genauso war wie du. Und ich hätte mir gewünscht, mich in der Pause irgendwo verstecken zu können.«

»Ernsthaft jetzt?« Ungläubig starrte David den Hausmeister an. Der nickte ihm mit einem offenen Lächeln zu.

»Warum sollte ich dir Unsinn erzählen? Ich weiß, wie es ist, Angst zu haben, David. Ich hab in meinem Leben schon vor so ziemlich allem Angst gehabt.«

»Aber … aber Sie wirken gar nicht so.«

»*Du.* Wir sind jetzt langsam wirklich beim Du, David. Wenn man nachts nach einem halbherzigen Einbruch Tee miteinander trinkt, dann duzt man sich.«

»Ich würde es ja lieber Rettungsaktion nennen.«

»Weil der kleine Racker ja auch so bedroht war«, spottete Klandt vergnügt.

»Rocky. Er heißt Rocky.«

»Großer Name für so ein kleines Knäuel Dunkelheit.«

»Schattenhamster. Er ist ein Schattenhamster.«

»Keine Ahnung, wie sie heißen. Irgendwann habe ich angefangen, sie zu sehen. Hab mich allerdings nie gefragt, was sie eigentlich sind. Meine Mutter hat mich deswegen sogar für verrückt gehalten.«

David musste schmunzeln. Mit Müttern war das immer so eine Sache.

»Das würde bei meiner vermutlich genauso sein.«

»Ich kenne übrigens auch so einen. Dein Rocky hatte nämlich tatsächlich Gesellschaft. Und ich glaub, die beiden haben sich ganz gut verstanden …«

Klandt hatte also auch einen Schattenhamster. Das war interessant und erklärte auch so einiges. Aber jetzt, wo er Rocky zurückhatte, interessierte David sich doch weit mehr für etwas anderes.

»Erzählen Sie mir, wie es war. Mit Ihnen. Wie haben Sie es geschafft, Ihre Furcht vor der Finsternis zu überwinden?«, wollte David wissen, dem es irgendwie noch immer schwerfiel, sein Gegenüber zu duzen.

»Im Gegensatz zu dir hatte ich leider keine so zauberhafte Verbündete wie Ayumi. Aber ich hatte Angst vor dem Dunkeln. Genau wie du. Bis ich mich jenem Dunkel irgendwann gestellt und es beobachtet habe. Zunächst erst einmal Raben und Katzen, Geschöpfe, die sich am Rand der Nacht bewegen und sowohl in der Finsternis als auch im Licht existieren. Die nicht sterben, sondern zwischen den Welten hin und her wechseln.« David lauschte sehr aufmerksam. Raben und Katzen also. Diese Art, sich dem Dunkel zu nähern, war spannend. Er hing förmlich an den Lippen des kleinen Hausmeisters, der lächelnd fortfuhr: »Ich bin ihnen heimlich gefolgt und habe auf der anderen Seite der Finsternis schließlich bemerkt, dass sich dort einiges tummelt. Und nichts davon mir irgendetwas antun wollte. Das war vermutlich das Entscheidende. Von all den seltsamen

Geschöpfen, die ich dort gesehen habe, hat mir noch nie eines was getan. Als ich das erst einmal begriffen hatte, war auch die Angst weg.«

»Ich weiß. Sie verschwindet, wenn man sich mit etwas beschäftigt und es zu verstehen beginnt.«

»Na, das klingt ja, als ob bei dir in letzter Zeit einiges passiert ist!«

»Oh ja, da können Sie … also, da kannst du von ausgehen.«

Im Dunkeln konnte David sehen, wie Klandt lächelte und ihm zuzwinkerte. »Ayumi, nicht wahr?«

Wieder einmal spürte David, wie er rot wurde. Irgendwie schien ihr Name das in ihm auszulösen. Vor allem, wenn jemand anders ihn aussprach.

»Ja, schon. Aber vor allem ihr Großvater, der hat mir nämlich …«

Er hatte den Satz noch nicht beendet, als plötzlich die Scheinwerfer eines näher kommenden Autos den Raum erhellten. Der Wachdienst!

David schrak hoch. Rocky drückte sich in seinen Schatten. Klandt gab dem Jungen ein Zeichen, in Deckung zu gehen. Im nächsten Moment quietschten draußen die Bremsen, eine Wagentür wurde zugeschlagen und, zusammen mit aufgeregten Schritten, erklang das Rasseln von Schlüsseln. Das kaputte Fenster war nicht zu übersehen. Der Hausmeister trat an die zerbrochene Scheibe, beugte sich hinaus und sah draußen den bulgarischen Wachmann bereits hektisch seinen Schlüssel für den Haupteingang an seinem Schlüsselbund suchen.

»'n' Abend, Dimi!«, rief Klandt und prostete dem Mann mit seiner Teetasse zu.

Verwundert schaute der Wachmann auf. Der Anblick des Hausmeisters, des zerbrochenen Fensters und der Teetasse vor dem Hintergrund der unbeleuchteten Werkstatt irritierte ihn sichtlich.

»Oh, Herr Klandt. Was … was ist denn hier passiert?«, fragte er zögernd und kam langsam näher.

»Ach, das hier.« Der Hausmeister blickte auf den Fensterrahmen und pulte scheinbar betreten ein paar überstehende Splitter aus dem oberen Teil. »Kleiner Unfall. Ich hatte noch was zu erledigen und da ist mir eine Leiter ganz unglücklich umgekippt.«

Der Wachmann kam näher, betrachtete, nachdem die beiden Männer kurz Hände geschüttelt hatten, verwundert das Fenster und warf einen Blick ins Innere.

»Aber warum liegen die Scherben dann drinnen?«

»Ach so. Ja, die … die Leiter ist von draußen dagegen gefallen. Ich hatte an der Fassade …«

»Abends um neun?«

»Bin tagsüber leider nicht dazu gekommen. Überstunden halt. Passiert manchmal.« Klandt nippte an seiner Tasse und gab sich dabei Mühe, so unbekümmert wie möglich zu wirken. »Wollte die Sache mit dem Fenster auch gerade melden, es bis morgen früh abkleben und …«

Das Fenster mit finsterem Blick musternd, unterbrach ihn der Wachmann, den die Ausführungen des Hausmeisters nicht zufriedenzustellen schienen.

»Ich würde dann aber schon gern mal reinkommen und

mir das Ganze genauer ansehen«, murmelte er. Klandt konnte sein Misstrauen förmlich spüren. »Ist nicht persönlich gemeint. Aber bei all dem was in letzter Zeit hier nachts so verschwindet, möchte ich lieber keinen Fehler machen.«

»Klar. Natürlich. Versteh ich ja. Du machst ja nur deinen Job. Komm einfach vorne rein.« Mit diesen Worten stellte er sich so, dass der Wachmann hinter ihm im einfallenden Licht der Außenbeleuchtung eine Klappleiter an der Wand erkennen konnte.

Nachdenklich fuhr der Mann prüfend mit der Hand über den Fensterrahmen und ging dann, ohne den Hausmeister noch einmal anzuschauen, mit seinen Schlüsseln zum Haupteingang hinüber.

In diesem Moment dreht Klandt sich um, gab David einen Wink und raunte ihm leise zu: »Los jetzt. Verschwinde. Wir können auch später noch reden.«

Hastig stopfte David Rocky unter seine Jacke und hastete, während im Flur bereits die schweren Schritte des Wachmanns zu hören waren, zum Fenster und kletterte eilig nach draußen. Dort drehte er sich noch einmal kurz um und flüsterte: »Danke, dass Sie auf ihn aufgepasst haben.«

»*Du*, David. *Du*.« Klandt zwinkerte ihm zu.

In dem Moment ging hinter ihm auch schon die Tür auf und helles Licht fiel aus der Eingangshalle ins Innere der Werkstatt.

Schnell duckte David sich unter die Fensterbank und hörte von dort aus die Stimme des Wachmanns.

»Na, dann erzählen Sie dochbitte, was genau hier passiert ist. Und dann schauen wir, ob wir die Polizei rufen müssen oder nicht …«

R'hee drückte sich enger an den kleinen Shih Tzu, der inzwischen sogar mit ihr im Bett schlief. Sie machte sich Sorgen. Seit sie hier waren, hatte ihr Bruder sich verändert. Er war verschlossener geworden, zorniger. Sein Blick hatte sich verfinstert. Von der Ausgelassenheit, die sie früher auf der Insel verbunden hatte, war kaum noch etwas zu spüren. Die Erinnerung an all die Dinge, die sie miteinander erlebt hatten, daran, wie Krigk sie vor den Tieren der Insel beschützt hatte, wie sie miteinander gelacht und sich abends am Feuer im Arm gehalten hatten, verblasste langsam.

Ihr Bruder war einfach nicht mehr derselbe. Beinahe verbissen versuchte er bloß Skadwa zu gefallen, die ihm gestellten Aufgaben zu meistern und schien sie dabei weniger als Schwester sondern vielmehr als Konkurrentin zu sehen. Das tat ihr weh. Sie litt darunter, wie sie sich voneinander entfernten und wie ihr Bruder mit jeder Aufgabe unzufriedener wurde. Das ständige Dunkel, das Leben im Nachtpalast, tat ihm nicht gut.

Traurig beobachtete sie, wie Krigk sich auf seinem Bett aus Nacht unruhig wälzte. Er träumte schlecht. Das tat er bereits, seit sie hier waren. Doch es schien schlimmer zu werden. Jedes Mal, wenn sie sich schlafen legten, begannen ihn im Schlaf Dinge zu jagen, über die er nicht sprach und von deren wahrem Wesen sie nicht einmal etwas ahnte. Sie sah ihren Bruder nur nachts, wenn er sich verzweifelt hin und her warf und irgendwann schweißgebadet erwachte.

Dabei war er bloß noch ein Schatten jenes Bruders, den sie einst gekannt hatte. Und nach und nach schien dieser Schatten im Dunkel zu versinken, mehr und mehr zu einem Teil davon zu werden …

Krigk stöhnte im Schlaf leise auf. R'hee drehte sich weg, hielt sich die Ohren zu und drückte sich enger an Pickel, dessen Nähe ihr guttat. Sein warmer, kleiner, felliger Körper und sein ruhiges Atmen beruhigten sie ein wenig. Auch wenn sie hören konnte, wie ihr Bruder sich im Schlaf quälte. Als ob er im Traum gegen jemanden kämpfte, gegen den er keine Chance hatte.

Sie wusste, dass es keinen Sinn hatte, ihn zu wecken. Sie hatte es versucht. Wieder und wieder. Aber es war, als ob der Schlaf oder irgendetwas darin ihn festhielt und es unmöglich machte, ihn aus seinen schrecklichen Träumen herauszureißen. Ihr Bruder schrie noch einmal auf. Verstört schaute Pickel zu ihm hinüber. R'hee nahm die Hände von den Ohren und strich dem Hund beruhigend über den Kopf. Dabei hatte sie Tränen in den Augen.

Als Krigk noch unruhiger, sein Stöhnen noch lauter wurde, hielt R'hee es nicht mehr aus. Sie kletterte aus dem Bett, warf einen traurigen Blick auf ihren Bruder und tapste, Pickel dicht neben ihr her tippelnd, aus dem Zimmer.

Müde schleppte sie sich durch den Palast, schlich im Dunkel von einem Raum zum anderen, von einem Schwarz ins nächste. Und noch immer konnte sie ihren großen Bruder im Schlaf stöhnen hören. Bis schließlich etwas anderes lauter wurde als er. Während ihr Bruder jedoch in der Sprache der Wirklichkeit klagte, entsprang dieses andere

Geräusch der Nacht. Nächtisch und laut klangen aus einem tiefer gelegenen Raum ein wildes, ihr seltsam bekannt vorkommendes Knurren und die Stimme Skadwas zu ihr herauf.

Vorsichtig schlich R'hee, während Pickel sich ängstlich hinter ihr versteckte, über eine Treppe matten Nachtgesteins hinab und auf ein halbgeschlossenes Portal aus schimmernder Finsternis zu. Dort angekommen lugte sie, während Pickel leise winselnd einige Stufen weiter oben zurückblieb, vorsichtig durch den Türspalt.

Das Erste, was sie hinter der Tür erkennen konte, waren Gnista und Mörker, die furchtsam und geduckt mit zwei offenen Säcken Finsternis im Dunkel standen.

Neugierig schob R'hee die Tür ein wenig weiter auf und erblickte nun neben den beiden Zwielichtwichteln auch ihren Herrn, Meister Skadwa, der immer wieder in die Säcke griff, Dinge daraus hervorholte und diese an ein Geschöpf zu verfüttern schien, das …

Jetzt gefror R'hee das Blut in den Adern. Denn sie kannte die Kreatur, die da hoch aufgerichtet und seltsam unförmig, übermannsgroß, vor dem Dämmerflechter stand und gierig nach dem schnappte, was er ihr da zuwarf: Es war das Ungetüm aus der Höhle, vor dem sie ihren Bruder vor kaum einer Woche, zu einer anderen Zeit, an einem anderen Ort, der beinahe schon vergessen schien, gerettet hatte. Das unbegreifliche Ungetüm aus Finsternis, das sich die anderen Geschöpfe einverleibt hatte und gewachsen war, das Jagd auf sie gemacht und Krigk mit seinen fürchterlichen Klauen verletzt hatte.

R'hee stand dort wie vom Blitz getroffen. Der Anblick lähmte sie geradezu. Skadwa, der behauptete, ihr und ihrem Bruder im Auftrag des Schattenvaters die Geheimnisse der Dunkelheit nahebringen zu wollen, stand dort und fütterte jenes finstere Monstrum, das der Grund für ihre Flucht von der Insel gewesen war. Dafür, dass sie Whaku und ihren Stamm verlassen hatten und in die Fremde aufgebrochen waren.

Sie verstand es nicht. Wie war dieses Ungetüm hierhergekommen? Was tat es mit dem Dämmerflechter in einem Raum? Und warum fütterte er es?

Jetzt erkannte sie auch, was es war, das Skadwa dem dunklen Unhold zuwarf und das dieser so gierig verschlang: *Zwergnachtlinge* und *Schattenhamster*, die kleineren Bewohner der zweiten Dunkelheit, mit denen sie einst hatte spielen dürfen, bevor der Schattenvater beschlossen hatte, sie zusammen mit Krigk und Menga in jene fliegende Maschine zu setzen.

Der Gedanke, dass ihr Lehrer jene Geschöpfe an das Monstrum verfütterte, das sie und ihren Bruder im Dunkel der dritten Höhle beinahe getötet hätte, war ihr unerträglich.

Und die Tatsache, dass jenes Ungetüm sichtbar größer geworden war und nun mit jedem bisschen Dunkel, das es mehr verschlang, sogar noch weiter wuchs, machte es nicht besser.

Mit einer Gänsehaut und einem schalen Geschmack im Mund wandte sie sich ab, sah Pickel, der wie ein Häufchen Elend auf der Treppe kauerte, und schlich zusammen mit ihm so leise wie möglich durch das Dunkel in die Finsternis, zurück in die oberen Geschosse des Nachtpalastes.

Und dabei ahnte sie, dass im tiefsten Inneren der Dunkelheit irgendetwas ganz gehörig am Schiefgehen war …

Kapitel XIV

IN DEM WIR VON EINEM UNWIRTLICHEN PARKPLATZ IN EINE SONDERBARE FINSTERNIS WECHSELN, NEUE GESCHÖPFE OFFENBAR UND AM ENDE SCHLIEẞLICH ZWEI GETRENNT WERDEN, DIE EIGENTLICH ZUSAMMENGEHÖREN

Der erste Praktikumstag.

Dieses Mal gab es keine Geschenke, sondern einen Vorgeschmack auf das Arbeitsleben, wie Frau Drescher es genannt hatte. Auf Erwachsensein, Eigenverantwortung und Geldverdienen. Sie hatte so einiges gesagt. Aber David hatte ihr nicht richtig zugehört. Weil die Sache mit Klandt und Rocky und den Geschöpfen im Dunkel viel aufregender war. Nicht mal die Konsole hatte er angerührt. Weil um ihn herum gerade viel zu viel passierte. Allein die Geheimnisse der Dunkelheit. All die Dinge, die verschwanden, die sonderbaren Dinge, die nachts passierten. Irgendetwas ging dort draußen vor sich. Etwas, das mit der Dunkelheit zu tun haben musste. Wenn er nicht gerade über diese seltsamen Geschehnisse nachdachte, dachte er an Ayumi, und wenn nicht an sie, dann an Rocky. Und wenn nicht an den, dann an den Hausmeister. Woher wusste der alte Klandt über das Dunkel Bescheid? Was hatte er darüber herausgefunden? Und vor allem *wie*? David musste unbedingt mit Ayumis Großvater darüber sprechen. Vielleicht sollten der alte Watanabe und Klandt sich sogar kennenlernen. So viele Gedanken, Ideen und Fragen. Und am wenigsten interessierte ihn dabei das Praktikum. Genau genommen so wenig, dass er gern schon volljährig gewesen wäre, um sich seine Entschuldigungen selbst schreiben zu können.

Dann wäre er jetzt wohl längst beim alten Watanabe im Haus ohne Fenster gewesen.

Als der Bus sie dieses Mal zur Fabrik brachte, kamen die Schüler zeitgleich mit den Arbeitern an. Es war ein scheinbar endloser Fluss von Autos, der durch die Einfahrt auf das Werksgelände strömte. Aus dem Bus heraus konnte David die riesige freie Fläche hinter den Werksgebäuden sehen, wo im Zuge des Börsengangs von Erebos die neuen Hallen entstehen sollten. Und das, obwohl die Bauten ohnehin schon gigantisch waren. Die Vorstellung, dass dieses Fabrikungetüm, das beinahe wie eine eigene kleine Stadt wirkte, noch weiter wuchs, war kaum denkbar. Nachdenklich wandte David den Blick von den Fertigungshallen und dem Turm im Zentrum ab und schaute auf die Autodächer hinab, in deren Lack sich die Morgensonne spiegelte. Unter einem davon saß sein Vater. Als übellauniger Teil einer Zwangsfahrgemeinschaft vierer Kollegen, von denen man zwei weiteren ebenfalls den Wagen gestohlen hatte. Schlecht gelaunt war sein Vater freilich auch vorher gewesen. Schon als er seinen Wagen noch gehabt hatte. Weil es zu viel Arbeit und zu wenig Geld gab, weil das Essen in der Kantine so schlecht war, der Petzold mehr als er verdiente und der Burzlaff einen dicken BMW fuhr. Das meiste davon änderte sich nie. Aber zumindest hatten sie dem Burzlaff auch seinen BMW geklaut. Einen Grund zum Unzufriedensein, dachte David, fand sein Vater aber irgendwie immer. Das fiel ihm jetzt vielleicht vor allem deshalb auf, weil er selbst gerade nach und nach zufriedener wurde. Weil er Ayumi hatte, die Angst vor der Dunkelheit schwand und das allein schon alles besser machte. Es gefiel ihm, vom alten Watanabe zu lernen, ein Geheimnis zu haben, mehr zu wissen als andere. Über Rocky und einige weit gefährlichere Kreaturen. In Herrn Klandt einen heimlichen Verbündeten zu haben.

David blickte zu Ayumi hinüber. Es war seltsam, dass sie überhaupt hier war. Aber bevor sie allein in der Schule rumhing, hatte Frau Drescher einfach dafür gesorgt, dass sie jeden Tag zusammen mit den anderen ins Werk fuhr. Auch wenn sie dort kein Praktikum machen konnte. Aber dafür würde sie alles dort erklärt bekommen und am Ende ein Referat halten. David freute sich, dass sie dabei war. Ganz in Schwarz saß sie dort, mit ihrer Sonnenbrille auf der Nase, die Hände auf die Kopfhörer gelegt, wippte sie zu irgendeiner Musik im Takt und bewegte dazu die Lippen. Ihm war vorher noch gar nicht aufgefallen, wie schön ihre Lippen eigentlich waren. Es waren wirklich ganz außerordentliche Lippen. So gleichmäßig, so … so *lippig.* Großartig. Ihre eben. Vielleicht waren sie auch nur großartig, weil es eben ihre waren. Über Lippen hatte er bis jetzt verdammt wenig nachgedacht. Eigentlich noch nie.

Der Bus hupte laut. David schreckte hoch.

Der Fahrer stieß das Fenster auf und beschimpfte irgendeinen Autofahrer. Und der schimpfte zurück. Laut genug, dass David es selbst in der fünften Reihe noch hören konnte. Die beiden Männer schrien einander an. Beschimpften sich auf das Übelste. Und weil beide sich nicht bewegten, begann der Verkehr auf dem Parkplatz zu stocken. Irgendjemand fing genervt an zu hupen. Kurz darauf folgte der nächste. Plötzlich schimpften auch andere. Irgendwo krachte ein Auto in ein anderes. Dann begann das Hupkonzert.

Von draußen trat irgendjemand gegen den Bus.

Und über all dem leuchtete vom Dach des Turmes, der sich über dem Hauptgebäude erhob, im ersten Licht der Morgensonne die riesige Glühbirne zwischen dem Alpha und dem Omega.

David schmunzelte. Seltsam, wie schnell das mit der Unzufriedenheit manchmal ging. Lächelnd wandte er sich wieder Ayumi zu und musste sich dabei eingestehen, dass es vermutlich nicht bloß ihre Lippen waren, die er großartig fand.

Nachdenklich blickte der Schattenvater ins Dunkel hinaus.

Er verstand nicht, was geschehen war. Was hier vor sich ging.

Wo immer Whaku sich jetzt befand, es war nicht länger der Golf von Bengalen.

In seiner Hand knisterte leise eine Fackel, die bereits zur Hälfte herabgebrannt war.

Die Insel war noch immer die Insel. Der Strand noch

immer der Strand. Nur, dass es nun Finsternis war, die anstelle des Wassers dagegenschwappte. Die gleiche Finsternis, die über die Insel gekommen war und sie komplett verschluckt hatte. Dunkler als die Nacht war jene Finsternis aus der Schwärze gekommen und hatte sich über die Insel gelegt. Seitdem war es nicht mehr Tag geworden. Er spürte die Kralle des Zwielichtlings, die er an einem rauen dünnen Band um seinen Hals trug. Sie vibrierte noch immer. Hatte es die ganze Zeit über getan, seit das Dunkel über sie gekommen war.

Meister Chaya seufzte leise. Er hatte versucht, all das zu begreifen, sich zu erinnern, hatte nachgedacht. Doch er musste sich eingestehen, dass er nicht wusste, was hier geschah. Dass es, was immer es war, in dieser Form zum ersten Mal überhaupt passierte.

Der alte Mann ließ seinen Blick über den Strand schweifen. Er war allein. Die Stammesmitglieder hatten sich in ihren Hütten versteckt und beteten an kleinen Feuern zu uralten Göttern, dass diese ihnen den Tag zurückbrachten. Das Licht. Die Sonne. Vergebens.

Alles war finster. Es war, als ob die Insel in der Summe aller Nächte, in einer Art Überdunkel, gefangen war. Er hätte es ihnen nicht erklären können. Selbst wenn er gewollt hätte. Und er hatte das Gefühl, dass sie nicht zu Unrecht beteten. Dass ihnen vielleicht wirklich bloß noch die Götter helfen konnten. Denn jenseits des Scheins seiner Fackel konnte er schemenhaft die Kreaturen umherstreunen sehen, die sich gewöhnlich in der Finsternis verbargen. Bei ihrem Anblick schauderte es ihn. Und er kam zu dem

Schluss, dass die anderen gut daran taten, sich in ihren Hütten zu verstecken. Keinen von ihnen hätte er in diesem Moment mit einem nachtgetränkten Tuch sehend machen wollen. Selbst wenn ihn einer darum gebeten hätte.

Der Schattenvater schloss seine Augen, versuchte, wie schon so oft zuvor, mit dem Dunkel um ihn herum zu verschmelzen. Es gelang ihm nicht. Weil dieses Dunkel ein anderes war. Nichts von dem, was er im Laufe seines langen Lebens gelernt hatte, erklärte, was mit der Insel geschehen war. Im Dunkel ging etwas vor. Etwas, das alles veränderte und das womöglich sogar von irgendjemandem dort draußen beherrscht wurde. Alles Wissen, das, über die Jahrhunderte hinweg, von den älteren Nachtzähmern auf die jüngeren übergegangen und nach und nach gewachsen war, schien nutzlos.

Sie waren gefangen. Allesamt. Der ganze Stamm. Irgendwo inmitten der Dunkelheit, die sich zu verändern begonnen hatte.

Dabei hoffte der Schattenvater, dass es Menga zumindest gelungen war, Krigk und R'hee unversehrt zum Nachtwahrer zu bringen. Kuro Watanabe. Dem vielleicht einzigen Menschen, der sie auf das Dunkel vorbereiten konnte. Sie womöglich so weit ausbilden konnte, dass sie dem neuen Dunkel trotzen konnten. Hoffnung und Ungewissheit. Mehr war ihm nicht geblieben. Und natürlich jene fast vergessene Prophezeiung, die für jene Tage der neuen Dunkelheit jemanden versprach, der ihr und ihren Ungeheuern zu trotzen vermochte. Jemand. Das war eines der Probleme mit alten Prophezeiungen. Dass sie meist weitgehend unklar formuliert waren. Und selten Namen nannten. Der Schattenvater hatte immer angenommen, dass Krigk jener Auserwählte war. Inzwischen hielt er es aber auch für möglich, dass es R'hee sein konnte. Hauptsache, nicht er selbst. Weil er zu alt für solche Abenteuer war. Er hatte sich nie ernsthaft weiter Gedanken darüber gemacht. Bis jetzt. Weil die Tage der neuen Dunkelheit gekommen waren und es jemanden brauchte, der ihr und ihren Ungeheuern entgegentreten konnte.

Bei dem Gedanken, dass in der Dunkelheit, die ihn umfing, etwas lauerte, lief es dem Schattenvater kalt den Rücken hinab. Er, der zu den wenigen Auserwählten gehörte, die alle Geheimnisse der Dunkelheit entschlüsselt zu haben glaubten, sah sich nun mit etwas Neuem konfrontiert. Einem Rätsel, so ungeheuerlich, dass es eine ganze Insel aus der Welt reißen und in der Finsternis verschwinden lassen konnte. Was oder wer auch immer so etwas bewirken konnte, war eine Gefahr für die Welt. Und mochte er auch nicht verstehen, was vor sich ging, so spürte er doch etwas anderes: Was immer es war, es wuchs.

Weil irgendjemand es fütterte.

»Und du sagst, dieser Hausmeister hat den Schattenhamster tatsächlich sehen können?«

»Nicht nur das, Meister.« David war dazu übergegangen, den alten Watanabe im Rahmen der Lektionen so anzusprechen. Weil es cool klang. Und ihm irgendwie richtig schien. Auch wenn es sein Gegenüber sichtlich irritierte. Ayumi schmunzelte und David fuhr fort: »Als ich ankam, saß er im Dunkeln und hatte Rocky auf dem Schoß. Er hat ihn sogar gestreichelt, wusste, wie er mit ihm umgehen musste. Und er hat auch noch von anderen Kreaturen gesprochen, die er im Dunkel sehen kann.«

»Ohne dass jemand es ihn gelehrt hat? Das ist sonderbar.« Ayumis Großvater fuhr sich nachdenklich durch den Bart. »Und du sagst, der Mann will mit dir über all das reden?«

David nickte. Und musste sich dabei eingestehen, dass er sich auf das Gespräch mit Klandt mindestens ebenso freute, wie auf die Lektionen mit dem alten Watanabe. Der Gedanke, dass ein langjähriger Verbündeter wie der Hausmeister, ein Erwachsener, den er schätzte und bewunderte, wirklich einmal die gleichen Ängste wie er selbst gehabt haben sollte, war unglaublich. Von ihm würde er vermutlich auch noch einiges lernen können. Vor allem, wenn man bedachte, dass der Hausmeister seine Angst ohne einen Meister oder Ayumi überwunden hatte. Dennoch fühlte der Gedanke sich merkwürdig an. Als ob er plötzlich zwei Lehrer hatte, die ihm die Geheimnisse dieser und der anderen Welt beibringen würden. Solange er sich nicht zwischen ihnen entscheiden musste, würde er eine gute Zeit haben. Und vermutlich mehr lernen, als in acht Jahren Schule zusammengenommen.

»Hm. Ich glaube, ich würde deinen Hausmeister wirklich gern einmal kennenlernen«, murmelte der Alte, strich sich ein letztes Mal über den Bart und nickte energisch. »Aber nicht jetzt. Wir haben keine Zeit. Wir müssen dir so viel beibringen, Junge …«

Er wandte sich ab, gab David und Ayumi einen Wink und wackelte dann auf die hölzerne Treppe zu, die inmitten des Dunkels noch tiefer hinab und in den Keller des fensterlosen Hauses führte. Dieses Mal ging es sogar noch ein Stockwerk tiefer. Insgeheim fragte sich David schon, wie viele Stockwerke das Gebäude, dem man außen nicht einmal zwei zugetraut hätte, überhaupt haben mochte. Und während er sich das fragte, spürte er deutlich, wie seine Sinne sich im Dunkel geschärft hatten. Er spürte die Nähe der hinter ihm gehenden Ayumi, konnte ihren Atem und, wenn er sich etwas konzentrierte, sogar ihren Herzschlag hören. Und zugleich spürte er deutlich, wie sich die Finsternis um ihn herum veränderte. Dunkler wurde.

Die faltige Hand am hölzernen Handlauf der Treppe, sprach der alte Watanabe vor ihm: »Heute wirst du zwei weitere Arten Dunkelheit kennenlernen. Leider werden wir uns, damit deine Eltern sich keine Sorgen machen, ein wenig beeilen müssen. Aber ich hoffe, du begreifst schnell genug.« David wollte etwas entgegnen und sog bereits empört die Luft ein, als der Alte mit gesenkter Stimme einlenkte: »Bevor es zu spät ist.«

»Das klingt ja fast, als ob du uns Angst machen willst, Großvater.«

»Von ›wollen‹, Liebes, kann gar keine Rede sein. Aber ich fürchte, es kommt noch einiges auf uns zu. Und das wird, wenn ich mir anschaue, wie die Dinge sich entwickeln, vermutlich nichts Gutes sein.«

»Verrückt«, sagte David. »Schon wieder Angst vor der Dunkelheit.«

»Glaub mir, mein Junge, dieses Mal ist es eine andere. Eine notwendige. Die deine Sinne für die Dinge schärfen wird, denen du vielleicht bald entgegentreten musst.«

»Also, wenn es nach mir geht, Meister, würde ich das mit dem Entgegentreten eigentlich lieber sein lassen.«

»Glaub mir, es wäre mir auch lieber, wenn es nichts gäbe, dem man entgegentreten müsste. Aber du siehst ja, was passiert. Die Welt spielt verrückt. Nachts verschwinden Dinge. Darunter zwei angehende Nachtzähmer und der Schattenvater. Mitsamt einer ganzen Insel. Im Dunkel regt sich etwas. Etwas Böses. Das wir schnellstmöglich verstehen lernen sollten. Bevor es zu mächtig wird.«

David schwieg. Vor allem, weil ihm keine passende Antwort einfiel. Dass die Welt immer verrückter wurde, war die eine Sache. Da gab es nichts zu bezweifeln. Aber sollte der Grund dafür wirklich in der Dunkelheit zu suchen sein? Das konnte er nicht beurteilen. Aber er vertraute dem Alten. Und würde tun, was immer er sagte. Schon wegen Rocky. Und natürlich wegen Ayumi.

Inzwischen war der alte Watanabe am Fuß der Treppe angekommen und in einen ungleich dunkleren Raum getreten, wo er David und seiner Enkelin mit energischen Worten deutlich machte, dass er heute keine Zeit vertrödeln würde.

»Also: zwei neue Arten. Das dritte Wesen der Dunkelheit nennen wir ›Zwielicht‹. Einige der darin lebenden Kreaturen sind sehr intelligent. Andere vermögen ihre Gestalt zu verändern. Vor allem kennzeichnen sie sich dadurch, dass sie aggressiv werden und Menschen unter gewissen

Umständen tatsächlich Schaden zufügen können. Zwar nur in kleinem Rahmen, aber doch spürbar.«

David schauderte. Jetzt kamen sie also zu den gefährlicheren Geschöpfen. Den Gründen dafür, weshalb keine Angst vor dem Dunkel zu haben, vermutlich auch nicht richtig war.

Ayumis Großvater trat wieder an zwei der lackierten Kästchen heran, wie David sie schon damals im Garten gesehen hatte. Und zum ersten Mal war er sich nicht sicher, ob er wirklich wollte, dass der Alte sie öffnete. Was den jedoch nicht kümmerte. Schon im nächsten Moment war der Deckel auf und Kuro Watanabe hielt eine Kreatur am Nacken, deren Fell – wenn man diese struppige Mischung aus Schatten denn so nennen konnte – wie gescheckt wirkte. Fleck an Fleck. Dunkel und dunkler. Als ob es aus verschiedenen Arten Dunkelheit bestand. Die Kreatur blickte David aus schwarzen Augen an, ließ ein wildes nächtisches Fauchen vernehmen und bleckte seine kleinen spitzen schwarzen Zähne, die aus einem ebenso schwarzen Zahnfleisch ragten, das, wie auch der Rest des Tieres, komplett aus Nacht bestand. Oder genauer der dritten Art der Dunkelheit. Das Geschöpf zappelte. Der alte Watanabe hielt es so weit von sich, dass die finsteren Krallen ihn verfehlten.

»Das ist ein Zwergalb. Ein scheues Tier, das sich gewöhnlich in den dunkelsten Ecken des Dunkels versteckt und andere Dunkelwesen meidet. Seine Intelligenz ist überdurchschnittlich. Auch wenn es sie vor allem nutzt, um zu fliehen oder sich zu verstecken.«

Als ob er den Alten Lügen strafen wollte, fauchte der

Zwergalb zornig. So laut, dass David zusammenfuhr. Ayumis Großvater lächelte. David konnte es deutlich sehen. Er staunte, wie scharf seine Sinne im Dunkel schon geworden waren. Dann ließ der Alte den Zwergalb frei. David schrak zurück. Ayumi musste lachen. Und das Tier huschte vollkommen lautlos, blitzschnell und ohne Umwege direkt in die entfernteste Ecke des Raumes.

David atmete auf.

»Wie gesagt. Fliehen und Verstecken. Seine größten Talente. Aggressiv wird es nur, wenn man es in die Enge treibt. Du wirst dort draußen vermutlich selten welche zu Gesicht bekommen. Zumal sie sich auf die Größe einer Walnuss zusammenrollen können.«

Ungläubig schaute David dem Tier nach. »Ernsthaft? Dieses Viech? Das war ja mindestens so groß wie ein Dackel.«

Kuro Watanabe schmunzelte. »Raum und Dunkelheit, David, existieren unabhängig voneinander. Ich könnte im Kopf einer Stecknadel ein Haus aus Nacht bauen.«

»Was? Das ist doch Quatsch.«

»Ist es nicht. Die Dunkelheit hat ihre eigenen Gesetze, mein Junge. Abseits von Logik und Vernunft. Aber darüber später mehr. Alles zu seiner Zeit.« David wollte etwas entgegnen, aber der Alte hob lächelnd den Zeigefinger. »Jetzt halt den Mund und lerne.«

David blieb beinahe die Spucke weg. Aber zu sagen wagte er tatsächlich nichts mehr. Ayumi kicherte. Ihr Großvater versicherte sich mit einem kurzen Blick, dass er Davids ungeteilte Aufmerksamkeit hatte, und beugte sich zu einem weiteren schwarzen Kasten herab. »Das nächste Geschöpf der dritten Dunkelheit, mein Junge.«

Der Satz war noch nicht einmal beendet, da hatte der Alte den Kasten schon geöffnet.

David hob schützend die Hände vor den Körper. Was aber, wie er einen Moment später feststellte, gar nicht nötig war. Weil das, was sich da vor ihm aus dem Kasten schob, kaum gefährlicher als ein nasser Waschlappen wirkte. Ein breiter Kopf, kleine spitze Ohren, keine Nase und ein breites Maul mit wulstigen Lippen. Verschlafen blinzelten David zwei riesige schwarze Augen an. Das Tier legte zwei kurze Vorderläufe auf den Rand seiner Kiste und schien kurz zu überlegen, ob es nach draußen klettern sollte, entschied sich jedoch schließlich dagegen, legte seinen Kopf auf die Kante und wollte weiterschlafen.

Verwirrt schaute David seinen Meister an, der das Tier schmunzelnd betrachtete.

»Der Nachtschwatz. Verfügt überwiegend über die Eigenschaften eines Faultiers. Aber er kann noch etwas. Etwas Besonderes. Moment.«

Der alte Watanabe beugte sich zu der Kreatur hinunter, flüsterte ihr etwas ins Ohr und erhob sich zufrieden. David verstand nicht, was vor sich ging. Im nächsten Moment jedoch blinzelte das Tier ihn müde an, öffnete seine wulstigen Lippen und plötzlich konnte er aus seinem breiten Maul die nächtische Stimme von Ayumis Großvater hören: »Der Nachtschwatz kann Stimmen imitieren. Auf Nächtisch zumindest. Und Botschaften übermitteln. Und natürlich schlafen.«

Ungläubig starrte er das Tier an. Das blinzelte noch einmal, schloss die Augen und schlief weiter.

»Das … das ist ja unglaublich!«, rief David aus.

»Na ja, leider behalten sie die Worte nicht lange«, ergänzte der Alte nun selber.

»Manchmal hauen sie auch Dinge durcheinander«, fügte Ayumi hinzu.

»Und sie sind leider faul. Sie bewegen sich so wenig, dass man jene Botschaften nicht weit transportieren kann. Aber davon abgesehen sind sie so etwas wie eine Mischung aus Papagei und Faultier.«

»Cool«, murmelte David und betrachtete staunend das schlafende Geschöpf, das offensichtlich eine Art nächtischer Anrufbeantworter war. Er wollte gerade fragen, ob auch er dem Nachtschwatz etwas einflüstern durfte, als plötzlich durch das Dunkel hindurch von oben her die Klingel ertönte. Der unheimliche Klang des fremdmetallenen Gongs dröhnte durch das Haus, pflanzte sich in die unteren Geschosse fort und ließ den Nachtschwatz erschrocken in seine Kiste rutschen.

Ayumis Großvater wirkte ebenso verwirrt. Und sie selber schien auch nicht zu wissen, wer das wohl sein mochte. Verstört schauten sie einander an. Als Ayumis Blick den seinen traf, fuhr David zusammen. Er hatte sich noch immer nicht daran gewöhnt, dass Ayumi im Dunkel tatsächlich zu sehen vermochte. Eilig schloss der alte Watanabe den Kasten und wackelte zur Treppe.

»Gut. Für heute muss das reichen. Zwielicht. Wir werden uns morgen um die nächsten beiden Arten Dunkelheit kümmern. Jetzt kommt, Kinder. Folgt mir. Wollen doch mal sehen, wer das ist ...«

Während sie die hölzerne Treppe emporstiegen, erklang die Klingel noch zwei weitere Male. Worum es auch gehen mochte, es schien jedenfalls dringend zu sein.

Schließlich stapfte der Alte, David und Ayumi hinter sich, durch den lichtlosen Flur zur Eingangstür. Als er sie öffnete, erkannte David draußen im Licht der Abendsonne vor dem Gartentor einen riesigen dunkelhäutigen Mann in einem schlecht sitzenden Anzug.

David erkannte ihn sofort. Es war der Riese vom Flughafen. Der Begleiter von Krigk und R'hee, der vor ihnen geflohen war.

»Menga ...«, murmelte der alte Watanabe leise.

Schuldbewusst senkte der Mann vor dem Gartentor den Kopf.

»Krigk, pssst, Krigk! Jetzt wach schon auf!«, flüsterte R'hee eindringlich und rüttelte an seiner Schulter.

Verschlafen streckte der sich und blinzelte sie verwundert an. »Was ... was ist denn los?«

»Steh auf! Und beeil dich. Wir müssen hier weg. So schnell wie möglich!«

»Hast du wieder mal schlecht geträumt, oder was?« Krigk hob eine Braue und musterte seine Schwester kritisch. Ihm war anzumerken, dass er sie nicht ernst nahm. Dass er sich lieber weggedreht und weitergeschlafen hätte. R'hee spürte das deutlich. Und es tat ihr weh. Aber darum ging es gerade nicht. Das Problem war ein ganz anderes.

Ein wesentlich größeres. Und sie hoffte, dass sie es ihrem Bruder begreiflich machen konnte.

»Habe ich nicht. Ich hab ja nicht mal geschlafen.«

»Und? Was ist dann dein Problem? Willst du, dass ich dir dabei Gesellschaft leiste, oder was?«

Krigk war gemein zu ihr. Früher war er das nie gewesen. Er veränderte sich. Sie verstand es nicht. Und hoffte vor allem, es irgendwie aufhalten zu können.

»Krigk …«, sagte sie ernst. Ernster als man es einer Zwölfjährigen vielleicht zugetraut hätte. »Hör mir zu: Ich war im Palast unterwegs und da hab ich es gesehen.« Sie machte eine kurze Pause, um sicherzugehen, dass er ihr wirklich zuhörte. Ihr Bruder aber wirkte vor allem genervt.

»Was? Was, zum Dämmerunk, hast du gesehen, R'hee? Jetzt erzähl es mir, damit ich in Ruhe weiterschlafen kann, verdammt noch eins!« Seine Worte waren wie Nadeln, die sich ihr mit glühenden Spitzen in die Brust bohrten.

»Das Ungeheuer. Das aus der dritten Höhle. Daheim, auf Whaku. Es ist hier. Ganz unten, in einem Gewölbe des Nachtpalastes.«

»Na, das ist doch gut. Vielleicht hat der Dämmerflechter es gefangen und in Ketten gelegt und …«

»So hat es nicht ausgesehen. Er hat es gefüttert. Zusammen mit den beiden hässlichen Gnomen, die …«

»Vielleicht hast du nur schlecht geträumt. Wenn du mich fragst, müssen wir uns, wenn Meister Skadwa es unter Kontrolle hat, keine Sorgen machen.« Er nickte ihr zu und wollte sich gerade wegdrehen, als R'hee ihn fester an der Schulter packte.

»Krigk, das ist kein Spaß. Das Monstrum ist hier. Und Skadwa kontrolliert es. Aber gewiss nicht im Guten. Die Dinge sind nicht so, wie er uns glauben machen will. Wir müssen von hier verschwinden.« Sie hielt inne und schaute ihren Bruder auf eine Art an, wie sie es noch nie zuvor getan hatte. So entschlossen, dass es selbst ihn schauderte. »Und wenn du nicht mitkommst, werde ich allein abhauen.«

Seine Augen aber blieben kalt. R'hee brach beinahe das Herz. Nichts regte sich in ihm. Vor einer Woche noch wäre es undenkbar gewesen. Da hätte er sie nie allein gehen lassen, hätte seinen rechten Arm für seine Schwester gegeben, hätte sich, was immer auch kam, schützend vor sie gestellt. Jetzt schien nichts mehr davon übrig. Wortlos drehte er sich weg und zog sich die aus Düsternis gewobene Decke über den Kopf.

R'hee saß noch gut zwei Minuten dort. Sie sagte nichts. In ihren Augen brannten Tränen.

Als diese kurz darauf über ihre Wangen liefen, erhob sie sich vom Bett ihres Bruders und warf ihm noch einen letzten wehmütigen Blick zu. Dann raffte sie ihre Sachen zusammen und weckte Pickel, der am Fuß ihres eigenen Bettes noch einmal eingeschlafen war. Aus einem Hundetraum aufschreckend blickte er sie kurz verstört an und leckte ihr gleich darauf die Tränen vom Gesicht. R'hee lächelte. Aber es kamen noch immer Tränen nach.

»Komm, Kleiner«, flüsterte sie leise und strich dem Hund über den Kopf. »Sehen wir zu, dass wir hier wegkommen. Mit etwas Glück können wir Krigk irgendwann später rausholen.« Der Shih Tzu schaute sie an und legte fragend den Kopf schief. R'hee drückte ihn an sich. »Ich weiß doch auch nicht wohin. Aber wir werden dort draußen schon irgendwie zurechtkommen. Ein besseres Dunkel finden.«

Sie stand auf und ging zur Tür. Der Hund blieb auf dem Bett sitzen und wedelte zaghaft mit dem Schwanz. R'hee schaute ihn an, klopfte sich aufs Bein und flüsterte: »Na, komm schon, Pickel.«

Als die beiden wenig später den Nachtpalast des Dämmerflechters verließen und in das davor liegende Dunkel traten, wirkten sie in der Finsternis, die das unwirkliche Gebäude umgab, beinahe verloren. Und während Krigk tatsächlich wieder eingeschlafen war, sah Skadwa vom Fenster eines seiner Türme böse lächelnd dabei zu, wie der Hund und das Mädchen in der Dunkelheit verschwanden.

KAPITEL XV

IN DEM EINE WICHTIGE ERKENNTNIS BEZÜGLICH VERSCHWUNDENER DINGE EBENSO EINE ROLLE SPIELT WIE DINOBETTWÄSCHE. DIE WUT EINES WOMÖGLICH AUSERWÄHLTEN UND DER BESUCH DER KANZLERIN SPIELT

Im letzten Licht des Tages saßen sie zusammen auf der Veranda. David, Ayumi, der alte Watanabe und Menga. Der Hüne, der die beiden angehenden Nachtzähmer Krigk und R'hee ursprünglich hatte beschützen sollen, sie aber zugunsten einer Sache verraten hatte, um die man ihn dann schlussendlich betrogen hatte. Whaku, eine Insel in irgendeinem weit entfernten Meer, die er vor Touristen und Geschäftemachern hatte bewahren wollen, die nun aber ebenso in der Finsternis verschwunden war wie jene beiden, die er eigentlich hatte beschützen sollen …

Menga erzählte. Er sprach leise. Manchmal kam er ins Stocken. Zögerte. Ihm war anzumerken, dass es ihm schwerfiel. »Ihr müsst mir glauben. Ich hatte nichts Böses im Sinn. Zu keinem Zeitpunkt. Ich wollte nur meinen Stamm bewahren. Vor einer Welt, die alles in Geld verwandelt, sobald sie es entdeckt. Die Wunder, das Fremde, den Zauber. Ich wollte einfach verhindern, dass Touristenboote,

Hotels und Cocktailbars unser Dorf zerstören. Dass es an unseren Stränden irgendwann mehr Müll als Muscheln gibt. Ich habe während meines Studiums die Welt und die Menschen hier draußen kennengelernt, Meister Watanabe. Und vor ihnen wollte ich meine Heimat schützen.«

»Und dafür hast du die Kinder Skadwa überlassen?«

»Was wusste ich schon über ihn? Weder über ihn noch über Euch hat der Schattenvater viel gesprochen. Für mich wart ihr nicht mehr als die drei Meister, Nachtzähmer, die das Dunkel in seiner Gesamtheit verstanden und beherrschten. Wie hätte ich ahnen sollen, dass er anders ist? Dass der Dämmerflechter einen anderen Pfad als der Schattenvater und der Nachtwahrer beschritten hat?«

»Du hast recht. Vielleicht bewahren wir einige unserer Geheimnisse zu gut. Wenn du gewusst hättest, warum wir so wenig von ihm sprechen, wärest du vermutlich nie auf den Gedanken gekommen, ihm die Kinder auszuliefern. Aber dafür ist es zu spät. Du musst damit leben, Meister Chaya und die Insel, die du schützen wolltest, verraten zu haben. Und wir können bloß hoffen, dass wir Krigk und R'hee aus den Fängen Skadwas befreien können, bevor er die beiden verdirbt.«

»Die Insel, Meister Watanabe. Ihr ... Ihr habt mitbekommen, was mit ihr geschehen ist?«

»Oh ja, Menga. Und obwohl das Dunkel mir nicht fremd ist, macht es mir ebenso Angst wie dir ...«

David stieß Ayumi an, beugte sich ganz nah an ihr Ohr und flüsterte: »Sie sprechen von der verschwundenen Insel, nicht wahr?«

Er erinnerte sich. Das war im Fernsehen gewesen. In den Nachrichten, die sein Vater immer schaute. Obwohl es diesmal mehr David als ihn interessiert hatte. Weil seinen Vater, wenn etwas verschwand, sein Auto grundsätzlich mehr als irgendeine Insel in irgendeinem Meer kümmerte.

Ayumi nickte. »Whaku. Aber sie ist nicht bloß verschwunden, David. Sie ist über Nacht abhandengekommen. Weil das Dunkel sie geholt hat. Wie all die anderen Dinge.«

»Aber warum?«

»Das weiß keiner. Nicht einmal mein Großvater. So etwas hat es einfach noch nicht gegeben. Noch nie.«

»Das macht mir Angst.«

»Das sollte es auch. Wobei das Schlimme daran nicht die Frage ist, was da passiert, sondern vielmehr, wer dafür verantwortlich ist.«

»Und warum er das tut.« David starrte nachdenklich in die kleine Lampe auf dem Tisch, die der alte Watanabe, weil es draußen inzwischen schon beinahe dunkel war, Menga zuliebe aufgestellt hatte. Er grübelte kurz. »Macht mir nicht weniger Angst«, murmelte er.

»Frag mich mal …«, flüsterte Ayumi. »Und ich habe im Dunkel schon einiges geschehen sehen.« Menga und der alte Watanabe starrten einen Moment lang schweigend vor sich hin.

Dann brach der Hüne die Stille und fragte mit zitternder Stimme: »Werdet Ihr mich bestrafen?«

»Du bist genug gestraft. Weil du deine Schuld ewig mit dir herumschleppen wirst. Solange die Kinder nicht wieder auftauchen und die Insel verschwunden bleibt, wirst du leiden. Im Bewusstsein, dass du dafür verantwortlich bist.«

Der riesige Mann schlug die Augen nieder. Er wusste, wie recht der Alte hatte. Denn jeden Morgen war die Schuld das Erste, was er spürte.

»Wichtiger aber ist die Frage, was wir tun können. Um sie zurückzuholen. Krigk, R'hee und die Insel. Und um dem Einhalt zu gebieten, was dort draußen vor sich geht.« Unter seinen buschigen weißen Augenbrauen hervor blickte Watanabe den Riesen ernst an. »Wir werden dich brauchen. Und dabei sollte deine Schuld uns nicht im Weg stehen.«

Der Alte reichte Menga die Hand. Unter seinem Bart war der Anflug eines Lächelns zu erkennen. Eines ernsten, aber freundlichen Lächelns, das eines Mannes, den man gern zum Verbündeten hatte, wenn es ins Ungewisse ging.

Der Hüne zögerte nicht, die Hand zu ergreifen.

Ein Bündnis zweier Männer, wie sie verschiedener vermutlich nicht sein konnten.

Und das in diesem Moment sogar die Angst von David und Ayumi ein wenig zu schmälern vermochte. Weil es Hoffnung bedeutete. Ein wenig zumindest.

Kurz darauf löste Menga seine Hand wieder aus der des Alten und nickte ihm entschieden zu. »Ich habe mir bereits ein paar Gedanken gemacht, Meister Watanabe.« Mit diesen Worten zog er ein kleines schwarzes Notizbuch aus der Tasche, das er aufschlug und im Schein der Lampe vor sich ablegte. Verwundert konnten die Anwesenden eine klein geschriebene Liste von allerlei Dingen erkennen. Autos, Fernseher, technische Geräte und noch so einiges mehr.

Menga sprach weiter und fuhr langsam mit dem Finger am äußeren Rand der Seite hinunter. »Das hier ist eine Auflistung all dessen, was während der letzten Tage nachts verschwunden ist.«

»Hm, das ist ja wirklich einiges.« Ayumis Großvater nickte.

»Der Wagen von meinem Vater ist da auch mit bei«, bemerkte David zustimmend.

»Nicht nur der«, meinte Menga. »Insgesamt sind mehr als 300 Autos verschwunden. Ebenfalls Hunderte Fernseher, sowie Tausende andere technische Geräte. Außerdem Schmuck, dessen Wert in die Millionen geht, Unmengen Bargeld und darüber hinaus auch noch ein paar Dutzend Ausstellungsstücke aus Museen. Wobei das nur das ist, was hierzulande weggekommen ist. Weltweit ist es vermutlich noch wesentlich mehr.«

»Aber warum? Wer braucht dieses ganze Zeug denn? Und vor allem wofür?«, fragte Ayumi und runzelte verwundert die Stirn. Sie konnte sich beim besten Willen nicht vorstellen, wofür man ein paar Hundert Autos und den ganzen anderen Kram brauchen konnte. Wenn es am Ende nur um das Geld ging, hätte man auch gleich nur das nehmen können. Nein, sie verstand es einfach nicht. Und für den Fall, dass hinter der ganzen Sache irgendein Superschurke steckte, war er womöglich ebenso blöde wie genial.

»Genau die Frage habe ich mir auch gestellt«, murmelte Menga und zog mit dem Finger noch einmal einen Kreis um die Notizen. »Was will einer damit? Das ganze Zeug verkaufen? Etwas daraus bauen?« Er schaute von einem zum anderen und hob seinen Zeigefinger. »Was aber, wenn es gar nicht darum geht, *was* verschwindet, sondern um das Verschwinden an sich?« Menga machte eine kurze Pause und genoss sichtlich, wie alle, abgesehen von Ayumi, ihn verwundert anschauten. »Das Verschwinden von Dingen, die den Leuten etwas wert, die ihnen wichtig sind.«

»Und wofür das jetzt?«, war es an David nachzufragen.

»Schau dich um«, sagte Menga. »Was das zur Folge hat, was es mit den Menschen macht: Zorn und Unzufriedenheit. Und beides wächst. Wird immer mehr.«

»Oh ja. Da hast du so was von recht. Seit sein Auto weg ist, ist mein Vater noch unzufriedener als vorher. Und das will schon was heißen.«

Nun war es am alten Watanabe, sich zu wundern. Wieder einmal strich er sich durch den Bart und blickte Menga nachdenklich an: »Ich glaube auch, du könntest wirklich recht haben, Menga. Aber zu welchem Zweck sollte irgendjemand einen solchen Aufwand betreiben, um diese Gefühle hervorzurufen?«

»Ganz ehrlich? Ich habe keine Ahnung. Aber ich fürchte trotzdem, dass diese Gefühle das Motiv sind. Alles andere ergibt einfach keinen Sinn. Zumal von den verschwundenen Dingen bisher nichts, rein gar nichts wieder aufgetaucht ist. Niemand hat irgendwas davon verkauft oder es auch nur versucht. Das Ganze ist vollkommen verrückt.«

»Vielleicht. Vielleicht aber auch nicht …«, murmelte der alte Watanabe und betrachtete versonnen die dicht beschriebenen Seiten.

In diesem Moment ertönte aus dem Dunkel heraus

plötzlich ein leises, meckerndes, grelles Lachen, das alle außer Menga deutlich vernahmen. Nächtisches Gelächter, das dem alten Watanabe seltsam bekannt vorkam.

»Zwielichtwichtel …«, murmelte er, während er sich erhob und in den Garten trat.

Menga griff nach der Lampe und folgte ihm. Und in ihrem kleinen Lichtkegel wurde, als er die mit Steinplatten ausgelegte Veranda verließ, deutlich, was geschehen war: Zwei der schwarz lackierten Kästen, in denen der alte Watanabe die Kreaturen der ersten und zweiten Ordnung hielt, standen offen. Die Deckel lagen daneben im Gras. Ayumis Großvater blickte vorsichtig hinein. Sie waren leer. Beide. Und David war froh, dass er Rocky bei sich daheim unter dem Bett in der Turnschuhschachtel gelassen hatte …

Krigk war wütend. Wütend auf R'hee. Und auf sich selbst. Weil sie fort war und weil es ihm nicht egal war. Kaum dass er aufgewacht war, griff er nach der Glimmergeißel und ließ den Nachtkrabb seine Wut spüren. Er hätte sonst nicht gewusst, wohin damit. Immer wieder schwirrte die Glimmergeißel durch die Luft und knallte auf den Rücken der gepeinigten Kreatur. Dunkles Blut sickerte durch schwarze Federn zu Boden. Der Nachtkrabb wand sich in seinen Ketten. Sein schwarzer Schnabel zitterte. Immer wieder entfuhren ihm grelle Schmerzensschreie. Seinen Peiniger aber scherte das nicht. Krigk hoffte, dass sein Zorn abnahm, dass er sich in den Schlägen entlud. Mit jedem davon weniger wurde.

Doch es funktionierte nicht. Sosehr er auch auf das bedauernswerte Geschöpf einschlug, so laut die Geißel auch knallte. Die Wut wurde nicht weniger. Und das machte ihn noch wütender. Er schrie den Namen seiner Schwester. Und dabei brannten Tränen in seinen Augen. Aber nichts wurde besser. Längst war der Nachtkrabb unter den Schlägen zusammengebrochen, lag wimmernd und zusammengekrümmt auf dem finsteren Boden. Krigk tobte immer noch. Weil es in ihm genauso tobte. Er sah nicht die schreckensweiten dunklen Augen der Kreatur, das Leid und den Schmerz darin, er spürte nur seinen eigenen Zorn, der keinen Anfang und kein Ende hatte, der überall war und der raus wollte. Einfach nur raus. Gerade hob er die Glimmergeißel ein weiteres Mal, als ihm völlig unerwartet jemand in den Arm griff. Verwundert betrachtete Krigk die kleine schwarze Hand, die wirkte, als wäre sie aus gefrorener Dunkelheit gemacht. Sein tränenverhangener Blick folgt einem haarigen Ärmchen, an dessen Ende er über einer schmalen Schulter ein Gesicht erkannte.

»Gnista?«, fragte er tonlos und betrachtete verstört den Zwielichtwichtel, der ihn mit sichtlicher Mühe zurückhielt. Neben der kleinen Gestalt stand eine weitere, ähnlich geartete: Mörker. Der hatte einen prall gefüllten Sack über der Schulter und starrte Krigk fragend an. Gnista hatte, weil er, um Krigk Einhalt zu gebieten, beide Hände brauchte, seinen Sack neben Krigk abgestellt, und blickte ihn aus großen Augen an.

»Tu's nicht«, flüsterte er leise auf Nächtisch.

Und während Krigk diese Worte in seinem Kopf hörte,

ließ er die Glimmergeißel tatsächlich sinken. Der Nachtkrabb blinzelte dankbar zu dem Zwielichtwichtel hinüber.

»Warum sollte ich?«, fragte er trotzig. »Der Meister hat mir den Nachtkrabb überlassen. Ich kann mit ihm tun, was immer ich will. Ihn auspeitschen, wann immer mir der Sinn danach steht!«

Er wollte gerade die Geißel wieder emporreißen, als ihn Gnistas flehender Blick zögern ließ. Einen kurzen Moment lang blickten die beiden einander an. Der wütende Junge und der Zwielichtwichtel vom nördlichen Rand der Welt. Der eine in der Wirklichkeit, der andere in der Finsternis verwurzelt. Und als die Blicke nichts änderten, senkte Gnista demütig den Kopf, bot Krigk im nächsten Moment seinen Rücken dar und bat leise: »Wenn es sein muss, nimm mich an seiner statt.«

Tatsächlich hob Krigk die Geißel höher und holte damit aus. Mörker schüttelte verständnislos den Kopf. Menschen. Sie waren nicht für das Dunkel gemacht und hatten, wenn es nach ihm ging, auch nichts darin verloren. Abgesehen von seinem Meister vielleicht. Als Krigks Hand niederzuckte, schloss der Zwielichtwichtel die Augen. Er erwartete den schmerzerfüllten Aufschrei seines Freundes. Der aber blieb aus. Krigk hatte Gnista die Glimmergeißel nicht über den Rücken gezogen, er hatte sie fortgeschleudert, fiel auf die Knie und brach schluchzend zusammen. Als Mörker seine Augen wieder öffnete, wunderte er sich noch mehr als vorher: Matt schimmernd lag die Glimmergeißel ein paar Meter entfernt am Boden. Daneben hatte der wimmernde Nachtkrabb sich zusammengerollt. Und direkt vor seinen Augen hatte Gnista seine finsteren haarigen Arme um den schluchzenden Jungen geschlossen und strich ihm tröstend über den Kopf.

So etwas hatte der Zwielichtwichtel noch nie gesehen.

Und er war sich auch nicht ganz sicher, was genau es bedeutete. Klar war nur, dass der Meister es alles andere als gut finden würde, wenn er davon erfuhr.

Und erfahren würde er es. Dafür würde Mörker schon sorgen.

Damit Skadwa erkannte, wer in Wirklichkeit sein erster Diener war.

Als David zusammen mit Ayumi bei sich zu Hause ankam, saßen seine Eltern auf der Couch vor dem Fernseher. Es gab nur zwei Arten, auf die sie dort saßen: entweder zusammen in der Mitte oder jeder auf einer anderen Seite, so weit auseinander wie möglich. Wenn sie mittig saßen, legte sein Vater in der Regel irgendwann den Arm um seine Mutter und wenig später verschwanden sie dann normalerweise lachend im Schlafzimmer. Wenn sie dagegen weit auseinander saßen, schlief sein Vater am Ende meist auf der Couch. David hatte das oft genug beobachtet. Und er war alt genug, um es zu verstehen.

Dass die beiden zusammen in der Mitte gesessen hatten, war lange her. Inzwischen saß meist sogar nur noch einer von beiden auf der Couch.

Er war froh, dass er vorher angerufen und gefragt hatte, ob Ayumi heute Nacht bei ihm schlafen durfte. Und noch froher darüber, dass seine Mutter Ja gesagt hatte. So wie seine Eltern jetzt dasaßen, hätte er sich nicht mehr zu fragen getraut. Sein Vater hatte die Arme vor der Brust verschränkt und betrachtete mit finsterem Blick den Bildschirm, über den gerade irgendeine Sondermeldung flimmerte, weil irgendein Staat einen anderen beschuldigte, in der Nacht geheime Unterlagen aus dem Regierungssitz geraubt zu haben. Der beschuldigte Staat hingegen verdächtigte wiederum den anderen, aus einem staatlichen Museum bedeutende Kulturgüter entwendet zu haben. Und obwohl David das nur am Rande mitbekam, fiel ihm doch auf, dass zwei Länder in einer solchen Situation etwas von Eltern hatten, die missmutig auf entgegengesetzten Seiten einer Fernsehcouch hockten.

Seine Mutter, die nebenbei mal wieder irgendein albernes Handyspiel mit bunten Klötzen spielte, die man verschieben, drehen, werfen oder schütteln musste, blickte kurz auf, als David seinen Schlüssel in die kleine Keramikschale auf der Kommode fallen ließ.

»Da seid ihr ja. Ich hab für deine Freundin oben alles fertig gemacht.«

David verzog das Gesicht. *Freundin* war einfach ein seltsames Wort. Weil es sowohl das eine als auch das andere bedeuten konnte. Wobei das eine eben etwas vollkommen anderes als das andere war. Und das eine ihm irgendwie unangenehmer war als das andere. Weshalb konnte er auch nicht sagen. Aber »Freundin« klang eben komisch.

Darum war er auch dankbar dafür, dass seine Mutter weitersprach und dieses unangenehme Wort nicht zu lange im Raum stand.

»Wenn ihr noch was essen wollt, ich hab euch ein paar Brote geschmiert. Stehen in der Küche.«

David beugte sich zu Ayumi hinab, hob einen Zeigefinger und flüsterte in gespielt bedeutsamem Ton: »Vegan!«

Seine Mutter wandte sich auf der Couch wieder ihrem Spiel zu. »Und dann Zähneputzen und ab ins Bett. Dass ihr morgen nicht zu spät in die Fabrik kommt.«

Das klang tatsächlich noch schlimmer als die Aussicht auf tierfreie Brotscheiben. Als ob er den Rest seines Lebens bei Erebos verbringen musste. Genau wie sein Vater. Was die Vorstellung irgendwie noch beängstigender machte.

»Kannst du jetzt mal ruhig sein, Schatz? Ich will das sehen.«

»Ist ja schon gut, Jochen. Ich wollte den beiden nur …«

»Du spielst dein Spiel, die Kinder verziehen sich nach oben, fertig. Und jetzt ist gut.«

David spürte, dass seine Mutter noch etwas sagen wollte. Aber sie kannte seinen Vater gut genug, um zu wissen, wohin das führte. Ärger. Von dem es schon genug gab. Aber um noch weiter auseinanderzurücken, hätten sie sich wohl scheiden lassen müssen. Also spielte sie ihr Spiel, die Kinder verzogen sich nach oben und Davids Vater konnte sehen, wie die führenden Politiker irgendwelcher Länder einander mit Krieg bedrohten.

Zwanzig Minuten später lagen David und Ayumi im Bett. Sie in seinem und er auf dem quietschenden Gästeklappding, in dem man immer aufwachte, sobald man sich umdrehte. Seine Mutter hatte die alte Dinobettwäsche aufgezogen. Im ersten Moment war ihm das peinlich. Aber dann erinnerte er sich, dass Ayumi blind war. Sonderbar. Seit er mit ihr abhing, war es so selbstverständlich geworden, dass er es inzwischen gar nicht mehr wahrnahm. Womöglich war das das ganze Geheimnis, wenn es um andersartige Dinge ging. Vielleicht musste man so lange einfach machen, bis es selbstverständlich wurde.

David drehte sich um. Das Bett quietschte.

»Bist du auch noch wach?«, fragte Ayumi leise.

»Klar. Sobald ich mich umdrehe.«

Sie kicherte. David richtete sich ein wenig auf und schaute zu ihr hinüber. Sah ihren Blindenstock, der zusammengefaltet neben Rockys Karton auf dem Nachttisch lag, und Ayumis Silhouette, die sich unter der Bettdecke abzeichnete, welche sich unter ihrem Atem sachte senkte und hob. Es war merkwürdig, wie viel er inzwischen im Dunkel erkennen konnte. Vermutlich war das der Grund, dass er keine Angst mehr davor hatte. Dass das Dunkel für ihn gar kein Dunkel mehr war. Trotz der Jalousien konnte er alles erkennen. Fast wie auf einem Schwarz-Weiß-Bild. Obwohl es natürlich eher schwarz-schwarz war. Aber eben in verschiedenen Abstufungen, die es David ermöglichten, alles voneinander zu unterscheiden.

Er konnte Ayumi erkennen, ihr Gesicht, ihr Lächeln. Und den friedlich schlummernden Schattenhamster, den sie im Arm hielt. Auch der Gedanke hatte etwas Merkwürdiges. Dieses kleine Fellknäuel, dieses herrliche Tier, von dessen Existenz er überhaupt erst erfahren hatte, als er ins Dunkel zu schauen gewagt hatte. Über seine Furcht hinaus.

Eines aber sah er im Dunkel seines Zimmers deutlicher als alles andere: Das Amulett, das Ayumi um den Hals trug. Den Talisman, der auf den ersten Blick komplett schwarz wirkte, aber aus allen Arten Dunkelheit bestand. Im Dunkel schien das Vielnachtamulett, so absurd es auch schien, förmlich zu glühen. Irgendwie hypnotisch.

Ayumi schien seinen Blick zu spüren. »Du weißt ja, dass mein Großvater für dich auch noch eines hat.«

»Was kann es denn überhaupt genau?«

»Na ja, es schützt dich vor jedem Zauber, den man mithilfe der Dunkelheit wirken kann.«

»Cool.«

»Ja. Ziemlich. Ursprünglich hat jeder Meister zwei davon für seine Schüler gehabt. Damals, als es noch mehr Nachtzähmer gab. Aber inzwischen hat sich das alles geändert.«

»Was denn alles?«

»Mädchen, zum Beispiel. Wenn es nach der Tradition geht, dürfen die gar keine Nachtzähmer werden. Aber meinem Großvater ist das egal. Er hat mir trotzdem einiges beigebracht. Und mir eines von seinen Amuletten gegeben. Schon weil es seit Jahren niemanden gab, der den nötigen Sinn für die Dunkelheit gehabt hätte.«

»Sinn?«

»Sie zu spüren. Zu ahnen, dass sie aus mehr als bloß Finsternis besteht. Wie deine Angst zum Beispiel. Die kommt nur daher, dass du dieses Gespür hast. Dass du von Anfang an insgeheim mehr über das Dunkel wusstest.«

»Na ja, eigentlich hatte ich nur Angst.«

»Mein Großvater sagt, Angst ist manchmal nur Wissen, das man noch nicht hat.«

»Der hat gut reden. Der weiß ja auch alles.«

»Tut er nicht. Das, was dort draußen im Dunkel gerade passiert, ist ihm so fremd, wie dir das Dunkel war. Eine Bedrohung, die er nicht kennt. Vor der er nicht einmal sich selbst schützen könnte.«

»Na, dann soll er sich doch auch ein Vielnachtamulett umhängen.«

»Die Meister dürfen sie nicht tragen. Die Amulette sind nur für ihre Schüler gedacht. Sie selbst müssen sich kraft ihres Wissens schützen.«

»Oh, dann ist es natürlich wirklich ein Problem.« David nickte verständnisvoll. Er legte sich wieder hin, schloss die Augen und dachte einen kurzen Moment lang schweigend nach. Dabei hörte er, wie auch Ayumi sich wieder lang machte, die Decke bis zum Kinn zog und sich an Rocky kuschelte. Bevor sie aber einschlief, flüsterte David noch leise: »Könntest du deinen Großvater mal fragen? Also, ob er wirklich noch ein Amulett für mich hat. Weil, ich glaub, ich hätt' das schon ganz gern …«

Er hätte sich gewünscht, dass sie daraufhin zumindest gekichert hätte. Stattdessen antwortete sie leise, aber sehr ernst: »Ja, ich hätte auch gern, dass du es so schnell wie möglich bekommst. Ich frag ihn. Gleich morgen.«

Als Thorben Molchert aus der Cafeteria über den Flur zurückgeschlendert kam, verstellte ihm ein kräftiger Mann im schwarzen Anzug mit Sonnenbrille den Weg zum Vorzimmer des ministerlichen Büros. Durch das schmale Glasfenster in der Tür konnte er erkennen, wie vor der Bürotür des Ministers ein weiterer Mann stand. Typen dieser Art hatte er oft genug gesehen, um zu wissen, was die kleine Ausbuchtung unter ihren Jacketts bedeutete. Sie waren bewaffnet. Klassische Leibwächter, wie Molchert sie selbst schon für den Minister gebucht hatte. Abgesehen von der Gebäudesicherheit waren Bodyguards die einzigen Personen, die im Inneren des Ministerialgebäudes Waffen tragen durften. Zu wissen, wer sie waren, war aber nur das eine. Viel wichtiger war die Frage, weshalb sie da waren.

Doch schon ein kurzer Blick in das Gesicht des Personenschützers ließ ihn ahnen, dass der ihm nichts dazu verraten würde. Also wandte Molchert sich einer der beiden Sekretärinnen zu, die offenbar aus dem Vorzimmer hinausgeworfen worden waren und nun verstört auf dem Flur herumstanden. Bevor er ihnen aber überhaupt eine Frage stellen konnte, flog in seinem Rücken bereits die Tür auf. Einer der Leibwächter stieß ihn unsanft zur Seite und einen Augenblick später verließ der zweite, gefolgt von einer dritten Person, das Vorzimmer. Letztere reihte sich zwischen den beiden Bodyguards ein und bewegte sich entschiedenen Schrittes über den Flur Richtung Ausgang.

Ungläubig starrte Thorben Molchert der kleinen Gruppe hinterher. »Aber … aber das war doch …«

»Oh ja«, murmelte eine der beiden Sekretärinnen, die beinahe ebenso fassungslos wirkte wie er selbst.

»Ganz genau. Das war sie«, bestätigte die andere, die sich inzwischen scheinbar ein wenig beruhigt hatte, aber trotzdem noch immer mit ihnen den Flur hinunterschaute.

Molchert schluckte. Er atmete einige Male tief durch. Kaum dass er sich gefangen hatte, eilte er, die beiden Frauen auf dem Flur zurücklassend, mit großen Schritten durch das Vorzimmer in das offene Büro des Ministers.

Seinen Vorgesetzten fand er, das Gesicht in die Hände gestützt, zusammengesunken am Schreibtisch. Vor ihm lag eine Reihe Dokumente, allesamt in der oberen Ecke mit dem Vermerk *streng geheim* gekennzeichnet. Molchert brauchte kein zweites Mal hinschauen. Er wusste, worum es sich handelte. Über Listen wie diesen hatte er in den vergangenen Tagen viele Stunden gesessen und sich den Kopf zermartert. Die Anzahl der verschwundenen Dinge war für sich genommen schon unglaublich. Ihr Wert, wenn man ihn zusammenrechnete, lag jenseits dessen, was man sich vorstellen wollte. Aber die Tatsache, dass sie noch immer kein System darin entdeckt hatten, war das wirklich Unfassbare. Und nachts verschwand mit jeder Stunde mehr.

Beunruhigt trat Molchert näher an den Minister heran, der so in Gedanken verloren schien, dass er ihn bis jetzt offenbar nicht bemerkt hatte. »Verzeihen Sie, Herr Minister, ist … ist alles in Ordnung?«

Wie in Zeitlupe hob sein Vorgesetzter den Blick. Er wirkte müde. Die Ringe unter seinen Augen schienen tiefer und dunkler geworden, seit Molchert ihn das letzte Mal gesehen hatte. Und die Augen selbst wirkten seltsam glasig. Der Minister versuchte zu lächeln. Aber es gelang ihm nicht.

»Was soll ich sagen, Molchert? Sie haben sie ja sicher gesehen. Gerade war die Kanzlerin hier. Und sie hat mir sehr deutlich zu verstehen gegeben, was sie erwartet.«

»Dass wir die Situation in den Griff bekommen?«

»Ganz genau. Und das schnellstmöglich.«

»Und wenn uns das nicht gelingt?«

»Wird bald jemand anderes an diesem Schreibtisch sitzen.«

Thorben Molchert verstand. Wenn der Minister seinen Hut nehmen musste, würden mit großer Wahrscheinlichkeit auch seine engsten Mitarbeiter gehen müssen. Schon weil ein neuer Minister mit Sicherheit seine eigenen Leute mitbringen würde. Ein Gedanke, der Molchert gar nicht gefiel. Er hatte zu lange für diese Position gearbeitet, um jetzt noch einmal von vorne anzufangen.

»Gut. Dann werden wir also handeln müssen.«

»Handeln?« Der Minister schaute ihn verwundert an. »Und was sollen wir tun? Ich weiß nicht, ob Sie wirklich verstehen, Molchert. Die Sache mit diesen verschwundenen Dingen ist kein kleines Problem mehr!«

»Natürlich, Herr Minister. Ich verstehe.«

»Ich fürchte, das tun Sie nicht. Die Kanzlerin hat mir die Angelegenheit sehr genau erklärt: Einmal ganz abgesehen von dem, was im Rest der Welt passiert, welcher Staat welchen anderen bedroht und wem was wie auch immer abhandenkommt, bin zunächst einmal ich es, der hier, in unserem Land, für die Sicherheit zuständig ist. Plötzlich verschwinden einfach Dinge. Und niemand kann etwas dagegen tun. Dann verschwinden noch mehr Dinge. Größere

Dinge. Wertvollere Dinge. Und die Menschen verlieren ihr Vertrauen in uns. In die Politik, die Polizei, den Staat. In die Sicherheit. In mich. Verstehen Sie, was das bedeutet? Und darum *dürfen* einfach keine Dinge mehr verschwinden. Zumindest nicht bei uns ...«

Sein Gegenüber blickte Molchert ernst an. Doch stärker als der Ernst war die Müdigkeit.

»Und wie sollen wir das Ihrer Meinung nach bewerkstelligen, Herr Minister?«

»Ganz ehrlich? Ich habe keine Ahnung.« In seinen Worten schwang Resignation mit. Für einen kurzen Moment wirkte der Mann beinahe verzweifelt. Die Befürchtung, dass dies, ohne dass er dagegen auch nur irgendetwas unternehmen konnte, das Ende seiner politischen Laufbahn war und er seinen Posten bald würde räumen müssen.

Seufzend stemmte sich der Minister aus dem gepolsterten Schreibtischstuhl und tapste mit hängenden Schultern an Molchert vorbei bis an das Bücherregal und murmelte, wie zu sich selbst: »Wir haben kein Motiv, keine Verdächtigen, wir wissen ja nicht einmal, wie die Dinge überhaupt abhandenkommen!« Einen Moment später wusste Molchert dann endlich, wo der gute Whisky stand. Es war tatsächlich hinter Goethes Gesamtausgabe. Träge entkorkte der Minister die Flasche, nahm zwei Gläser und füllte sie langsam. Kurz darauf reichte er seinem Assistenten eines davon und prostete ihm müde zu. »Tatsächlich wissen wir nichts, Molchert. Rein gar nichts.«

Sie tranken. Doch während der Minister sein Elend offenbar trübsinnig nippend mit kleinen Schlucken ertränken wollte, kippte sein persönlicher Assistent den teuren Whisky in einem Zug herunter und funkelte seinen Vorgesetzten verwegen an.

»Das ist so nicht ganz richtig, Herr Minister.«

Der Angesprochene hörte auf, in sein Glas zu starren und hob verwirrt den Kopf. Molcherts tatendurstiger Blick irritierte ihn sichtlich.

»Wie? Was? Ich verstehe nicht …«

»Da ist eine Sache, die wir mit Sicherheit wissen. Und glauben Sie mir, ich weiß, wovon ich spreche. Weil ich mich tagelang mit diesen Akten beschäftigt habe.« Molchert wies auf die Papiere auf dem Schreibtisch, und während er das tat, schien die müde Verzweiflung aus seinem Vorgesetzten tatsächlich ein wenig zu schwinden. »All diese Dinge verschwinden nur bei Dunkelheit.«

Stirnrunzelnd ließ der Minister sein Glas sinken.

Molchert versuchte es näher zu erklären. »Der größte Teil der verschwundenen Gegenstände ist in einem unbeobachteten Moment und in völliger, oder zumindest vorübergehender Finsternis verschwunden.«

»Natürlich. Weil Diebe und Einbrecher vor allem nachts zu Werke gehen, und …«

»Eben nicht! In den wenigsten Fällen ist überhaupt jemand am Tatort gesehen worden. Kameras haben nichts aufgezeichnet und es sind keine Spuren zurückgeblieben. Zumindest beinahe. Wobei wir bei den wenigen Fällen, in denen es anders war, davon ausgehen, dass sie nicht mit dem Phänomen zusammenhängen.«

»Dem … Phänomen?«

»Ich fürchte, Herr Minister, so müssen wir es wohl nennen. Was vor allem daran liegt, dass wir es nicht verstehen können. Aber ich kann Ihnen zumindest mit Gewissheit sagen, dass das, was geschieht, maßgeblich mit der Dunkelheit zusammenhängt.«

Kopfschüttelnd lachte der Minister zynisch auf, setzte sein Glas wieder an und nippte missmutig an seinem Whisky. »Tss, als ob ein solches Wissen uns jetzt noch helfen könnte.«

»Oh doch, das kann es, Herr Minister. Das kann es.« Mit diesen Worten griff Molchert an seinem Gegenüber vorbei nach der Flasche, schenkte sich selbst nach und leerte, bevor er weitersprach, auch dieses Glas mit einem einzigen Schluck. »Weil es nämlich jemanden gibt, der uns dabei behilflich sein kann, der Dunkelheit entgegenzuwirken. Eine Firma, die genau das schon Nacht für Nacht tut und die sogar bereit ist, zu günstigen Konditionen mit uns zusammenzuarbeiten.«

»Um einerseits die Dunkelheit zu bekämpfen und somit zu verhindern, dass in ihr etwas verschwindet? Das könnte, wenn Sie recht haben, Molchert, tatsächlich funktionieren! Und wenn es das tut, dann ist für sie ganz ohne Zweifel eine Gehaltserhöhung fällig!« Nun leerte auch der Minister sein Glas und schenkte noch einmal nach. »Aber sagen Sie, was für eine Firma ist es denn, die uns da so bereitwillig unter die Arme greifen will?«

»Es handelt sich um ein Unternehmen mit Sitz in der Nähe von Düsseldorf, Herr Minister: Erebos Industries.«

KAPITEL XVI

IN DEM DER GRAF EINEN ANRUF ERHÄLT, GESCHWISTER GETRENNTE WEGE GEHEN, DIE NACHT SICH MIT FEUER MISCHT UND AM ENDE FAST ALLES DUNKEL IST

Die Praktikanten standen in einem langen Gang hinter einer Glasscheibe und blickten von dort aus auf die etwas tiefer gelegene Glühlampenfertigungsstrecke. An einem beinahe unendlich wirkenden Fließband mit vier verschiedenen Ebenen, standen Hunderte Fabrikmitarbeiter, die, in ihren weißen Overalls und mit dem Erebos-Logo auf der Brusttasche, ihrer Tätigkeit nachgingen. Minutiös. Exakt koordiniert. Ähnlich wie die Roboterarme, die in gewissen Abständen zwischen ihnen standen, um die menschliche Arbeit zu optimieren. Nach und nach formten sich auf den einzelnen Ebenen Stück für Stück verschiedene Glühlampen. Immer wieder nahmen die einzelnen Elemente auf den jeweiligen Fließbändern kleine Umwege durch vereinzelte Maschinen, verschwanden darin, um leicht verändert auf der anderen Seite wieder herauszukommen, kurz von einem Mitarbeiter begutachtet und dann auf den Weg zur nächsten Maschine gebracht zu werden. Abgesehen von den Overalls trugen die Arbeiter zum Schutz der sensib-

technischen Elemente ausnahmslos weiße Haarnetze, sodass sie, von Kopf bis Fuß komplett in Weiß gekleidet, aus dem oberen Gang betrachtet, wie farblose Schemen, beinahe wie Gespenster wirkten. Wenn man ihre präzisen Arbeitsabläufe bedachte, sogar beinahe wie …

»Robotergespenster!«, flüsterte David Ayumi zu und beugte sich dafür etwas näher zu ihr, als es eigentlich nötig war. Sie schauderte, schüttelte sich und kicherte leise. David mochte es, wenn sie das tat. Aber irgendwie fand er beinahe alles, was sie tat, großartig. Er hatte ihr genau beschrieben, was dort unten vor sich ging, die Arbeiter, die Maschinen und die unentwegt in Bewegung befindlichen Roboterarme. Jetzt betrachtete er versonnen eine schwarze Strähne ihres Haares, die sich unter dem Haarnetz hervorgestohlen hatte und vor ihrer dunklen Brille baumelte. David holte tief Luft und sog den Duft ihres Haares ein.

Dann blickte er den Gang hinunter, sah die knapp hundert Schüler, die ihre Nasen an die Fenster drückten und das Fließband beobachteten. Auch sie trugen im Inneren der Fabrik, Haarnetze und Overalls, und wirkten, etwas kleiner und etwas ungelenker als die Arbeiter vor Ort, beinahe wie eine neue Generation Robotergespenster, die bloß noch ein wenig lernen musste, bevor auch sie den Rest ihres Lebens hier verbrachte.

Inmitten der belanglosen Kaufhausmusik, die aus den Lautsprechern im Gang dudelte, ertönte eine wohlklingende Frauenstimme, die die einzelnen Fabrikationsschritte der Fertigungsstraße beschrieb. Indem sie aufzählte, wie viele davon es schlussendlich brauchte, damit am Ende eine Erebos 3000, die Krone der Leuchtmittelinnovation, vom Band lief, versuchte sie die Fertigung interessant zu machen. Aber für David blieb es Glühbirnenschrauben. Er hatte zwischen den bleichen Geistern am Band seinen Vater ausfindig zu machen versucht. Vergebens. Sie wirkten alle zu gleich.

Die Frauenstimme ging, während das Gedüdel im Hintergrund noch belangloser zu werden schien, dazu über, die außerordentliche Leuchtkraft, Haltbarkeit und Qualität der Erebos-Glühlampentechnologie gegenüber der herkömmlichen Leuchtentechnik und die Marktführerrolle der Firma hervorzuheben.

Ayumi stöhnte leise auf. »Boah. Das Gelaber nervt. Einer dieser Momente, in denen ich ernsthaft lieber taub als blind wär.« David klappte die Kinnlade runter, was Ayumi sogar zu merken schien. »Na, ist doch wahr. Als ob es nicht schon langweilig genug wäre, sein Praktikum in diesem sterilen Langweilerbunker verbringen zu müssen, nein, da zerdüdeln und zerbrabbeln sie dir auch noch das letzte bisschen Motivation.«

»Ayumi, wie bist du denn heute drauf?«, fragte David ungläubig.

»Na, ist doch aber so. Das sind alles irgendwelche weichgespülte Werbetexte. Frag mal deinen Vater. Ich wette, der sagt was ganz anderes über diesen Laden.«

»Na, da kannste mal von ausgehen!«

»Siehste. Aber wenn die hier von Überstunden und schlechter Bezahlung erzählen würden, wäre das vermutlich nicht so praktikumsförderlich.«

Ayumi hatte sich in Rage geredet und die letzten Worte sehr laut ausgesprochen. Einige Nachwuchsgespenster wandten sich ihnen verwundert zu. Ein paar weitere legten den Finger an die Lippen und machten: »Pssst!«

Als die Unruhe bemerkt wurde, kamen von der anderen Seite des Ganges plötzlich zwei Gestalten auf David und Ayumi zugeeilt. Eine davon war offensichtlich ein höherrangiges Gespenst. Die andere war niemand Geringeres als der Chef selbst, Jan Graf Erebos, dessen weißer Stock über den glänzenden Boden klackerte.

»Na ihr zwei, was ist denn hier los, hm? Waren die Audioaufnahmen zu kompliziert? Habt ihr etwas nicht verstanden?«, fragte das Gespenst und blickte die beiden fragend an.

Bevor Ayumi überhaupt antworten konnte, hatte der Graf sich bereits zu ihr herabgebeugt. Sie spürte seinen warmen Atem. Er roch seltsam. Und dann hörte sie seine meckernde Stimme: »Das ist aber ein interessantes Amulett, das du da trägst. Hat es womöglich gar eine bestimmte Bedeutung?« Er streckte seine Finger nach ihrem Talisman aus, der gut sichtbar auf dem Stoff ihrer schwarzen Bluse lag. Kaum, dass er ihn an seinem Band berührte, griff sie danach und stopfte sich das Amulett hastig unter den Kragen.

»Es ist etwas Persönliches. Ein Familienerbstück«, entgegnete sie knapp. Jetzt aber hatte ihre Stimme nichts Freches oder Kraftvolles mehr.

Auf seinen Stock gestützt, erhob der Graf sich wieder. Dabei hatte sein Gesichtsausdruck etwas Unheimliches.

David hätte allerdings nicht genau sagen können, was es war, doch als er jetzt durch die dunkle Brille hindurch die Augen des Grafen mehr erahnen als sehen konnte, schauderte es ihn.

Erebos ließ seinen Stock auf den Boden sausen, umklammerte seinen Knauf und fuhr sich nachdenklich über das Kinn. Dann wandte er sich noch einmal Ayumi zu. »Du bist dann also das blinde Mädchen. Ich habe schon einiges über dich gehört, junges Fräulein …«

Ayumi schluckte. Und auch David spürte, dass unter diesen Worten etwas mitschwang, das alles andere als freundlich war.

Der Graf hob die Mundwinkel. Aber es war ein kaltes, gefühlloses Lächeln. Er wollte gerade noch etwas sagen, als in der Innentasche seines weißen Jacketts plötzlich ein Mobiltelefon klingelte.

In einer einzigen fließenden Bewegung zog der Graf das Telefon aus der Tasche, drehte sich von den Kindern weg und nahm den Anruf an. »Herr Minister! Einen wunderschönen guten Morgen. Das ist ja eine Überraschung, dass Sie mich sogar persönlich kontaktieren.«

Der Graf schlenderte, im lockeren Plauderton telefonierend, von seinem Mitarbeiter verfolgt, an den anderen Schülern vorbei, zurück den Gang hinunter.

David raunte Ayumi zu: »Du, lass uns gehen.«

»Meinst du wirklich?«

»Na klar. Mir ist plötzlich total schlecht. Dir nicht?«

»Jetzt, wo du's sagst. Schon so 'n bisschen.«

»Meine Mutter schreibt mir, wenn ich laut genug quengele, wahrscheinlich 'ne Entschuldigung. Und dein Großvater dir doch sicher auch.«

»Boah, ist mir schlecht.«

»Na siehste!« David nickte ihr zu, beide zogen sich die Haarnetze vom Kopf und trotteten, während sie sich jammernd die Bäuche hielten, auf ihre Lehrerin zu.

Gnista stand vor dem noch immer am Boden knienden Krigk, hielt ihn im Arm und redete beruhigend auf ihn ein. So hatten beide beinahe die gleiche Größe.

»Verstehst du? Du darfst den Nachtkrabb nicht töten!«

Mit einem eigentümlichen Rest von Trotz entgegnete der Junge: »Aber … aber der Meister hat gesagt, ich kann mit ihm tun und lassen, was ich will! Und er hat mir die Glimmergeißel gegeben. Sein Leben gehört mir!«

»Ganz genau. Und darum solltest du dir auch genau überlegen, was du tust und was hier eigentlich passiert.«

»Was meinst du?«

»Ist es dir denn noch nicht aufgefallen? Was der Meister dir antut?«

»Er lehrt mich die Geheimnisse der Dunkelheit.«

»Tss. Die Geheimnisse der Dunkelheit. Finsterfanz! Nichts lehrt er dich. Außer Zorn und Unzufriedenheit. Indem er dir erzählt, dass deine Schwester besser ist als du. Alles, was er tut, ist dich vertrösten. Und ignorieren.«

Krigk blickte Gnista verstört an. Die Tränen der Wut auf seinen Wangen waren längst getrocknet. An seinem Zorn vorbei sickerten die Worte des Zwielichtwichtels in sein Gemüt. Erreichten ihn. Lösten etwas aus. Krigk grübelte, versuchte sich zu erinnern. Und je länger er darüber nachdachte, desto mehr fragte er sich, ob der finstere Gnom womöglich recht haben könnte. Dabei fühlte es sich sonderbar an, dass es ein Stück Nacht war, dass ihm inmitten der Dunkelheit die Augen öffnete.

Aber tatsächlich: Seit er und R'hee im Nachtpalast angekommen waren, seit Menga ihnen ihre Schutzamulette weggenommen und sie hergeschickt hatte, hatte der Dämmerflechter alles getan, um Krigk ein schlechtes Gefühl zu bereiten. Wie schillernd schwarze Schuppen fiel es ihm von den Augen. Und plötzlich begann er im Dunkel klar zu sehen. Nur verstehen tat er es noch nicht. Und es machte ihn fassungslos.

»Aber … aber weshalb?«, fragte Krigk kaum hörbar.

»Weil er weiß, wie weh er dir damit tut. Dass es dich wütend macht. Und genau das ist es, was er will.«

»Nein, er wollte einen Schüler. Einen Nachfolger, den er ausbilden und dem er sein Wissen vermachen konnte.«

»Nein, Krigk. Das wollte er nie. Nur deinen Unmut, deine Unzufriedenheit und deinen Zorn. Um das zu bekommen, hat er alles getan. Sogar deine Schwester gegen dich ausgespielt …«

»R'hee …«

»Sie ist das vielleicht Wertvollste, was du hast. Und auch das wollte er dir nehmen. Damit du nur noch aus Wut, Angst und Unsicherheit bestehst.«

Wie betäubt blickte Krigk sich um und starrte apathisch in Richtung des Zimmers, in dem er und seine Schwester geschlafen hatten.

»Ich fürchte, es ist ihm gelungen. Sie ist fort. Und ich habe sie gehen lassen.«

»Das ist nicht gut. Gar nicht gut.« Nun war es Gnista, der nachdachte. Grübelnd kaute er mit finsteren Zähnen auf seiner schwarzen Unterlippe. »Aber vergiss nicht, all das ist nicht seine Schuld.«

Der Gnom wies auf den Nachtkrabb, der neben ihnen am Boden seiner zahlreichen Wunden zum Trotz inzwischen eingeschlafen war und in seinen Ketten aus Dunkelheit ruhig atmete.

»Weshalb will Skadwa, dass ich den Nachtkrabb töte?« Krigk benutzte den Namen des Dämmerflechters bewusst. Es widerstrebte ihm plötzlich, ihn weiterhin Meister zu nennen.

»Damit du leidest. Und dann bekommt er noch mehr schlechte Gefühle von dir. Weil sie dich dann verfolgen, dich jagen würden.«

»Wer?«

»Jeder Nachtkrabb, der im Dunkel lauert. Weil sie alle miteinander verbunden sind. Das ist es, was sie besonders macht. Mit jedem Hieb der Glimmergeißel hast du jedem einzelnen Nachtkrabb dort draußen Schmerzen zugefügt. Sie hassen dich. Und wenn dieser hier stirbt, werden sie kommen. Um dich leiden zu lassen.«

»Und der Dämmerflechter weiß das?«

»Es ist Teil seines Planes. Denn dann wird zu all deinen anderen Gefühlen auch noch die Angst kommen ...«

»Aber ... warum?«

»Um damit den Dämmermahr zu füttern. Lass es mich

dir erklären: die Dunkelheit, in der wir uns befinden, ist anders als jene sieben Arten, von denen du gehört hast. Diese Art ist … «

»Nichts, worüber du dem Jungen mehr erzählen wirst, du garstige kleine Schattenwanze!«, tönte plötzlich laut die Stimme des Dämmerflechters durch die sie umgebende Finsternis.

Da stand er, ragte hoch über ihnen in die Finsternis. Eine Säule vollkommener Schwärze umgeben von Dunkelheit. Hinter Skadwa blinzelte Mörker scheu hervor. Und Gnista begriff. Sein Artgenosse, aus der gleichen Nacht wie er gemacht, hatte ihn verraten.

Skadwas Augen leuchteten schwarz auf. Gnista fuhr zusammen und tat zitternd einen Schritt zurück. Dabei glaubte der Junge, die Furcht des Zwielichtwichtels förmlich spüren zu können.

Der Dämmerflechter hob seine Mundwinkel zu einem dunklen Lächeln, als er sich nun wie in Zeitlupe bückte und nach der Glimmergeißel griff. Dann wandte er sich wieder dem knienden Krigk zu.

»Und du, mein Junge, bekommst nun deine Chance, ein Nachtzähmer zu werden.« Mit diesen Worten reichte er ihm mit dem Griff voran die Glimmergeißel. »Ich werde dir alles beibringen, was es braucht. Das Nachtwahren, das Dämmerflechten und das andere auch. Wenn du Gnista, diesen garstigen Gnom, in seine Grenzen weist. Mit der Geißel. Bis er schreit. Und es nie wieder wagt, seine freche Zunge im Dunkel zappeln zu lassen.«

Krigk blickte von einem zum anderen. Betrachtete kurz

den ängstlich bebenden Zwielichtwichtel, der wie gelähmt hinter seinem Rücken stand, dann Skadwa, den Dämmerflechter, der ihm auffordernd die Glimmergeißel entgegenreckte. Zögernd streckte er die Hand danach aus.

Skadwas Lächeln wurde breiter. »Ja. Nimm sie. Zeig's ihm. Zeig ihm, wer der Meister ist. Wenn du ihn am Leben lässt, kannst du ihn behalten. Er wird dein Diener sein. Tun, was du ihm sagst. Wann immer du es willst. Es sind nur ein paar Hiebe, die dich von dem trennen, was du immer sein wolltest. Ein Nachtzähmer. Und ich werde dich dazu machen. Wenn du nur tust, was ich sage ...«

Der Dämmerflechter streckte den Arm etwas weiter aus. Legte dem Jungen die Geißel beinahe in die Hand.

Krigks Hand begann zu zittern. Er dachte an Gnistas Worte. An R'hee. Tausend Gedanken schossen ihm durch den Kopf. Und von einem Moment auf den anderen begann er zu zweifeln. Tränen stiegen in ihm auf. In seinem Mund machte sich ein bitterer Geschmack breit. Seine Augen brannten.

Für einen kurzen Moment schien die Zeit stillzustehen. Nichts tat sich. Nichts bewegte sich. Als wären sie alle, Gnista, Mörker, Skadwa und Krigk selbst einen Augenblick lang in der Finsternis festgefroren.

Dann ließ R'hees Bruder seine Hand kraftlos sinken.

Höhnisch lachte der Dämmerflechter auf und zog die Geißel zurück. »Ha! Ich wusste, dass du es nicht kannst. Weil du selbst dafür nicht taugst. Weil du ein Feigling bist. Und nie ein Nachtzähmer werden wirst! Egal, was du tust. Weil du jämmerlich bist! Und nicht halb so viel wert wie deine Schwester!« Er fasste die Geißel fester, holte aus und stieß Krigk beiseite.

Mörker, der hinter ihm stand und zusehen musste, hob die Hände vors Gesicht.

Gnista aber blieb ganz ruhig. Einen Moment lang blickte er seinem Meister reglos in die Augen. Dann wandte er langsam seinen Kopf und flüsterte Krigk leise zu: »Glaube ihm nicht. Nie. Nichts.«

Da schlug Skadwa zu. Die sechs Schnüre schwirrten durch die Luft. Der Blitz in ihrem Inneren sirrte. Es knallte. Einmal. Und noch einmal. Gnista jaulte auf und brach wimmernd zusammen. Mörker wandte sich ab. Krigk schloss die Augen. Tränen rannen über seine Wangen. Und der Dämmerflechter schlug zu. Wieder und wieder. Bis er schließlich zu einem mächtigen wütenden Hieb ausholte, die Geißel ein letztes Mal auf Gnistas gepeinigten Körper niedersauste und der Gnom in zahllose Stücke Finsternis, in Tausende tiefschwarze Splitter zersprang, die klirrend zu Boden fielen.

Seite an Seite betraten David und Ayumi die Schule.

Frau Drescher hatte gesagt, dass sie sich im Sekretariat melden und sich dort ein bestimmtes Formular ausfüllen lassen sollten. Sie war ein wenig sauer gewesen. Wahrscheinlich, weil sie den Grafen hatte beeindrucken wollen. Was mit ungehorsamen Schülern natürlich nicht so gut ging. Vielleicht rechnete sie sich ja Chancen bei ihm aus. Schließlich war er alleinstehend. Und erfolgreich. Wobei David sich nicht vorstellen konnte, dass irgendjemand ernsthaft irgendein Interesse an Frau Drescher haben konnte. Einfach, weil sie so … so lehrerig war. Durch und durch. Und eben Frau Drescher. Die in seiner Vorstellung eigentlich nur vor Schülern stehend existierte. Als ob man sie morgens aus einer Kiste nahm, aufzog, vor die Klasse stellte und danach wieder zurück in die Kiste steckte.

Um sich für eine Frau wie sie zu interessieren, müsste man also bereit sein, den Rest seines Lebens in einer Kiste zu verbringen. Wofür der Graf ganz sicher nicht der Typ war.

David stutzte verwundert. Er hatte eigentlich noch nie darüber nachgedacht, wer zu wem passte. Außer bei seinen Eltern. Die es irgendwie nicht richtig taten. Vielleicht lag es an Ayumi, dass er sich nun solche Gedanken machte. Weil er lange nicht mehr mit jemandem so viel zu tun gehabt und so viel erlebt hatte.

Es war eine seltsame Zeit. Mit all dem, was gerade in der Welt passierte. Den Dingen, die sich veränderten, und den zahllosen Geheimnissen, die sich ihm jenseits des Lichtes offenbart hatten. Er spürte, dass er wuchs. Und Ayumi war dabei an seiner Seite. Mit ihrer großen Brille und ihren hübschen Lippen …

Sie traten gerade aus dem Sekretariat, wo sie irgendeinen Stempel und eine Unterschrift bekommen hatten, als ihnen auf dem Flur der Hausmeister entgegenkam.

»David, Ayumi! Ich dachte, ihr wärt drüben in der Fabrik?«

»Ist 'ne lange Geschichte. Nervt. Ich denk, ich werd wohl doch kein Glühbirnenschrauber, Herr Klandt.«

»Na, das hatte ich mir fast schon gedacht. Aber wir waren beim Du, mein junger Freund. Nicht vergessen.«

»Ach ja. 'tschuldigung. Hoffe, das mit dem Fenster gab nicht noch Ärger.«

»Längst repariert. Kein Problem. Aber gut, dass ich euch treffe. Ich glaub nämlich, dass es schlimmer wird.«

»Was jetzt genau?«

»Was im Dunkel vor sich geht. Die Dinge, die verschwinden, das, was mit den Leuten passiert. All dieses seltsame Zeug ...«

Ayumi stieß David an. Und er wusste genau, was sie meinte. In diesem Moment erinnerten sie beide sich an das Gespräch mit Menga und ihrem Großvater. Der Hausmeister wusste wahrscheinlich gar nicht, wie recht er mit seiner Vermutung hatte.

Klandt sprach weiter: »Gestern zum Beispiel. Als ich die Werkstatt verließ, stand mein guter Werkzeugkasten auf dem Tisch. Ich hab das Licht ausgemacht, bin raus, hatte aber noch etwas vergessen. Keine halbe Minute später bin ich umgekehrt, mache das Licht wieder an und er ist verschwunden. Und das aus einem geschlossenen Raum! Ihr könnt sagen, was ihr wollt, im Dunkel geht etwas vor sich. Etwas, das alles andere als gut ist.«

Der Hausmeister war ein wenig aufgeregt. Ayumi legte ihm ihre Hand auf den Arm. »Ich glaube, wir werden Ihnen jemanden vorstellen müssen. Sobald es geht.«

»Deinen Großvater, hm? Der das Dunkel verstanden hat, nicht wahr?«

»Aber so was von.«

Sie mussten sie wirklich zusammenbringen. Klandt, Menga und den alten Watanabe.

Klandt lächelte gezwungen. »Na, dann werde ich heute wohl einfach mal früher Schluss machen. Ich denke, wir sollten nicht länger warten als nötig. Was immer es ist, es wird nicht besser.« Er nickte den beiden ernst zu. »Aber bevor wir gehen, will ich euch unbedingt noch etwas zeigen. Los, kommt mit, ihr zwei!« Er gab den beiden einen Wink und ging voraus.

David und Ayumi folgten, ohne zu zögern. Aus dem Flur, durch die Eingangshalle, vorüber an den Stundenplänen und an Klandts Arbeitsraum in Richtung Keller. Es war Unterrichtszeit, sodass die drei auf ihrem Weg kaum jemandem begegneten.

Während sie das Gebäude durchquerten, flüsterten sie leise miteinander.

»David hat dir sicher erzählt, dass ich auch einen Weg ins Dunkel gefunden habe, nicht wahr?«, wandte Klandt sich an Ayumi.

»Oh ja. Und ich habe gestaunt. Ich hatte immer gedacht, dass es einen Meister braucht, einen Nachtzähmer, der einem die Geheimnisse der Dunkelheit offenbart.«

»Dann war ich wohl so was wie mein eigener Meister.« Der Hausmeister lachte leise. »Hier lang. Kommt.« Er schloss die schwere Brandschutztür zum Keller auf und winkte sie hinein. Gemeinsam stiegen sie im brummenden Licht der Neonröhren die Stufen hinab.

»Ich denke, ich habe meinen eigenen Weg gewählt. Weil ich Angst hatte und sie aber nicht haben wollte. Darum habe ich mich der Dunkelheit langsam angenähert. Gelernt, was ich ihr entgegensetzen konnte.«

»Entgegensetzen?«

»Na ja, ich hab recht schnell begriffen, dass im Dunkel Kreaturen hausen, die sich nicht kontrollieren lassen. Die gefährlich sind. Ich habe in der Finsternis schreckliche Dinge gesehen. Schnäbel, Krallen und klaffende Mäuler mit finsteren Zähnen.«

David schluckte. Das klang keinesfalls nach einem Zwergalb oder einem Nachtschwatz. Aber er hatte schon geahnt, dass da im Dunkel noch einiges mehr auf ihn wartete. Und dass er vermutlich noch nicht so weit war.

Im gleichen Moment kamen sie am Fuß der Treppe an, wo der Hausmeister sich einer verschlossenen Tür zuwandte, an der er sich sogleich mit seinem riesigen Schlüsselbund zu schaffen machte. Als Erstes öffnete er ein Vorhängeschloss und löste eine schwere Kette. Dann kümmerte er sich um das Türschloss.

»Und weil dort, auf der anderen Seite der Nacht all diese fürchterlichen Geschöpfe lauerten, musste ich etwas finden, um ihnen auch Angst zu machen ...«

Leise quietschend schwang die Tür auf und eröffnete einen im dunklen liegenden Raum mittlerer Größe. Klandt betätigte einen Lichtschalter. Neonröhren flammten auf, in deren Schein David nun im Gegensatz zu Ayumi Regale voller schwarzer Einmachgläser erkannte.

»Was zum Dämmerdrummel ist denn das?«, fragte Ayumi, die offensichtlich irgendetwas in dem Raum wahrnahm.

»Reine unverfälschte Dunkelheit, Ayumi. Die ich im Lauf der Jahre destilliert und aus der Nacht herausgefiltert habe.«

»Aber, aber wie hast du das denn geschafft?«, wollte David wissen, betrachtete staunend den komplett schwarz wirkenden Inhalt des Glases und war froh, dass er den Hausmeister zumindest mal geduzt hatte.

»Indem ich mich all die Jahre intensiv mit ihr auseinandergesetzt habe. Ich habe die Nacht verstehen gelernt und nach zahllosen Versuchen schließlich ihre Essenz extrahiert. Wobei ich irgendwann selbst gemerkt habe, dass es mehr als eine Art Nacht gibt.«

Inzwischen war auch Ayumi an eines der Regale herangetreten und fuhr mit der Hand über die Gläser. »Oh ja. Das ist Dunkelheit. In kleinen Portionen. Sonderbar. Aber spannend. Sehr spannend.«

»Und was tust du mit dieser Finsternis in Gläsern?«, wollte David wissen.

»Ich mische sie. Mit Feuer …«

Kaum hatte er diese Worte ausgesprochen, da wandte der Hausmeister sich einem hinter der Tür befindlichen Schrank zu, schloss ihn auf und entnahm ihm einen Flammenwerfer.

»Wow!«, entfuhr es David.

»Was denn, was denn?«, fragte Ayumi neugierig.

»Er hat gerade einen Flammenwerfer rausgeholt. So ein richtig krasses Ding. Fast wie aus einem Actionfilm …«

Klandt hatte das Gerät offenbar ein wenig modifiziert. Auf der Oberseite des auf den Rücken schnallbaren Tanks für das Benzingemisch befand sich eine Schraubvorrichtung, die in etwa die Größe eines Einmachglasverschlusses hatte. David pfiff durch die Zähne.

»Ich mische Benzin mit Nacht«, sagte Klandt und klang dabei hörbar stolz. »Davor haben sie Angst. Besonders die großen Kreaturen. Weil es sie nicht bloß vertreibt, sondern auch verletzen kann.«

»Aber du weißt schon, dass sie nicht böse sind, oder? Die Geschöpfe im Dunkel. Sie leben nur dort und wollen niemandem schaden …«, murmelte Ayumi und wirkte mit ihrem erhobenen Kopf beinahe, als ob sie den Hausmeister anschaute.

»Das hab ich irgendwann auch begriffen. Es hat einige Zeit gebraucht. Aber ich wollte mich vor allem im Ernstfall verteidigen können. Und vielleicht habe ich auch geahnt, dass irgendwann mal etwas passiert. Dass das Dunkel einmal zur Bedrohung wird.«

»Wie kommt man denn auf so was? Ich meine, wer mischt denn Benzin mit Dunkelheit? Also eigentlich, wer mischt Dunkelheit überhaupt mit irgendwas?«, flüsterte David ungläubig und fuhr mit der Hand über den Schlauch, der den Tank mit der Sprühvorrichtung, einer Art metallenem Lauf, verband.

»Ich habe im Lauf der Jahre viel experimentiert. Ebenso mit Licht wie mit Feuer.«

»Du hast ausprobiert, wie man ihnen Angst macht. Wie man ihnen wehtut«, sagte Ayumi vorwurfsvoll.

»Nein. Darum ging es mir nicht. Ich wollte sie und ihre Gesetzmäßigkeiten verstehen. Begreifen, was dort im Dunkel lauert. Und mich zur Wehr setzen können, wenn es nötig sein sollte.«

»Das sagst du so. Für mich sind das Gläser voller Nacht und eine Waffe, die jenen Geschöpfen im Dunkel Schmerzen zufügen kann.« Ayumi schien von der Argumentation des Hausmeisters nicht überzeugt zu sein.

»Gut. Wenn du mir nicht glaubst, zeige ich dir noch etwas anderes. Etwas, das dir zeigt, dass es mir wirklich nicht darum ging.«

»Ach, und was soll das sein?«, fragte sie trotzig.

»Wart's ab.« Klandt schaltete das Licht aus und trat hinter eins der Regale. »David? Du erinnerst dich, wie ungern Rocky mich verlassen hat, als du ihn abgeholt hast?«

»Ja klar. Ich hab mich ziemlich gewundert.«

»Na ja, um ehrlich zu sein, lag das nicht an mir.«

Sie hörten, wie Klandt sich an irgendetwas zu schaffen machte. Das leise Klappen einer Käfigtür war zu vernehmen. Dann kam er wieder hinter dem Regal hervor.

»Wenn ich euch jemanden ganz Besonderen vorstellen dürfte?« Auf seinem Arm hielt der Hausmeister ein kleines dunkles Fellknäuel, das sie aus wirren dunklen Augen anstarrte und seine finstere Nase krauszog. »Das ist Tinkerbell.«

»Cool! Ein Schattenhamster!« Begeistert kam Ayumi näher und griff nach dem Tier.

»Ah. Das ist also die Freundin, die Rocky gefunden hat. Von der du mir damals erzählen wolltest. Eine, die so ist wie er ...« David glaubte zu verstehen, trat neben Ayumi und streichelte Tinkerbell lächelnd über den Kopf.

»Nicht ganz«, entgegnete Klandt. »Wie gesagt, ich habe einiges ausprobiert und dabei sehr eigentümliche Dinge gelernt. Und durchaus auch einiges … verändert …« Mit diesen Worten schaltete er das Licht wieder an.

Wie im Reflex versuchte Ayumi den Schattenhamster zu schützen. David schaute Klandt entsetzt an und schrie: »Was tun Sie da? Sind Sie verrückt?«

»Ganz ruhig, David. Ich will euch nur etwas zeigen …«, sagte Klandt beschwichtigend und deutete auf den Schattenhamster. Tinkerbell lag in Ayumis Arm und blickte sich mit großen Augen um. David klappte die Kinnlade herunter. Das Licht der Neonröhren schien der Kreatur nichts auszumachen. Es war so wirklich wie ein reales Tier. Ein Stück Schatten, der sich in der Wirklichkeit manifestiert hatte.

Klandt grinste David und Ayumi an. »Ich sagte ja, dass sie jemand ganz Besonderes ist …«

R'hee irrte in einem lichtlosen Irgendwo umher.

Sie wusste weder, wo sie war, noch wo sie hinwollte. Um sie herum war es komplett dunkel. Es war eine kalte und beinahe schmerzhafte Schwärze, dunkler als die Nacht.

Nur Pickel leuchtete hell in der Finsternis. Der Shih Tzu wackelte vergnügt neben ihr her, alle paar Schritte schaute er sie aus großen treuen Augen an und wedelte mit dem Schwanz. Ihn schien das Dunkel nicht zu kümmern.

Und auch bei R'hee war es nicht die Dunkelheit selbst, die ihr Sorgen machte. Es war vielmehr ihre Endlosigkeit. Sie bewegten sich auf einer Fläche aus Finsternis durch einen Raum voll Dunkelheit und auf einen Horizont aus reiner Schwärze zu. Alles um sie herum war schwarz. Und auch die Tatsache, dass R'hee im Dunkel besser sehen konnte als andere Menschen, ließ sie hier nicht mehr erkennen. Selbst in ihrem Inneren spürte sie es. Eine übermächtige, alles verschlingende Schwärze. Sie hatte alles verloren. Ihre Heimat, ihren Ziehvater, ihren Bruder und einzigen Vertrauten. Nur Pickel war ihr noch geblieben. Eine kleine Fellboje, an die ihr Herz sich inmitten des undurchdringlichen Dunkels klammerte.

Schwermütig schleppte R'hee sich mit hängendem Kopf durch das Dunkel. Schritt für Schritt. Immer tiefer hinein. Während in ihr eine Verzweiflung wuchs, die sie beinahe schmecken konnte.

Wofür bewegte sie sich überhaupt noch durch diese hoffnungslose lichtentleerte Welt? Für wen? Warum? Wie sehr war ihr danach zumute, sich einfach fallen zu lassen, liegen zu bleiben und mit dieser Nacht zu verschmelzen. Teil dieser Finsternis zu werden. Nichts mehr zu spüren, zu fürchten oder zu wollen. Nur noch schwarz zu sein. Aber dann hätte Pickel sie angestupst, ihr seine Zunge durchs Gesicht gezogen und mit dem Schwanz gewedelt.

Bei dem Gedanken daran musste sie lächeln. Es war ein schwaches, kaum wahrnehmbares Lächeln. Doch es machte etwas mit ihr. Ließ sie weitergehen. Schritt für Schritt.

Plötzlich begann Pickel zu zittern und zu bellen. Er kläffte die sie umgebende Wand aus Finsternis an.

R'hee stutzte verwundert. Um sie herum war nichts. Zumindest konnte sie nichts erkennen. Wobei sie während der letzten Stunden gelernt hatte, dass sie in dieser Art der Finsternis nicht so weit sehen konnte wie innerhalb gewöhnlicher Finsternis. Weil diese hier anders war. Anders als jede der ihr bekannten Arten Dunkelheit … Sie schaute sich um. Schaute auf den Hund, der einen Wimpernschlag später aufsprang und wild bellend im Dunkel verschwand. R'hee blieb verdattert stehen, wusste nicht, ob sie Pickel folgen sollte oder nicht. Doch noch bevor sie überhaupt zu einem Schluss gelangen konnte, kam er aus der Finsternis zurückgesprungen. Und das nicht allein. Ihm auf dem Fuße folgte ein anderer Hund, ein kurzhaariger spitzohriger Jonangi, der ihr seltsam bekannt vorkam. Eine zweite Leuchtboje inmitten des endlosen Schwarz.

Im Ministerium herrschte helle Aufregung.

Der Minister hatte inzwischen Kontakt mit dem Vorstandsvorsitzenden von Erebos Industries aufgenommen und die Umsetzung des Planes seines persönlichen Assistenten in die Wege geleitet. Dieser sah vor, dass zunächst die Straßenbeleuchtung aller Großstädte, und später auch die kleinerer Ortschaften, auf Kosten des Steuerzahlers komplett mit fortschrittlicher Erebos-Technologie ausgestattet werden sollte. Um dem Dunkel seine Grenzen aufzuzeigen und die sonderbaren Vorfälle zu beenden. Im gleichen Atemzug gab die Firma des Grafen auch an die Bevölkerung Erebos 3000 Glühlampen aus, um für den Notfall ein flächendeckendes und möglichst lückenloses Lichtnetz zu schaffen. Ein Bollwerk gegen die Finsternis und das, was in ihrem Inneren vor sich ging.

Die Umsetzung des Programms war bereits seit dem frühen Morgen im Gange, was nur aufgrund des Eingreifens der Kanzlerin möglich geworden war, die die Maßnahmen in der Nacht zuvor im Rahmen eines Ausnahmezustandes angeordnet hatte.

Freiwillige Hilfskräfte, Erebosangestellte und die Armee, alle arbeiteten auf Hochtouren.

Unterdessen machte man sich im Ministerium bereit, Jan Graf Erebos, den Vorstandsvorsitzenden des weltweit agierenden Leuchtenimperiums, den Mann, der die Welt aus der Finsternis führen würde, zu empfangen.

Der Hubschrauberlandeplatz war bereit. Mitsamt seinem Assistenten und einem kleinen Empfangskomitee war der Minister bis aufs Dach gestiegen, von wo aus sie den sich nähernden Helikopter betrachteten.

»Ist unten soweit alles vorbereitet, Molchert?«

»Sehr wohl, Herr Minister, die Verträge liegen bereit, die Whiskyvorräte sind aufgefüllt und mit dem Grafen ist im Vorfeld alles besprochen worden.«

»Ich weiß nicht, woran es liegt, aber ich kann diesen Grafen nicht leiden.«

»Er ist eigenartig. Nicht besonders sympathisch. Da stimme ich Ihnen zu.«

»Und nicht nur das. Sie wissen, dass wir diesen Mann verdammt reich machen werden, nicht wahr?«

»Im Gegenzug dafür wird er uns bei dem Problem mit der Dunkelheit helfen. Und ich wüsste nicht, wer außer ihm das in der gegenwärtigen Situation überhaupt könnte.«

»Aber unser Deal wird, wenn er an die Öffentlichkeit dringt, einige Leute sehr unzufrieden machen. Zumal ja der Graf in seiner Rolle als Arbeitgeber alles andere als beliebt ist. Es gibt Leute, die behaupten, dass er seine Angestellten regelrecht ausbeutet.«

»Wenn Sie mich fragen, sollten wir uns vorrangig auf unser Problem konzentrieren. Das Verschwinden von Dingen und die aufkommenden Unruhen unterbinden. Und was das Geld angeht: Er ist schon reich. Ich denke, seine Motivation ist eine andere. Vielleicht will er wirklich helfen.«

Der weiße Hubschrauber war jetzt ganz nahe. Das Erebos-Logo war bereits ebenso deutlich zu erkennen wie der Pilot, der das Fluggerät in Richtung Landeplatz manövrierte.

Der Minister bemühte sich um sein staatsmännisches Lächeln. Seine folgenden, etwas besorgt klingenden Worte, gingen beinahe im lauter werdenden Wummern der Rotoren unter. »Dann hoffen wir mal, dass Sie recht haben. Und dass er nicht merkt, dass ich ihn nicht leiden kann …«

Wenig später setzte der Hubschrauber auf dem Dach auf, die Seitentür öffnete sich und dem Inneren entstieg, in einen weißen Pelzmantel gekleidet und seine breitrandige Sonnenbrille auf der Nase, der Graf. Mit einem dumpfen Geräusch setzte er seinen Gehstock auf das Dach und stützte sich darauf. In dem polierten weißen Knauf, der wie eine überdimensionale Perle wirkte, funkelte das Licht der Sonne.

Während die Rotoren langsamer wurden, eilten Molchert und der Minister ihrem wichtigen Gast mit offenen Armen entgegen.

»Herr Graf!«, schrie der Minister gegen den abschwellenden Lärm an. »Sie ahnen nicht, wie sehr wir uns freuen, Sie persönlich hier begrüßen zu dürfen!«

Der Graf lächelte von einem Ohr zum anderen und rief mit seiner hellen Ziegenstimme: »Die Freude ist ganz auf meiner Seite, Herr Minister. Aber lassen Sie uns keine Zeit verlieren. Ich habe leider nicht viel davon, weil wir in der Fabrik gerade Sonderschichten einlegen müssen, die bedauerlicherweise meine Anwesenheit erfordern. Wir haben schließlich eine Welt zu erleuchten. «

»Natürlich, Herr Graf. Natürlich. Wir werden das alles zügig hinter uns bringen«, entgegnete der Minister, der den Grafen noch immer nicht leiden konnte und sich insgeheim freute, dass sein Gegenüber nicht die Zeit hatte, ihm seinen Whisky wegzutrinken.

R'hee hatte beschlossen, den Jonangi Tiger zu nennen. Der Hund wirkte zwar weder bedrohlich noch majestätisch, aber es würde ein gutes Gefühl sein, nach ihm zu rufen. Vor allem hier, umgeben von dieser trostlosen Finsternis.

Neben den beiden Tieren trottete sie, den Blick auf den Boden gerichtet, durch das Dunkel. Es war seltsam, aber die Tatsache, dass Tiger plötzlich wie aus dem Nichts aufgetaucht war, hatte ihr ein wenig Hoffnung gegeben. Darauf, dass es vielleicht einen Weg hinaus gab, eine Verbindung in die wirkliche Welt und sie vielleicht sogar eine Möglichkeit fand, ihren Bruder zu retten.

Von Zeit zu Zeit rief sie nach den Hunden. Pickel, der auf seinen Namen bereits hörte, drehte sich dann um und schaute sie freudig an. Tiger wandte sich ihr auch manchmal zu. Egal welchen Namen sie rief. R'hee lächelte schwach. Er musste nicht hören. Es reichte, dass er da und sie nicht allein war.

Plötzlich hielt sie mitten im Schritt inne. Irgendetwas hatte sich verändert. Sie konnte nicht sagen, was es war. Weder Pickel noch Tiger reagierten. Als R'hee den Kopf hob, begriff sie. Auf einmal war es nicht mehr bloß das Dunkel, das sie umgab.

Plötzlich stand sie nämlich zwischen Autowracks, die inmitten der Finsternis nebeneinander, aufeinander und durcheinander standen. Es mussten Hunderte, wenn nicht gar Tausende sein, die sich um sie herum, teilweise mehrere Meter hoch stapelten. Wahllos, ohne jegliche Ordnung im Dunkel zusammengewürfelt. Wie ein riesiger Schrottplatz. Wobei ihr dieses Wort freilich nicht in den Sinn kam. Schon weil sie die zahllosen Blechkadaver um sie herum nur mit Mühe mit den wenigen Autos in Verbindung brachte, die sie auf dem Weg zum Flughafen gesehen hatte. Menga hatte ihr erklärt, wofür sie gut waren. Aber sie hatte es vergessen. Sie sah nur Dinge ohne Sinn, die aus dem gleichen Material wie sinnvolle Dinge gemacht waren. Töpfe und Pfeil- oder Speerspitzen zum Beispiel, von denen man vermutlich aberzig Millionen aus diesen Eisenklumpen hätte machen können.

Verstört blickte sie sich um und begriff nicht, was all das bedeutete. Da begannen plötzlich sowohl Pickel als auch

Tiger zu bellen. Im gleichen Moment legte sich eine Hand auf R'hees Schulter. Mit einem Aufschrei zuckte sie zusammen und fuhr beinahe zugleich wie im Reflex mit erhobener Faust herum. Doch eine weitere Hand packte ihren Arm, bremste ihren Schlag und eine wohlbekannte Stimme flüsterte: »Ruhig. Ganz ruhig, kleine R'hee. Du musst keine Angst haben. Nicht vor mir.«

Schluchzend sank sie in die Arme des Schattenvaters.

Und dabei spielte es keine Rolle, woher er kam oder warum er hier war. All diese Fragen würde sie später stellen. Vielleicht.

Der alte Mann war ganz ruhig, musterte erst die Umgebung und fuhr ihr dann tröstend über den Kopf.

Dabei hielt er in seiner rechten Hand die ganze Zeit über ein wirres Knäuel geflochtener Schnur, die hinter ihm zu Boden fiel und im Dunkel verschwand. Aber auch das bemerkte R'hee gerade nicht.

»Es … es ist etwas passiert. Etwas Schlimmes. Etwas wirklich Schlimmes«, flüsterte sie unter Tränen und schmiegte sich in seine Arme.

Der Schattenvater, dessen Ruhe sich langsam auf sie übertrug, nickte bedächtig. »Ich weiß, kleine R'hee. Ich weiß. Ich habe mich in dieses Dunkel hineingefühlt. Und ich fürchte, es ist kein gewöhnliches Dunkel. Es ist, als wäre es *gezüchtet* worden. Es ist anders als die Arten, die wir kennen. Und die Geschöpfe in seinem Inneren sind böse. Gefährlich.« Er deutete auf Pickel und Tiger. »Es ist gut, dass du Gefährten gefunden hast.«

R'hee weinte noch immer. Sie war viel zu aufgeregt und

viel zu glücklich, dass der Schattenvater sie hier gefunden hatte, und hatte ihm nicht einmal zugehört.

»Krigk. Ich … ich habe ihn verloren.«

»Das ahnte ich beinahe. Ich fürchte, er ist ein Teil dessen, was hier geschieht. Denn in dem Dunkel, das uns umgibt, kleine R'hee, steckt ganz viel von deinem Bruder …«

KAPITEL XVII

IN DEM EINIGE NEUE KREATUREN INS SPIEL KOMMEN, DER NACHTWAHRER INS STAUNEN GERÄT UND VERBÜNDETE SICH AM ENDE VERLIEREN UND FINDEN

Im Herzen seines Nachtpalastes saß Skadwa auf seinem Thron aus reiner Finsternis, spielte mit der Glimmergeißel und funkelte Krigk an, der mit hängenden Schultern vor ihm stand.

Neben dem Thron stand Mörker, dem anzumerken war, dass er die Folgen seines Verrates noch nicht verwunden hatte. Gnistas Tod, der ihn schlussendlich eines Freundes beraubt und irgendwie unvollständig gemacht hatte, war nicht, was er bezweckt hatte. Er war noch immer von jenem Schrecken gezeichnet, der ihn ergriffen hatte, als Gnista vor seinen Augen in tausend schwarze Splitter zersprungen war. Und wenn man genau hinschaute, sah man, wie tief dem Zwielichtwichtel dieses Erlebnis in seine schwarzen Knochen gefahren war: Da war plötzlich eine etwa daumenbreite weiße Strähne, die der Schrecken ihm ins Fell gezeichnet hatte und die ihm vom Kopf bis zur Mitte seines Rückens hinabreichte. Der Dämmerflechter hatte sie gesehen, geschmunzelt und höhnisch von einem Stück

Nacht gesprochen, das so empfindsam war, dass es nun wie ein Stinktier aussah.

Und Mörker, der sich nichts so sehr gewünscht hatte, wie der erste Diener des Dämmerflechters zu sein, wünschte sich plötzlich etwas anderes. Nämlich niemals aus der Nacht herausgebrochen worden zu sein. Er wünschte sich zurück in die Vergangenheit: zusammen mit Gnista wieder im großen Dunkel jenseits des Nordpols zu ruhen …

Im Gegensatz zu Mörkers Meister, den die Befindlichkeiten seiner Schergen nicht scherten, hatte Krigk sie noch nicht einmal bemerkt. Wortlos, beinahe apathisch, starrte er vor sich hin. Er wusste gar nichts mehr. Nicht, wer er war oder was er wollte. Da war nur eine große Leere in ihm, die noch viel schlimmer war als die allgegenwärtige Finsternis. Sie lähmte ihn. Seinen Körper, seinen Geist und war dabei durchdrungen von Zorn, Verzweiflung und dem Gefühl, versagt zu haben, und dem noch schlimmeren, benutzt worden zu sein.

Der Wunsch, der Prophezeite zu sein, der größte aller Nachtzähmer zu werden, all das war verblasst. Und jetzt, da diese Wünsche ihn nicht mehr beherrschten, spürte er, wie sehr er seine Schwester vermisste. Was sie ihm bedeutete. Und ahnte, dass niemand außer ihr diese giftige Leere, die er beinahe zu schmecken glaubte, aus ihm würde vertreiben können.

Hätte er die Kraft gehabt, wäre er R'hee nachgeeilt, hätte sie gesucht. Aber er konnte kaum noch stehen und nahm nicht einmal wahr, was um ihn herum eigentlich vorging, und wo er sich befand.

»He, Junge! Schau mich an!«, hallte harsch die Stimme des Dämmerflechters durch den Thronsaal.

Wie betäubt hob Krigk den Kopf, sah Skadwa mit der Glimmergeißel in der Hand auf seinem Thron, den verschüchterten Mörker dahinter und die drei riesigen Löwenstatuen, die um den Dämmerflechter herumstanden. Letztere irritierten ihn. Die beinahe identischen steinernen Abbilder waren größer und anders proportioniert als normale Löwen und irgendetwas stimmte ganz und gar nicht mit ihnen. Er konnte nicht genau sagen, was es war. Aber da war etwas. Etwas, das damit zu tun hatte, dass die Statuen nicht aus Dunkelheit bestanden, sondern *real* waren und tatsächlich aus Stein zu bestehen schienen …

»Gut. Sehr gut. Du kommst wieder zu dir. Komm drüber hinweg. Gnista war ein jämmerliches Stück Nacht und deine Schwester ist wahrscheinlich längst tot. Ebenso wie dein alter Meister, der Schattenvater. Das Dunkel jenseits des Palastes ist nicht ungefährlich, musst du wissen …«

Und ein weiteres Mal bohrten die Worte des Dämmerflechters sich wie mit Widerhaken in Krigks Brust. Und die Leere mischte sich mit Schmerz, der in seinem Inneren widerhallte, bis alles in ihm taub war.

Krigk sackte auf die Knie, sein müder leerer Blick traf die steinernen Augen eines der Löwenabbilder, während Skadwas Stimme weiter durch die Dunkelheit hallte.

»Und du, Krigk, bist schuld daran. Weil du schwach bist. Unvollkommen.«

Krigk schluchzte leise auf. Tränen flossen aus seinen Augen. Er versuchte nicht einmal mehr, sie zurückzuhalten.

Dabei schien der Dämmerflechter ihn gar nicht zu beachten. »Nicht so wie diese drei.« Durch den Tränenschleier sah Krigk, wie Skadwa in einer ausschweifenden Geste mit der Geißel auf die drei vermeintlichen Löwenstatuen deutete. »Die letzten verbliebenen Finsterklauen, Kinder der sechsten Dunkelheit, von mächtigen Nachtzähmern vor mehr als tausend Jahren in Stein gebannt. Weil sie zu gefährlich waren und niemand sie beherrschen konnte. Mächtiger als sie war allenfalls der Unlichtleviathan!«

Skadwas Stimme war feierlich. Doch was er sagte, scherte Krigk nicht. Ihm war es egal. Alles. Wenn R'hee wahrhaftig tot und er schuld daran war, dann gab es nichts, was noch eine Rolle spielte. Was immer der Dämmerflechter auch sagte …

»So lange waren sie Stein, so lange gefangen. Als hätten sie nur darauf gewartet, dass einer kommt, um sie zu befreien und zu beherrschen …«

Angsterfüllt beobachtete Mörker, wie sein Meister während seiner Rede mit der Glimmergeißel gestikulierte.

»Einer, der mächtiger ist, als alle zuvor! Der mehr als bloß die sieben bekannten Arten Dunkelheit zu bezwingen vermag! Größer ist, als alle anderen vor ihm, der mächtigste aller Nachtzähmer!« Mit diesen Worten erhob Skadwa sich von seinem Thron und trat, die einzelnen Schnüre der Glimmergeißel um seine Finger windend, gemächlich näher an Krigk und die Löwenskulpturen heran. »Ich habe sie geholt, damit sie mir dienen. Besser als du oder ein jämmerlicher Zwielichtwichtel es jemals könnten!«

Über seine Schulter warf Skadwa einen kurzen Blick

Richtung Mörker, der sich ängstlich hinter den Thron duckte. Dann hob sein Meister die Glimmergeißel und ließ die Macht des darin gefangenen Blitzes auf die Löwenskulpturen niedersausen. Der Stein splitterte, riss auf und zerbrach. Wie zuvor bei Gnista flogen die Splitter durch den lichtlosen Raum, schwirrten an Krigk und dem Thron des Dämmerflechters vorbei und fielen dahinter zu Boden.

Dann erhoben sie sich. Inmitten der Dunkelheit. Drei Finsterklauen, deren Zähne und deren Mäuler schwärzer waren als alles, was Krigk je gesehen hatte. Aus ihren Augen schimmerte eine dunkle und unbändige Mordlust, eine Gier, die nicht diesseits noch jenseits der Finsternis zu stillen war. Sowohl Krigk als auch Mörker fürchteten bereits, von ihnen verschlungen zu werden.

Genau das hatten jene Ungetüme, die aus dem Maul nach Finsternis stanken, wohl auch im Sinn und hätten wahrscheinlich selbst vor Skadwa nicht halt gemacht, hätte sich nicht in diesem Moment hinter dessen Thron ein Schatten erhoben, der um einiges größer und schrecklicher war als sie selbst. Mit einem Aufschrei sprang Mörker beiseite, als der Dämmermahr sich zu seiner ganzen Größe erhob.

Die Finsterklauen jaulten leise auf. Von einem Moment auf den anderen nahmen sie eine demütige Haltung ein, als der Dämmerflechter den Unhold hinter dem Thron zu sich heranwinkte und dieser widerstandslos folgte. Die Finsternis um sie herum wurde schier unerträglich, als jene vier ungeheuerlichen Kreaturen sich vor dem zusammengesunkenen Krigk um den Dämmerflechter versammelten, dessen Lachen düsterer klang als das schwärzeste Schwarz am Ende aller Dämmerung …

»Das ist ja wirklich absolut unglaublich …«

Staunend betrachtete Kuro Watanabe wie Tinkerbell im Schein einer Taschenlampe am Boden hockte, die Schnauze krauszog und ihn verwundert anstarrte. »Ein nachtwärtiges Geschöpf, das im Licht bestehen kann. Faszinierend. Ich habe so etwas tatsächlich noch nie gesehen.«

Menga blickte ihm über die Schulter und pflichtete ihm staunend bei. »Ich wusste nicht einmal, dass es so etwas überhaupt geben kann. Der Schattenvater hat nie von etwas Derartigem erzählt.«

»Weil er es wahrscheinlich selbst nicht für möglich gehalten hat«, murmelte Ayumis Großvater.

Tinkerbell wandt sich ab und fing an sich zu putzen.

David blickte triumphierend in die Runde. »Ich hab euch doch gesagt, dass er cool ist!«

Klandt, der mit seinem Flammenwerfer zwischen Menga und dem alten Watanabe stand, errötete, was selbst im kargen Licht der Taschenlampe zu sehen war.

Ayumis Großvater lächelte. »Ein Mann, der eine Schattenkreatur ins Licht führen und Nacht mit Feuer mischen kann, ohne je von einem Nachtzähmer unterwiesen worden zu sein, ist wahrscheinlich sogar mehr als cool …«

Ayumi nickte anerkennend und klopfte Klandt auf die Schulter. »Gratulation. So was hat er noch nie über jemanden gesagt.«

Der Angesprochene lächelte unsicher.

Menga blickte ihn fragend an: »Dürfte ich ihn noch mal sehen? Den Flammenwerfer?«

»Aber natürlich. Ich denke, angesichts der aktuellen Entwicklungen sollten wir wohl noch einen zweiten davon bauen.«

Der alte Watanabe stimmte ihm zu. »Das wäre vielleicht keine schlechte Idee. Wie es aussieht, plant Skadwa in den Tiefen des Dunkels etwas wirklich Übles. Ich habe die Nachrichten verfolgt. Und wenn es stimmt, was man dort hört, dann hat er mindestens zwei Finsterklauen in seinen Besitz gebracht.«

Menga pfiff durch die Zähne.

David blickte unsicher in die Runde. »Finsterklauen? Das klingt gar nicht gut.«

»Ist es auch nicht«, entgegnete Ayumis Großvater. »Kreaturen der sechsten Art, die vor Urzeiten in Stein gebannt wurden. Wenn Skadwa sie hat, wird er gewiss danach trachten, sie zu befreien. Und dann wäre es gut, etwas zu haben, mit dem man sie verletzen kann …«

Klandt nahm den Flammenwerfer von seiner Schulter, legte den Gurt mit den Nachtgläsern ab, die wie Munition in elastischen schwarzen Manschetten steckten, und reichte beides Menga, der es vorsichtig und mit anerkennendem Blick entgegennahm.

»Und hier oben schraube ich einfach ein Glas Nacht auf, dessen Inhalt sich dann mit dem Brennstoff mischt?«

»Genau, zwischen den Flammen lodert dann eine Ahnung Schwärze, was auf den ersten Blick befremdlich wirkt, aber sogar diese großen Federviecher mit dem riesigen Schnabel auf Abstand hält.«

»Sie haben mit diesem Ding wirklich schon mal einem Nachtkrabb getrotzt?«, fragte Menga ungläubig.

»*Nachtkrabb?* So heißt dieses hässliche Ding?«

»Ja. So heißt es.«

»Es war seltsam. Ich habe, als es mich anging, nur eins von diesen Dingern befeuert. Aber danach hat mich nie wieder eines behelligt.«

»Das liegt daran, dass sie alle miteinander verbunden sind. Was ein Nachtkrabb erfährt, erfahren zugleich auch alle seine Artgenossen«, sagte Ayumi mit lehrerhaftem Ton und wendete ihren Kopf in Richtung ihres Großvaters, der anerkennend nickte.

Menga blickte das Mädchen und seinen Großvater verwundert an. »Wie? Sie weiß solche Dinge? Ich dachte, es sei verboten, Mädchen zu Nachtzähmern auszubilden.«

»Menga, wir leben nicht mehr im letzten Jahrhundert. Außerdem habe ich sie nicht ausgebildet. Sondern sie nur an meinem Wissen teilhaben lassen. Aber so oder so wirst du am Ende dankbar sein, dass sie mehr über das Dunkel weiß als du.«

»Aber … aber die Tradition«, stotterte Menga, der sehr wohl wusste, dass Mädchen für gewöhnlich keine Nachtzähmer werden durften.

»Sieht die etwa vor, dass man den letzten angehenden Nachtzähmer verrät?« Energisch drehte Ayumi sich in seine Richtung.

Der alte Watanabe versuchte, die beiden zu beschwichtigen. »Ruhig. Ganz ruhig. Vergesst bitte nicht, dass wir auf der selben Seite stehen. Und dass wir einander brauchen werden, wenn wir uns diesem neuen Dunkel entgegenstellen wollen.«

»Neues Dunkel?« Klandt stutzte.

Ayumis Großvater seufzte. »Ich habe es beobachtet. Die Phänomene, die Dinge, die in der Nacht verschwinden. Es ist tatsächlich eine neue Dunkelheit. Eine achte Art, die Skadwa erschaffen hat, die er beherrscht, während keiner von uns sie kennt. Und es steht zu befürchten, dass auch in diesem Dunkel etwas lebt. Etwas, das weit fürchterlicher ist als etwa der Unlichtleviathan.«

»Oh Mann. Unlichtleviathan. Das klingt jetzt aber richtig übel …«

»Ist es, David. Ist es. Ich habe nur einmal einen gesehen, und wünschte mir, es nicht getan zu haben. Aber darum ist es umso wichtiger, dass wir dir, bevor Skadwa seine Ungeheuer freilässt, so viel wie möglich beibringen.« Der alte Watanabe schaute David ernst an. »Bist du bereit dafür?«

»Na ja, solange es nicht um dieses Unlichtding geht, wär ich schon bereit.«

Ayumis Großvater lachte leise auf. »Wir sind bei der fünften Dunkelheit, mein Junge. Mit Glück schaffen wir es noch bis zur sechsten. Länger wird Skadwa, der alte Schattenschinder, kaum warten. Also wirst du dem Unlichtleviathan ziemlich sicher entgehen …«

»Na dann …«

»Aber bevor wir das tun, solltest du noch etwas bekommen.«

»Das Amulett?«

Ayumis Großvater hob eine seiner buschigen weißen Brauen. »Ja. Ich denke, es ist jetzt an der Zeit.«

»Na, das seh ich aber mal ganz genau so!«, bekräftige Ayumi.

Lächelnd griff der alte Watanabe in eine Tasche seiner weiten Leinenhose, und hielt ihm kurz darauf seine geschlossene Hand hin. Als David die seine darunter öffnete, ließ der Nachtwahrer, während David vor Aufregung die Luft anhielt, das Vielnachtamulett hineingleiten.

Ayumi trat näher und zog das dünne Lederband, an dem ihr Amulett hing, über ihren Kopf und reichte es ihrem Großvater. Er schien sofort zu erkennen, wo das Problem lag. Dass das Lederband offenbar zumindest an einer Stelle brüchig geworden war.

»Warte, ich richtet es dir wieder«, murmelte Watanabe und machte sich umgehend an dem Anhänger zu schaffen. Unterdessen betrachtete Klandt Davids Amulett, staunte darüber, wie die Schwärze darin in steter Bewegung war und eine sich mit der anderen zu mischen schien.

»Was ist das?«, fragte er staunend, während Menga in seinem Rücken weiter den Nachtflammenwerfer begutachtete.

Das Lederband aufknotend murmelte Ayumis Großvater: »Ein Schutzamulett. Das vor Zaubern schützt, wie ein Meister sie kraft der Dunkelheit zu wirken vermag.«

»Und Sie, Herr Watanabe, sind so ein Meister?«

»Das bin ich wohl. Einer von dreien. Und jeder tut etwas anderes mit dem Dunkel. Der Schattenvater versteht, der

Nachtwahrer schützt und der Dämmerflechter verändert es.«

Der Alte hatte die brüchige Stelle aus dem Lederband herausgetrennt und betrachtete sie verwundert, während Klandt hinter ihm weitersprach.

»Und das Problem ist, wenn ich es recht verstehe, dieser Veränderer?«

»Oder besser das, was er geschaffen hat.«

»Und davor kann dieser Talisman nicht schützen?«

»Nur vor Zaubern. Nicht vor Kreaturen und nicht vor den Meistern selbst …«

Watanabe verknotete das Lederband des Amuletts seiner Enkelin wieder neu und hielt die herausgetrennte Stelle nachdenklich in den Lichtkegel der Taschenlampe.

»Ich vermute mal, wir bekommen keins davon?«, wollte Klandt wissen.

»Es gibt nur wenige von ihnen. Und sie sind vor allem dafür geschaffen, die Lernenden zu schützen.«

Menga hüstelte leise. Alle drehten sich in seine Richtung. Mit einem unsicheren Lächeln ließ er den Flammenwerfer sinken und zog den Kragen seines Hemdes beiseite, sodass sie alle das Vielnachtamulett sehen konnten, das er um seinen Hals trug. Der Hüne zuckte mit den Schultern. »Ich muss zugeben, dass ich es mit den Traditionen auch nicht immer ganz genau nehme.«

»Menga!«, rief Watanabe kopfschüttelnd aus. Er wusste schließlich, woher die Talismane stammten. Dass es die von Krigk und R'hee waren, die ihr Beschützer ihnen auf dem Flughafen abgenommen hatte.

Der Hüne sprach weiter. »Nach allem, was passiert ist, hab ich mich so sicherer gefühlt. Ach ja, und für Sie, Hausmeister, hab ich auch noch eins.« Er nickte Klandt zu und griff in seine Tasche.

Ayumis Großvater blinzelte müde, und wendete das Stückchen Band in den Händen. Und jetzt bemerkte er, was ihn daran irritiert hatte: Es wirkte beinahe wie angeschnitten. Fast als ob …

Und in diesem Moment begriff er, in welcher Gefahr sie schwebten.

»Ayumi! Schnell!«, rief er und warf ihr im gleichen Atemzug das Amulett wieder zu. Im selben Moment aber schien das Licht der Taschenlampe zu verlöschen, als der Raum schlagartig von einer Finsternis geflutet wurde, die dunkler war als alles, was der Nachtwahrer jemals gesehen hatte. Sie brauchte nur wenige Augenblicke, um in jeden Winkel des Raumes zu dringen. Und sie schluckte alles. Das Licht, die Geräusche, selbst die Hoffnung. Die Anwesenden schauderten.

Doch als dieses merkwürdige Etwas wieder schwand und der Lichtkegel der Taschenlampe wie zuvor den Boden erhellte, wo Tinkerbell noch immer teilnahmslos hockte, lag das eine Amulett am Boden, während das andere aus Mengas ausgestreckter Hand baumelte.

Darüber hinaus waren sie bloß noch zu dritt.

Klandt und Ayumi waren verschwunden.

R'hee ging neben dem Schattenvater her, der sich an seiner Schnur entlang zurück durch das Dunkel hangelte. Die beiden Hunde liefen neben ihnen. Pickel und Tiger hatten sich beruhigt. Nur von Zeit zu Zeit, wenn R'hee sie beim Namen rief, blickten sie zu ihr empor.

Obwohl sie noch immer nicht verstand, wo sie waren und was hier in der Finsternis eigentlich vor sich ging, obwohl sie sich um Krigk sorgte und obwohl sie auch noch Angst hatte, war die Tatsache, dass sie nun den Schattenvater an ihrer Seite hatte, ein Trost, der ihr die Kraft und den Mut gab, sich weiter durch das fremde Dunkel zu schleppen. »Wie kommen wir von hier wieder fort? Gibt es einen Weg hinaus?«, fragte sie den Schattenvater, der schweigsam seiner Schnur ins Dunkel folgte und dabei Meter um Meter aufwickelte.

»Nun, kleine R'hee, ich glaube, dass es überall, wo es einen Weg hinein gibt, auch einen Weg hinaus geben muss.«

»Mir wäre lieber, Ihr wüsstet es, statt es bloß zu glauben, Meister«, sagte sie leise und versuchte dabei zu lächeln.

»Sobald ich etwas weiß, wirst du es als Erste erfahren, tapferes Mädchen.« Dem Schattenvater gelang das Lächeln ein wenig besser als R'hee. Obwohl auch ihm anzumerken war, wie sehr ihn das Dunkel um sie herum verunsicherte. Was zum einen an der Fremdheit lag, zum anderen aber auch an den seltsamen Dingen, an denen sie auf ihrem Weg durch die Finsternis vorbeikamen. In der Dunkelheit lagen Computer, Monitore, Fahrräder und schier unzählige technische Geräte. Kaum etwas davon kannte der Schattenvater. Das wenigste war jemals bis nach Whaku gelangt. Lediglich einen Laptop hatte er schon einmal gesehen. Weil Menga einen besessen hatte. Menga ... R'hee hatte dem

Schattenvater inzwischen berichtet, was geschehen war. Wie Menga sie und Krigk verraten und dem Dämmerflechter überlassen hatte, der sie hierher ins Dunkel geholt hatte und dessen Palast sich irgendwo inmitten dieser Finsternis erhob. Der Schattenvater wusste nicht, was den Hünen dazu getrieben hatte. Menga, der Einzige aus dem Stamm, den sie je in die Welt hinausgeschickt hatten, der ihm einst seinen Laptop gezeigt und ihm erklärt hatte, dass dies ein mächtiges Werkzeug in der äußeren Welt war. Hier lagen Hunderte dieser mächtigen Werkzeuge nutzlos zwischen allerlei anderem in der Schwärze herum.

Der Schattenvater war seiner Schnur bis zu einer Waschmaschine gefolgt, deren strahlendes Weiß sich trotzig der Schwärze entgegenstemmte und an der er das Ende der Schnur fest verknotet hatte. Er wickelte sie komplett auf, hängte sich das Ganze über die Schulter und machte sich daran, einen weiteren Knoten zu lösen, der zu einem Stück Schnur gehörte, das noch tiefer ins Dunkel hinein führte.

»Brauchst du eine Pause?«, fragte er besorgt und wendete sich R'hee zu. Sie und die Hunde schauten ihn aus großen Augen an.

»Ich glaube nicht. Wie weit ist es noch?«

»Vier Schnüre.«

»Gut. Gehen wir.« Das Mädchen nickte ihm zu. Einmal mehr bewunderte der Schattenvater die Kraft jenes Mädchens, das, egal was auch passierte, stets stärker als seine Verzweiflung schien. Und dabei wusste er sehr wohl, dass sie ihm ebenso Mut gab wie er ihr.

Entschlossen begann er, die Schnur aufzuwickeln. R'hee, Tiger und Pickel blieben dicht hinter ihm. Zusammen bahnten sie sich ihren Weg durch das Dunkel, hindurch zwischen Dingen, die hier vollkommen sinnlos schienen.

Sie waren noch nicht weit gekommen, als der Schattenvater abrupt stehen blieb und die Hand hob.

»Halt. Bleib stehen, Mädchen. Keine Bewegung!«

R'hee tat wie geheißen. Die Hunde taten es ihr nach.

»Warum? Was ist los?«, fragte sie unsicher.

»Schau nach rechts. Aber Vorsicht. Keine hektischen Bewegungen, kleine R'hee ...«

Langsam drehte sie ihren Kopf und glaubte im nächsten Moment in einiger Entfernung Konturen in der Finsternis ausmachen zu können. Sie musste sich konzentrieren, blinzelte ins Dunkel und dann erkannte sie sie. Schattenhafte Ungeheuer, ein gutes Dutzend. Vielleicht zwanzig Meter entfernt. Sie streiften durch das Gerümpel, das sich in der Finsternis auftürmte, und hatten die kleine Gruppe offenbar noch nicht bemerkt.

»Dunkeldachse«, flüsterte der Schattenvater. »Sie entstammen der fünften Dunkelheit. Schwer zu zähmen. Leicht zu erzürnen.«

»Aber Ihr seid doch ein Meister.«

»An jedem anderen Ort könnte ich sie beherrschen, kleine R'hee, hier aber nicht. Schau sie nur an. Aber sachte. Ganz sachte.«

Sie sah noch einmal genauer hin. Und nun bemerkte sie es. Die Augen der Ungetüme waren nicht schwarz, sondern um ein Vielfaches dunkler.

Plötzlich begann Tiger zu knurren. Und kaum dass er das tat, begann Pickel zu bellen. Gleichzeitig zuckten die Köpfe der Dunkeldachse herum. Ihre Lefzen zogen sich zurück, enthüllten finstere Zähne, die aus einem noch finstereren Zahnfleisch ragten. Ihre Augen funkelten angriffslustig. Anders. Fremd. In der gleichen Schwärze, wie die Finsternis, die sie umgab. Tonlos begannen nun auch die Ungeheuer zu knurren.

Jetzt kläffte auch Tiger wild los. R'hee blickte den Schattenvater hilflos an. Was sollten sie tun? Wenn sie flohen und sich im Dunkel verloren, würden sie einander womöglich nie mehr wiederfinden. Doch im Blick ihres Gegenübers lag die gleiche Hilflosigkeit wie in ihrem eigenen.

In diesem Moment stürzten die Dachse auf sie zu.

Aus ihren finsteren Mäulern troff schwarzer Geifer und in ihren düsteren Augen leuchtete eine abgrundtiefe Mordlust …

KAPITEL XVIII

IN DEM DAVID BEINAHE EIN WENIG WIE AYUMI KLINGT, EIN WILDER RITT IN VÖLLIGER FINSTERNIS VONSTATTENGEHT UND DAVIDS VATER SICH AM ENDE DER ANGST SEINES SOHNES ERINNERT

In Watanabes altem Volvo fuhren David, Menga und Ayumis Großvater im Schritttempo durch die Straßen. David hatte einen kleinen Pappkarton mit Rocky und Tinkerbell auf dem Schoß, auf die er sich aufzupassen geschworen hatte. Damit sie nicht auch noch plötzlich verschwanden. Neben Menga lagen der Flammenwerfer und der Gurt mit den Einmachgläsern mit dem Nacht-/Benzingemisch. Mithilfe des Hausmeisterschlüssels hatten sie noch einen ganzen Haufen mehr davon aus der Schule geholt, die jetzt im Kofferraum leise klapperten.

Obwohl es bereits später Abend war, war es taghell draußen. Die Straßenlampen waren bereits beinahe durchgehend mit Erebos-3000-Leuchten ausgestattet worden. Vereinzelt sahen sie noch Techniker in weißen Overalls durch die Straßen huschen, die Schalttafeln kontrollierten und Steuerelemente justierten. Und überall war Licht. Nirgends war auch nur die Ahnung irgendeines Dunkels zu sehen, in dem irgendetwas ungesehen hätte vonstattengehen können.

Dem alten Watanabe war das am unangenehmsten.

Nicht nur, weil dieses Licht seltsam fremdartig wirkte, sondern weil es auf ihn unheimlicher als jedes Dunkel wirkte. Was vor allem daran lag, dass er die Finsternis kannte. Während er über diese Art von Licht rein gar nicht wusste.

Sie waren unterwegs zu Davids Eltern. Weil er Ayumis Großvater darum gebeten hatte. Weil sie sich gewiss Sorgen machten und so.

Der Plan war, dass der alte Watanabe seinen Eltern erklärte, dass David über Nacht bei ihm und Ayumi im Haus ohne Fenster bleiben würde. Sie wollten Hausaufgaben vorschieben. Behaupten, dass Ayumi dabei war, dort alles vorzubereiten. Der Plan war gut. Und die Idee war ja wirklich, dass sie die ganze Nacht über lernen würden. Er hatte schließlich noch die gesamte sechste und siebte Dunkelheit vor sich. David und der alte Watanabe waren sich einig, dass es gut war, wenn er über jede Art Bescheid wusste. So viel lernte, wie in der kurzen Zeit eben noch möglich war. Damit sie zusammen Ayumi finden und befreien konnten. Wo immer sie auch war. Wobei ihr Großvater sich sicher war, dass es nicht mehr lange dauern konnte, bis der Dämmerflechter zum Angriff ansetzte, um seinen letzten in dieser Welt verbliebenen Feind aus dem Weg zu räumen und seinen großen Plan umzusetzen. Was immer der auch beinhaltete.

Darum hofften sie, dass der Besuch bei Davids Eltern nicht zu viel Zeit kosten würde. Damit sie wieder zusammen in den Keller des Hauses ohne Fenster hinabsteigen und dort die Geheimnisse der Dunkelheit ergründen konnten.

Sie parkten schließlich in einiger Entfernung und beschlossen, um sich nicht noch unnötige Erklärungen einfallen lassen zu müssen, Menga mit dem Nachtflammenwerfer im Auto warten zu lassen.

Seite an Seite trotteten David und Ayumis Großvater nun im künstlichen Tageslicht der Erebosleuchten über den Bordstein auf das Haus zu, in dem seine Eltern wohnten.

»Und? Weißt du, was du ihnen sagen wirst?«, fragte der Alte.

»Na, ich erzähle ihnen die Geschichte, auf die wir uns geeinigt haben. Hausaufgaben. Projekt und so weiter.«

»Und ich stehe daneben und sehe wie ein verantwortungsbewusster Erwachsener aus?«

»Ich denke, das dürfte Ihnen gelingen. Ich hab Sie ja am Anfang auch einen Moment lang für so einen gehalten.«

»Ja, aber du hast dich eben nicht täuschen lassen.«

»Machen Sie sich keine Sorgen, Meister, meine Eltern sind nicht ganz so intelligent wie ich …« David grinste den alten Watanabe an.

Und auch der konnte sich ein Lächeln nicht verkneifen. In diesem Moment erreichten sie schon die Haustür.

David streckte bereits die Hand nach der Klingel aus, als der Alte ihm in den Arm griff. »Warte. Bist du dir im Klaren darüber, was wir vorhaben?«

»Was genau meinen Sie, Meister?«, fragte David und runzelte die Stirn.

»Niemand weiß, was Skadwa im Schilde führt, was er vorhat oder was passieren wird. Vielleicht wird es schlimmer, als wir ahnen. Der Dämmerflechter ist mächtig. Sehr mächtig. Womöglich wirst du deine Eltern nie wiedersehen. Ich möchte nur, dass du das bedenkst, wenn du sie gleich anlügst.«

Während Watanabe seinen Arm wieder losließ, schaute er ihm tief in die Augen. Die Worte des Alten ließen David tatsächlich zögern. Doch dann atmete er tief ein und drückte den Klingelknopf entschieden bis zum Anschlag durch.

Das Geräusch klang sonderbar. Er hatte den tiefen Gong im Lauf seines Lebens schon so oft gehört. Hunderte, Tausende Male. Aber so hatte er noch nie geklungen.

Ob es an dem lag, was Ayumis Großvater gerade gesagt hatte? Daran, dass die Stadt abends um 21 Uhr wie im hellen Tageslicht dalag? Oder daran, dass er selbst sich während der letzten Stunden verändert hatte? Er hätte es nicht sagen können. Vielleicht, wenn er die Zeit gehabt hätte, noch ein wenig darüber nachzudenken. Die aber blieb ihm nicht. Denn im gleichen Moment wurde die Haustür aufgesummt.

David nickte dem Alten knapp zu. »Bereit?«

Watanabe nickte. »So bereit, erwachsen und verantwortungsbewusst wie man in meinem fortgeschrittenen Alter nur sein kann.«

David trat an ihm vorbei in den Hausflur und murmelte: »Nun hören Sie aber auf. So alt sind Sie jetzt auch wieder nicht.« In seinem Kopf hörte er Ayumi dabei wieder leise aufstöhnen, weil er sich bei ihrem Großvater einschleimte.

Das fehlte ihm. Sie fehlte ihm.

Der alte Watanabe antwortete nicht. Wahrscheinlich, weil es ihm genauso ging.

Gemeinsam stiegen sie nun die Treppe empor, an deren oberem Absatz bereits seine Mutter stand und mit verschränkten Armen und vorwurfsvollen Blick wartete.

»David! Verdammt noch mal, wo bist du denn so lange gewesen? Warum meldest du dich denn nicht? Du hast das Handy doch dabei, Junge!« Sie schien wirklich sauer zu sein.

»Alles gut. Ist 'ne lange Geschichte. Hausaufgabenprojekt. Bisschen stressig, weil wir 'n bisschen was haben schleifen lassen. Werd die Nacht wohl mit Ayumi zusammenhocken und noch 'n bisschen was tun müssen. Aber ich hab einfach mal ihren Großvater mitgebracht. Damit er's dir erklärt und du dir keine Sorgen machst, wenn ich über Nacht weg bin.«

»Na, da bin ich ja mal gespannt«, grummelte sie und ließ die beiden in die Wohnung, die durch das Licht von der Straße beinahe taghell erleuchtet wurde.

Der Dämmerflechter saß stolz auf seinem Thron und tätschelte den Kopf eines der dunklen Untiere, das mit aufgerichteten Vorderläufen neben ihm saß. Eine andere der finsteren Kreaturen döste vor Skadwas Füßen, während die letzte unruhig im Thronsaal auf und ab lief.

Der Dämmermahr, der noch weiter gewachsen zu sein schien und wohl inzwischen mehr als drei Meter messen mochte, stand unterdessen reglos hinter dem Thron.

Als Krigk in dem mächtigen Eingangstor erschien und zögernd zwischen den dunklen Säulen hindurch ins Innere trat, zuckten die Köpfe aller drei Finsterklauen herum und ihre schwarzen Augen funkelten ihn feindselig an.

Der Junge wirkte seltsam verloren in dem riesigen Saal, an dessen aus Nacht gemauerten Wänden überall aus Dämmerung gewobene Vorhänge hingen, hinter denen glaslose Fenster den Blick in eine undurchdringliche Finsternis eröffneten.

Schwermütig trat Krigk vor den Thron jener Gestalt, die er vor Kurzem noch »Meister« genannt hatte und von der er die Geheimnisse einer Welt zu lernen gehofft hatte, die ihm nun seltsam fremd vorkam. Jetzt, wo R'hee fort und ihm jede Hoffnung darauf genommen war, jemals ein Nachtzähmer zu werden, schien alles, was er bisher über das Dunkel gelernt hatte, plötzlich nutzlos. Er wusste nicht mehr, weshalb er hier war, was er eigentlich überhaupt noch wollte. Und alles, was er in diesem Moment, als er vor den Dämmerflechter trat und die Finsterklauen ihn umringten, fühlte, war Taubheit und Leere.

»Du fragst dich sicher, weshalb ich nach dir habe rufen lassen«, tönte Skadwa hochmütig vom Thron herab und fügte mit einem feinen bösen Lächeln hinzu: »Wo wir doch beide wissen, zu wie wenig du nutze bist …«

Krigk hörte nicht einmal genau, was er sagte. Mit seinen Gedanken war er irgendwo anders. Weit weg. Irgendwo zwischen seiner Heimat und seiner Schwester. Er blickte den Dämmerflechter nicht einmal an.

Skadwa erhob sich und kam langsam auf Krigk zu. Hinter ihm richtete der Dämmermahr sich zu seiner vollen Größe auf und folgte ihm in der gleichen Geschwindigkeit. Dabei entfaltete er seine Gliedmaßen und Krigk erschrak, als er bemerkte, dass das Ungetüm inzwischen mehrere finstere Mäuler und sechs Arme besaß, die ebenso wie seine mächtigen Beine, wie finstere Tentakel wirkten, die im Dunkel umherwaberten, während das Monstrum seinem Meister in einiger Entfernung folgte.

Keinen Meter von dem Jungen entfernt, kam Skadwa schließlich zum Stehen. »Wobei ich dir freilich unrecht tue, wenn ich dich ›unnütz‹ nenne.«

Inzwischen war Krigk aus seiner Starre erwacht und spürte die wachsende Bedrohung, die von seinem Gegenüber, den ihn umkreisenden Ungeheuern und dem tentakelbewehrten Monstrum ausging, das weniger aus Nacht als vielmehr aus vollkommener Finsternis zu bestehen schien. Doch was immer der Dämmerflechter vorhatte, es war eh zu spät. Krigk hätte sowieso nicht mehr gewusst, wie er sich wehren oder wohin er fliehen sollte. Nicht einmal warum. Weil alles ihm bloß noch sinnlos erschien.

»Denn du bist, was dich womöglich verwundern wird …«, bei diesen Worten beugte Skadwa sich verschwörerisch zu ihm hinab und flüsterte in einem sonderbaren Ton: »... beinahe so wichtig wie jener, von dem die Prophezeiung spricht.«

Krigk hörte diese Worte, begriff aber nicht was sie bedeuteten. Fragend blickte er sein lächelndes Gegenüber an.

»Weil es mir ohne dich nie gelungen wäre, meinen Plan in die Tat umzusetzen. Die achte Dunkelheit, der Dämmermahr, nichts davon wäre ohne dich überhaupt denkbar gewesen, mein Junge.«

Das Schweigen, das diesen Worten folgte, war das Schlimmste. So voll mit Gedanken, Ängsten und Zweifeln, dass die Leere in Krigks Brust sich von einem Moment auf den anderen in Schmerz verwandelte.

Den Dämmerflechter schien das zu amüsieren und sein Lächeln wurde sogar noch breiter, als er fortfuhr: »Du und Menga, der törichte Riese. Ihr seid mir der Schlüssel zu dieser Welt gewesen, habt mir das Tor geöffnet, durch das eine niemals endende Nacht über die Menschen hereinbrechen wird. Und dafür sollte ich dir danken.«

Krigk schüttelte den Kopf. Er spürte wieder Tränen in sich aufsteigen. Merkte wieder einmal, dass er nicht der Held war, der er immer hatte sein wollen. Und dass er es wohl auch niemals sein würde.

»Aber … aber … wie …?«, stammelte er tonlos und Skadwa lachte laut auf.

»Ach, dummer kleiner Krigk, ich habe mit dir gespielt, dich benutzt, von Anfang an. Du willst es verstehen? Dann will ich es dir erklären. Ein wenig zumindest … Weil ich dir so dankbar bin.« Beinahe zärtlich strich er dem Jungen über die Wange. »Sieben Arten Dunkelheit kennst du. Hauch, Schatten, Zwielicht, Dämmer, Dunkelheit, Finsternis und Schwärze. Sieben Teile eines großen Ganzen, das vollständig schien, bis ich begriff, wo die achte Art schlummerte. Die Innernacht, wie ich sie nenne, ruht in den Menschen selbst. Und zwar unvorstellbare Mengen davon, wenn man sie zu wecken versteht. Es brauchte noch einige Zeit, bis ich verstand, wie mächtig dieses Dunkel war, wie man es wecken und freilassen konnte. Aber das Wissen, dass es in jedem einzelnen Menschen dort draußen schlummert, war das Wichtigste. Ich habe es in den Menschen gezüchtet, habe, wo immer ich konnte, ihr Inneres mit Unmut, Unzufriedenheit und Neid verdunkelt. Und aus jenem Dunkel habe ich diese Welt geschaffen, die dunkler ist, als alles, was vor ihr war. Der Rest war beinahe einfach …« Skadwa wandte sich ab, betrachtete stolz den mächtigen Dämmermahr, der nur auf seine Anweisungen zu warten schien. Doch noch war er nicht fertig. »Als Erstes kam der Riese. Dessen Angst um seinen Stamm und seine Heimat ein guter Nährboden war. Ich bot ihm an, Whaku zu retten, wenn er bereit wäre, den Schattenvater zu verraten. Oh, wie wundervoll er mit sich haderte. Und wie herrlich sein schlechtes Gewissen wuchs. Angst und Schuld, die seine Innernacht wuchern ließen. Und dabei tat er alles, was ich ihm sagte. Nur, um zu retten, was ihm wichtig war.«

»Was … was hat er getan? Außer uns zu verraten und dir auszuliefern?«

»Er ist heimgekehrt, um euch zu holen. Hat sich in die Höhlen geschlichen und seine Innernacht freigelassen. Seine Angst, seine Wut, seine Unzufriedenheit und einen meiner Zauber in die Gänge fließen lassen. Und er wusste nicht einmal, was er tat …«

Jetzt glaubte Krigk zu begreifen. »Das Ungeheuer, damals in der dritten Höhle. Vor dem R'hee mich gerettet hat. Das Monster, aus dem der Dämmermahr wurde …«

»Ganz genau. Er war mehrere Tage dort unten. Und hat nur darauf gewartet, dass einer kommt, in dem nicht bloß Innernacht, sondern auch Macht über die Finsternis war. Menga war das Stroh und du, mein Junge, warst der Funke.«

Gerade noch hatte Krigk geglaubt, zu verstehen. Doch von einem Moment auf den anderen verstand er gar nichts mehr. Was den Dämmerflechter sichtlich amüsierte.

»Die Wunde, mein Junge. Der Schnitt, den der Mahr dir zufügte. Durch die er in dich fuhr, als deine Schwester das Notfeuer entfachte ...«

Es war, als ob diese Worte einen Vorhang zerrissen, der undurchdringlich über seinem Verstehen gelegen hatte. Die Wunde. Eine Kreatur des Dunkels, für das Raum oder Größe keine Rolle spielte ... Natürlich! Das Flugzeug, die Wunde, die sich immer wieder geöffnet hatte, die schwarze Schlange ... Sie war *aus ihm* gekommen! Er hatte den Dämmermahr erst von der Insel fort und hierher gebracht!

Der Dämmerflechter bemerkte, was in Krigk vorging, sah das Verstehen in seinen Augen.

»Oh ja, du kleiner dummer Junge. Du hast ihn hergebracht. Den Dämmermahr, das Herz dieser neuen dunklen Welt. Er ist es, durch den ich zusammen mit der Macht, Dinge aus der Wirklichkeit hierher, in die achte Dunkelheit zu holen, unbesiegbar werde ...«

Krigk fröstelte. Er zitterte am ganzen Körper. Zu begreifen, was für eine Rolle er in Skadwas bösartigem Plan gespielt hatte, war noch schlimmer als die Leere, die er zuvor empfunden hatte. In ihm tosten Wut, Hass und Verzweiflung. Dunkle Wogen, die krachend irgendwo zwischen Herz und Hirn übereinander zusammenschlugen.

Dabei entsprach das Maß von Krigks Verzweiflung dem von Skadwas Zufriedenheit.

Krigk bemerkte nicht einmal, wie sein ehemaliger Meister den Dämmermahr herbeiwinkte und ihm befahl, sich vor dem Jungen aufzubauen. Weder spürte er die klingenbewehrten Tentakel, die sich hoben und senkten, noch den sonderbaren Geruch von Finsternis, den der Unhold ausdünstete. Er bemerkte auch nicht, wie Skadwa hinter ihn trat, die Hände auf seine Schultern legte und leise flüsterte: »Und bald, mein Junge, wird sich allein dank dir, die ganze Welt in Dunkelheit verwandeln ...«

Mit diesen Worten stieß er ihn in Richtung des Dämmermahrs, dessen zähes Schwarz von einem Moment auf den anderen nachgab und Krigk, dem weder die Kraft noch der Wille geblieben war, sich zu wehren, langsam aber unaufhaltsam in sich hineinsog. Zähe schwarze Schlieren umwaberten ihn, verstopften Mund und Nase und legten sich über seine Augen, bis sie ihn ganz umschlossen.

Das Letzte, was er sah, war, wie sich aus der Finsternis vor einem der Fenster ein verwundeter Nachtkrabb in einen Himmel nicht enden wollender Schwärze erhob ...

Der Minister hatte zunächst gar nicht gemerkt, dass eines seiner Telefone klingelte. Was umso schlimmer war, weil es sich um sein Diensthandy handelte. Über das ihn jedoch für gewöhnlich niemand abends um zehn anzurufen versuchte. Es sei denn, es handelte sich um dringende Notfälle. Probleme von dem Ausmaß, wie er gerade eines bewältigt zu haben glaubte. Weshalb er sich auch, nachdem er früher am Tag ein paar Pressekonferenzen gegeben und später das überwältigende Medienecho im Zuge der städtischen Umbeleuchtung genossen hatte, in seine Lieblingsbar zurückgezogen, das Hinterzimmer gemietet und ein paar Freunde eingeladen hatte.

Die Sicherheit war wiederhergestellt, die Bevölkerung beruhigt und alles erschien Dank Erebos Industries in einem völlig neuen Licht. Grund genug für den Minister, ein wenig zu feiern. Sie alle waren da. Freunde, Wegbegleiter und Unterstützer, die ihm im Laufe seiner Karriere zur Seite gestanden hatten. Und der Minister war willens, sich diesen Abend etwas kosten zu lassen. Alle tranken und aßen auf seine Kosten. Sie waren froh, dass er vermutlich weiter im Amt bleiben würde. Die Musik war laut und die Stimmung ausgelassen.

Bis der Minister bemerkte, dass sein Diensttelefon klingelte. Auf dem sein persönlicher Assistent ihn seit einer geschlagenen Stunde zu erreichen versuchte.

Kaum, dass der Minister die Stimme Thorben Molcherts vernahm, sackte er auf einem Stuhl zusammen und wurde kreidebleich. Seine Frau winkte dem DJ zu, der umgehend die Musik leiser drehte, sodass wirklich jeder im Raum hören konnte, wie der Minister ungläubig ins Telefon blaffte: »Was soll das heißen, wir haben ein Problem, Molchert?«

Knapp zwanzig Minuten später war dann weder vom DJ, den Freunden, den Wegbegleitern oder den Unterstützern noch etwas zu sehen. Selbst seine Frau hatte der Minister fortgeschickt, starrte nun mit halboffenem Hemd trübsinnig in ein Glas Wasser und wartete ungeduldig auf seinen Assistenten.

Und als dieser dann kurz darauf das Hinterzimmer betrat, war er nicht allein.

Der Minister wunderte sich über den Begleiter, einen schlecht rasierten rollkragentragenden Brillenträger mit wirrer Frisur und einer so blassen Haut, dass man auf den ersten Blick den Verdacht hatte, dass er in einem Keller lebte und diesen nur sehr selten verließ. Molchert stellte den Mann als Haustechniker des Ministeriums vor, was jedoch die Verwunderung seines Vorgesetzten über dessen Anwesenheit nicht schmälerte.

Sein Assistent versuchte es ihm zu erklären. »Herr Fischer hat sich heute im Lauf des Tages in den Räumen des Ministeriums mit seinem Team um den Einbau der neuen Leuchten gekümmert. Und dabei ist ihm etwas aufgefallen ...«

Molchert machte eine Art Kunstpause, die dem Minister jedoch sehr missfiel, weshalb er seinen Assistenten ungehalten anblaffte. »Ja, was denn nun, verdammt noch eins! Jetzt reden Sie doch endlich! Ich will wissen, wo das Problem liegt!«

Er war aufgebracht. Und das richtig. Schließlich hatte er der Presse den Erebos-Plan als seinen eigenen verkauft. Er wollte sich nicht vorstellen, was passierte, wenn da jetzt etwas schieflief.

Verunsichert antwortete an Molcherts Stelle nun der

blasse Techniker mit der seltsamen Frisur. Dabei sprach er so leise, dass der Minister sich anstrengen musste, ihn zu verstehen.

»Also, ich … ich habe mir eine von diesen 3000ern mal näher angeschaut. Sie in ihre Einzelteile zerlegt und das alles mal unter die Lupe genommen. Und dabei habe ich festgestellt, dass es keine normale Glühbirne ist.«

»Natürlich ist sie das nicht. Weil sie besser ist. Heller. Und das Einzige, was gegen das Dunkel hilft, das die Stadt ins Chaos zu stürzen droht, Sie Depp!«, regte der Minister sich auf.

Sein Gegenüber aber blieb ebenso ruhig wie zuvor. »Die Helligkeit ist nicht das Problem. Da ist die Leistung der Erebos 3000 ungeschlagen. Bei der Untersuchung habe ich jedoch feststellen müssen, dass jede einzelne dieser Lampen über ein eigentümliches zusätzliches Element verfügt. Nämlich eine verborgene Funksteuereinheit. Wenn Sie verstehen, was ich meine.«

Der Minister legte seine Stirn in Falten und schaute verwundert erst den Techniker und dann seinen Assistenten an. »Nein, das tue ich nicht, verdammt noch mal! Also erklären Sie es mir! Molchert! Was genau hat dieses verborgene Steuerdings zu bedeuten?«

Thorben Molchert schluckte. Ihm war anzusehen, dass er sich alles andere als wohl in seiner Haut fühlte. »Es bedeutet, dass der Graf alle Lampen in der gesamten Stadt fernsteuern und, wenn er es will, von einem Moment auf den anderen ausschalten kann.«

Es brauchte einen Augenblick, bis der Minister ermessen konnte, was genau das bedeutete. Dann aber wurde er noch bleicher, als der Techniker es war.

Geifernd hasteten die wütenden Dunkeldachse auf sie zu.

Die ersten zehn Meter überwanden sie mit großen Sprüngen.

Nach der Schulter des Schattenvaters greifend schrie R'hee verzweifelt auf. »Tut doch etwas, Meister!«

Doch er hatte längst versucht, die Kreaturen dieser Dunkelheit mithilfe seiner Nachtzähmerfähigkeiten zu beeinflussen. Sie aufzuhalten. Ohne Erfolg. Die achte Dunkelheit schien die Geschöpfe der Finsternis zu verändern. Der alte Mann schwieg. Die Dunkeldachse setzten bereits zum Sprung an.

Und dann kam der Eiswagen aus der Finsternis geschossen.

Seine Scheinwerfer durchschnitten die Dunkelheit.

Nur für den Bruchteil einer Sekunde sahen R'hee und der Schattenvater durch die Windschutzscheibe auf dem Beifahrersitz ein schwarz gekleidetes Mädchen mit einer Sonnenbrille, die beinahe größer wirkte als ihr Kopf. Und neben ihr einen Mann im Hausmeisteroverall, der mit entschlossenem Blick und durchgetretenem Gaspedal von der Seite in die tobenden Dachse krachte, die sich im Moment des Aufpralls in kleine schwarze Wölkchen auflösten, die sich im Dunkel verloren.

Hektisch wechselte der Fahrer vom Gaspedal auf die Bremse, sodass der Wagen im nächsten Augenblick direkt neben R'hee und dem Schattenvater zum Stehen kam.

Der Mann am Steuer nickte ihnen zu, während das Mädchen in Schwarz auf die offene Seitentür deutete und auf Nächtisch brüllte: »Rein hier! Schnell! Sofort!«

Und dann sahen der Alte und R'hee auch warum: Da waren Dutzende, womöglich Hunderte wild gewordene Dunkeldachse, Schattenbolge und Krummschwanzfinsterlinge, Kreaturen, die mit finsterem Blick hinter dem Eiswagen hertobten, um seine Insassen mit Zähnen und Klauen in die Finsternis zu zerren.

Hastig sprangen die beiden in den Laderaum des Wagens, eines der Rücklichter zersplitterte unter den Krallen einer schattenhaften Klaue, und der Fahrer gab wieder Gas. Gerade noch rechtzeitig.

Das Mädchen vom Beifahrersitz wandte sich hektisch nach hinten zu ihnen um. »Ich bin Ayumi. Das ist Herr Klandt. Ich bin blind, er ist Hausmeister. Und wir haben keine Ahnung, wo wir hier sind. Alles andere später.«

»Der Strick! Folgt dem Strick!«, rief der Schattenvater, der durch die Heckscheibe entsetzt die rasende Rotte aus Finsternis hinter dem Wagen sehen konnte, auf Nächtisch aufgeregt aus.

Eilig übersetzte Ayumi, und im Licht der Scheinwerfer folgte der Hausmeister in rasender Fahrt dem faserigen braunen Strick, der sich gegen das undurchdringliche Schwarz des Bodens abhob und jenseits des Lichtkegels in der Finsternis verschwand.

Die Situation war ein wenig merkwürdig. Anders merkwürdig als die sonderbaren Dinge, die David in den letzten

Tagen gesehen und gelernt hatte, aber doch merkwürdig. Zusammen mit Meister Watanabe saß er zu Hause bei seinen Eltern am Wohnzimmertisch vor einer Tasse Tee. Im Hintergrund flimmerte der stumm geschaltete Großbildfernseher. Davids Vater war vor kaum einer Stunde von der Arbeit heimgekommen und ihm war anzusehen, dass er nur darauf wartete, den Fernseher wieder laut stellen zu können.

Aber zumindest seine Mutter erweckte den Eindruck, sich ein wenig für die Belange ihres Sohnes zu interessieren. »Ein Hausarbeitsprojekt also? Na, erzähl doch mal, worum geht es denn da genau?«, fragte sie, während sie zwei kleine Schüsselchen mit Snacks auf den Tisch stellte. Ayumis Großvater beugte sich neugierig vor, aber David trat ihm unter dem Tisch gegen das Schienbein. Er kannte die kleinen trockenen Teigknubbel, und wusste zwar nicht genau was sie, aber mit Gewissheit, dass sie widerlich waren. Seine Mutter bot sie Gästen immer an. Was auch einer der Gründe war, dass David ungern welche mitbrachte. Und es wäre einfach nicht fair gewesen, den Alten in diese Falle laufen zu lassen.

Im taghellen Licht der Erebos-Straßenlampen betrachtete David seine Mutter und antwortete sehr überzeugend: »Soll so 'n Aufsatz über besser miteinander leben und so was werden, den wir in Zweiergruppen erarbeiten sollen. Für Sozialkunde. Ist wichtig. Für die Halbjahresnote und so.«

»Oh, die Halbjahresnote. Natürlich. Also, wenn ihr wollt, könnt ihr auch hier arbeiten. Wir haben ja auch alles hier. W-LAN, Knabberkram, und ich könntet euch auch eine Pizza machen!«

David winkte ab. Was auch ein wenig mit der veganen Pizza zu tun hatte. »Nein, nein, Ma. Das hatte ich auch schon überlegt, aber wir würden euch sicher auf die Nerven gehen. Und du weißt ja, wie Pa wird, wenn er nicht die Ruhe bekommt, die er braucht.«

Sein Vater nickte zustimmend und steckte sich eine Handvoll Snackbrösel in den Mund. »Da hat der Junge absolut recht.«

»Und denkst du, dass ihr dann morgen schon fertig seid?«, fragte seine Mutter.

»Klar. Wir machen heute Abend etwas länger und morgen früh dann gleich weiter. Bis morgen Nachmittag dürften wir dann 'ne kleine Präsentation und 'n Text haben.« David wunderte sich, wie leicht das Lügen ihm fiel. Seine Mutter lächelte ihn an. Aber sie wirkte nachdenklich. Als ob sie doch noch Argumente suchte, das Ganze hier stattfinden zu lassen. Darum stieß David den Alten unter dem Tisch noch einmal an, damit dieser sich wie geplant erwachsen und verantwortungsbewusst verhielt.

»Wissen Sie, Frau Gliehm, meine Enkelin hat inzwischen ja vermutlich bei uns zu Hause schon alles vorbereitet. Vielleicht geben sie uns einfach ein paar Pizzen mit und die können die Kinder sich dann später auch bei mir machen. Während ich dafür sorge, dass sie fleißig sind und nicht zu spät ins Bett gehen.«

Davids Mutter staunte, wie selbstständig das blinde Mädchen zu sein schien, wenn es ihr gelang, alles ganz allein vorzubereiten. Sie fand den Gedanken jedenfalls gut. »Ja, das klingt nach einer schönen Idee! Ich schau gleich mal, wie viel ich noch im Tiefkühler habe. Moment!«

David atmete innerlich auf. Und ahnte dabei, dass es seinem Vater, der bereits ungeduldig mit der Fernbedienung spielte, nicht anders erging.

»Und wenn der Junge Ärger macht, rufen sie einfach an und ich hol ihn wieder ab«, murmelte er ein Angebot, von dem David nicht sagen konnte, ob es ernst gemeint war oder nicht.

Während der alte Watanabe mühsam lächelte, kam Davids Mutter mit ein paar Tiefkühlpizzen auf dem Arm zurück.

»Na schaut doch mal, was ich hier habe!« Gerade wollte sie sie freudig emporrecken, als draußen die Straßenbeleuchtung erlosch.

Das Dunkel, das die Wohnung im nächsten Moment erfüllte, war kein gewöhnliches. Das allerdings bemerkten nur der alte Watanabe und David, dessen Eltern das Ganze bloß für einen Stromausfall hielten. Mit einem Mal änderte sich alles. Nicht nur das Gesprächsthema. Mit ernstem Blick nickte Ayumis Großvater David zu.

»Du weißt, was du zu tun hast. Hol Menga, den Flammenwerfer, das Benzin und die Gläser mit Nacht.«

Davids Vater, der aufgestanden war, um eine Taschenlampe zu holen, stutzte. »Wie? Was? Flammenwerfer?«, fragte er verstört.

»Das hat dann jetzt aber nichts mit Sozialkunde zu tun, oder?«, wollte Davids Mutter verunsichert wissen.

Nun jedoch hatte David nicht mehr die Zeit und auch nicht die Ruhe zum Lügen, und er klang beinahe etwas genervt als er seine Hände hob und seinen Eltern sehr bestimmt sagte: »Ma, Pa, hört mir zu. Es ist nicht immer leicht mit euch, aber ich hab euch wirklich gern. Sehr sogar. So sehr, dass ich wirklich ungern dabei zusehen würde, wenn ein Grantelschwarz oder so etwas euch verschlingt.«

»Das klang jetzt fast ein bisschen wie Ayumi ...«, murmelte Watanabe wie zu sich selbst.

»Ja, ist mir auch aufgefallen«, meinte David.

Unterdessen versuchte sein Vater die Taschenlampe einzuschalten. Doch es blieb völlig dunkel. Auch als er den Schalter ein weiteres Mal betätigte. Verwirrt starrte er auf das Erebos-Logo im Griff. Sonst hatte sie immer funktioniert.

David seufzte. »Ihr werdet es nicht verstehen, aber es wird vermutlich dunkel bleiben. Am besten setzt ihr euch irgendwo hin, wo ihr nicht im Weg seid, und Meister Watanabe und ich kümmern uns um alles.«

Mahnend meldete der Alte sich zu Wort. »Wir haben keine Zeit, Junge. Skadwa wird nicht lange brauchen, um mich in der Dunkelheit zu finden. Und dann wird er kommen, um mich zu holen. Wir sollten uns vorbereiten, solange wir es noch können.«

Ohne zu zögern, wandte David sich zum Gehen, während Ayumis Großvater bei seinen Eltern blieb.

Verwundert blickte sein Vater seine Mutter an. »Sag mal, Schatz, hatte der Junge nicht immer Angst vor der Dunkelheit?«

Statt seiner Mutter antwortete David selbst und schaute, während er bereits in der offenen Tür stand, über seine Schultern noch einmal zu seinen Eltern zurück. »Hatte er. Aber jetzt solltet besser ihr sie haben.«

KAPITEL XIX

IN DEM ES ZURÜCK AUF DIE INSEL GEHT, DAVIDS ELTERN AUF IHR ZIMMER GESCHICKT WERDEN UND DIE ACHTE DUNKELHEIT SICH ÜBER ALLES LEGT

Das Licht der Scheinwerfer reichte nicht so weit, wie es das normalerweise hätte tun sollen. Klandt musste sich gehörig Mühe geben, um dem hellen Band, das direkt vor dem wankenden Eiswagen trotzig aus dem Dunkel herausschimmerte, zu folgen.

»Wo fahren wir eigentlich hin?«, fragte er, während er das Lenkrad fest in der Hand hielt und von Zeit zu Zeit in den Rückspiegel schaute. Die Ungeheuer waren noch da. Weiter entfernt, aber immer noch da. Sie verfolgten den Wagen nach wie vor. Und es waren mehr geworden. Was nicht gut war. Weil die Tankanzeige längst im roten Bereich war. Was der Hausmeister, der sich seinen Nachtflammenwerfer schon mehr als einmal herbeigewünscht hatte, den anderen jedoch, um sie nicht zu beunruhigen, bewusst verschwieg.

Ayumi übersetzte seine Worte ins Nächtische und der Schattenvater murmelte: »Zurück zur Insel. Wo wir in Sicherheit sind. Zumindest solange der Wall hält.«

Ayumi übersetzte erneut für Klandt und drehte, während der Wagen durch das Dunkel rumpelte, wieder den Kopf in Richtung des Alten. »Ihr habt tatsächlich einen Schattenwall errichtet?« Sie pfiff staunend durch die Zähne. Ihr Großvater hatte ihr einmal von der Möglichkeit erzählt, einen solchen Wall zu schaffen, der für Kreaturen der Finsternis unüberwindlich war. Zumindest, solange sie den bekannten Arten des Dunkels entstammten.

»Oh ja, Mädchen. Das habe ich. Und das nicht zum ersten Mal in meinem Leben. Aber ich weiß nicht, ob er dieses Mal standhalten wird. Weil hier nichts so ist, wie es sein sollte«, entgegnete der Alte. Was Ayumi allerdings nicht übersetzte. Um Klandt nicht zu beunruhigen.

Doch die wechselseitigen Versuche sich gegenseitig nicht zu beunruhigen, verfehlten ihre Wirkung in dem Moment, als der Motor des Wagens zu stottern begann und er plötzlich langsamer wurde. Ayumi, die hier im Dunkel besser sah als die Sehenden, hob ihren Kopf und betrachtete über Klandts Arm hinweg die Anzeigen. »Das Benzin?«, fragte sie.

»Das Benzin.« Der Hausmeister nickte.

Und sie biss sich auf die Zunge, um nicht etwas zu sagen, das ihr Großvater nicht gutgeheißen hätte.

Sie blickte nach draußen. Das helle Band begann langsamer auf sie zuzukommen. Und die Horde der Finsterwärtigen schloss auf.

»Haben wir einen Ausweichplan?«, fragte sie auf Nächtisch.

»Nein. Nur den«, murmelte der Alte und wies zwischen den Vordersitzen hindurch auf den Strand der Insel, der in eben diesem Moment völlig unerwartet hinter einer kaum sichtbaren Mauer auftauchte, die aus einer anderen Dunkelheit als der Rest dieser Welt gemacht schien.

Der Motor röhrte ein letztes Mal, dann setzte der Wagen mit einem dumpfen Geräusch auf dem Strand auf und sie alle wurden gehörig durchgeschüttelt, während er noch ein kleines Stück weiterrollte und schließlich in einer Gruppe exotischer Büsche zum Stehen kam, wie Klandt sie noch nie gesehen hatte.

Und während Ayumi, R'hee, Klandt und der Schattenvater aus dem Wagen kletterten und von einigen Kriegern in Empfang genommen wurden, die am Strand bewaffnet Wache gehalten hatten, erreichten die ersten nachtwärtigen Kreaturen den Schattenwall …

Der Nachtwahrer sollte recht behalten. Der Dämmerflechter brauchte tatsächlich nicht lange, um ihn zu finden. Der alte Watanabe konnte deutlich seine Präsenz spüren, als er sich unten vor dem Haus und mitten auf der Straße manifestierte. Er schaute aus dem Fenster und sah, wie der Finsternis drei vollkommen verschiedenartige Schemen entstiegen, von denen er kaum hätte sagen können, welcher von ihnen der Bedrohlichste war. Die beinahe menschenähnliche schwarze Gestalt, der riesige formlose Schatten mit den klingenbewehrten Tentakelarmen oder das seltsame verzerrte Abbild eines riesigen Löwen, das mit grimmigem schwarzen Blick vor den anderen beiden auf- und ablief.

Neben Ayumis Großvater standen Davids Eltern, die

ebenfalls aus den Fenstern nach draußen starrten, dabei aber nichts außer völliger Dunkelheit wahrnahmen. Der Alte bedeutete den beiden, sich in einem der hinteren Räume zu verstecken. Davids Vater hob den Zeigefinger, als ob er etwas entgegnen wollte. Watanabe aber ließ ihn nicht und funkelte ihn stattdessen entschlossen an. »Das vorhin war kein Scherz. Der Grantelschwarz, von dem Ihr Sohn gesprochen hat. Ich habe ihn schon Menschen verschlingen sehen …« Und diese Worte sprach der Alte derart ernst aus, dass man nicht einmal auf den Gedanken gekommen wäre, ihm zu widersprechen.

Während Davids Eltern verunsichert in ihr Schlafzimmer trotteten, trat der alte Watanabe entschlossen nach draußen auf den Balkon. Aus den Fenstern der umliegenden Häuser sah er vereinzelt verwunderte Gesichter nach draußen blinzeln. Dann rief er, für alle Menschen um ihn herum unhörbar, auf Nächtisch hinab: »Ich habe auf dich gewartet, Dämmerflechter. Darauf, dass du aus deinem seltsamen Dunkel heraustrittst.«

»Gefällt es dir, Nachtwahrer?«, fragte Skadwa, dessen tiefe nächtische Stimme durch die undurchdringliche Schwärze dröhnte. »Es ist mein Meisterstück. Die Finsternis, die ich aus dem Inneren der Menschen herausgezerrt habe, um eine Welt aus Furcht und Neid und Zorn und Hass zu erschaffen, aus all den dunklen Gefühlen, die sie beherrschen. Immer schon. Die achte Dunkelheit. Ich habe sie befreit. Und ich nenne sie *Innernacht*.« Der Stolz des Dämmerflechters war nicht zu überhören.

Den alten Watanabe aber beeindruckten seine Worte

nicht. »Aus dem Unmut der Menschen wurde im Lauf der Jahrhunderte vieles geformt. Nichts davon war gut oder hatte Bestand. Und das meiste führte nur zu noch mehr Unmut.«

»Und eben daran ist mir gelegen. Ein Dunkel, das sich selber nährt. Immer weiter wächst. Weißt du, alter Mann, ich habe bereits eine ganze Welt daraus geschaffen. Eine Welt und *ihn* ...« Mit diesen Worten trat er beiseite und vollführte eine große Geste in Richtung des riesigen formlosen Unholds. »... den Dämmermahr! Das erste Geschöpf der achten Dunkelheit! Das mächtigste Wesen, das jemals der Finsternis entstieg!«

»Er ist hässlich, Skadwa. Hässlicher als ein schmerbäuchiger Dämmerunk.«

»Als ob du eine Schönheit wärst, alter Mann.«

»Und die Finsterklaue da? Wozu hast du die befreit, wenn du doch diesen mächtigen hässlichen Moloch hast?«

»Ich habe nicht nur sie, sondern auch die anderen beiden befreit. Alle Finsterklauen, die in der Welt verblieben sind. Diese hier beschützt mich. Eine andere meinen Palast. Und die letzte kümmert sich gerade weit weg von hier um deine Enkelin und ihre Freunde ...«

Im Gegensatz zu allem, was der Dämmerflechter zuvor gesagt hatte, trafen diese Worte den alten Watanabe bis ins Mark. Der Gedanke, Ayumi zu verlieren, war der schlimmste, den er sich vorstellen konnte. Und doch wollte er es sich nicht anmerken lassen. Das Wichtigste in diesem Moment war, dass er Zeit gewann, bis David und Menga auftauchten. Allein hatte er keine Chance. Gegen den

Dämmerflechter vielleicht. Aber niemals gegen ihn und seine beiden Ungetüme zusammen.

»Wenn ich dich frage, wo sie ist, wirst du mir vermutlich nicht antworten, oder?«

»Mit etwas Glück wirst du ihr bald begegnen, alter Mann. Du wärst sogar längst bei ihr, wenn du dich etwas mehr an die Traditionen gehalten hättest.«

»Das Amulett …«

»Ganz genau. Leg es ab, und du wirst gleich bei ihr sein. Tu es nicht, und der Dämmermahr wird es sich holen.«

»Und ich nehme an, dass du mir keine Bedenkzeit einräumst?«

»Es reicht, alter Mann. Wie lautet deine Entscheidung?« Skadwa war ungehalten. Womöglich spürte er sogar, dass etwas nicht stimmte. Dass der Alte ihn nur hinzuhalten versuchte. Und Watanabe merkte, dass er kurz davor war, den Bogen zu überspannen

»Ich denke, dann würde ich doch gern sehen, was dein hässlicher Unhold kann …«, rief er dem Dämmerflechter trotzig entgegen.

Dieser schnaubte vor Wut, als er dem Dämmermahr das Zeichen gab, sich den Alten zu holen. Wie eine Naturgewalt setzte das riesige Geschöpf sich, unsichtbar für die Augen der Menschen, in Bewegung. Inzwischen mehr als drei Meter groß, konnte er dem Alten auf dem Balkon beinahe in die Augen sehen, während er mit riesigen schweren Schritten auf das Haus zuwankte.

Von der grimmig dreinblickenden Finsterklaue umschlichen beobachtete Skadwa zufrieden, wie der Dämmermahr sich in die Fassade des Hauses krallte und zu klettern begann. Unter seinen Tentakeln begann das Mauerwerk zu bröckeln. Die neue Dunkelheit sickerte in die Welt und begann sie zu verändern.

Als sich im nächsten Augenblick schon der erste Tentakel des Monstrums um die Brüstung des Balkons schlang und Watanabe einen Schritt zurückwich, glaubte der Dämmerflechter bereits, gewonnen zu haben. Da aber kam aus dem Dunkel plötzlich etwas geflogen. Skadwa bemerkte es nur aus den Augenwinkeln. Es war kaum größer als eine Männerfaust, an deren Spitze eine kleine Flamme durch das Dunkel wirbelte. Verwundert wandte Skadwa den Kopf. Er ahnte nicht, was ein mit Benzin vermischtes Einmachglas voller Nacht mit einer brennenden Lunte anzurichten vermochte, geschweige denn, dass es Finsterwärtige verwunden konnte. Und ebenso wenig wusste es der Dämmermahr. Letzterer aber musste es in diesem Moment schnell und unter Schmerzen lernen. Das Glas zersprang auf seinem Rücken, im gleichen Moment flammte der Inhalt auf und verteilte sich lodernd über seinen Körper. Es waren mit Finsternis vermischte Flammen. Und plötzlich brannte der Koloss.

Mit einem für Menschen unhörbaren Aufschrei, der in den Ohren der nächtisch Begabten jedoch auf das Fürchterlichste widerhallte, lösten sich die Tentakel des Dämmermahrs und er stürzte zurück auf den Gehweg. Der Boden erbebte, Risse durchzogen die Gehwegplatten und selbst das Haus erzitterte einen Moment, in der unwirklichen Finsternis, in der sich die achte Dunkelheit mit der Realität mischte. Der Dämmermahr wälzte sich am Boden und ungläubig bemerkten die Nachbarn die brennende Finsternis am Fuß des Hauses. Und ebenso ungläubig sah der Dämmerflechter, wie David und Menga auf dem Rücken eines anderen riesigen nachtartigen Ungetüms aus dem Dunkel geritten kamen.

Ein Dunklon! Das größte Geschöpf der fünften Dunkelheit, eines der letzten, die Ayumis Großvater David noch hatte zeigen können und das wie eine Mischung aus Bison und Elefant wirkte. Ein riesiges behäbiges Geschöpf, dessen Rücken ohne Weiteres Platz für zwei groß gewachsene Männer bot. Oder auch einen Jungen und einen Riesen mit Flammenwerfer …

Der Dämmermahr wälzte sich noch immer brüllend am Boden. Das Nachtfeuer war beinahe verloschen, da schleuderte David bereits das nächste brennende Glas. Nun aber reagierte der Dämmerflechter blitzschnell. Er gab der Finsterklaue ein Zeichen, worauf diese zu einem mächtigen Sprung ansetzte und das Glas in der Luft fortstieß, sodass es zwischen den Fahrradständern des Nachbarhauses in einem Flammenball aufging.

Die Finsterklaue landete auf allen vieren, fuhr blitzschnell herum und taxierte die beiden Gestalten auf dem Rücken des riesigen finsteren Reittieres. David glaubte geradezu, den Hass in den Augen der Kreatur sehen zu können. Und selbst Menga, der ein mit Nacht getränktes Tuch um den Kopf gebunden hatte, glaubte ihn zu erkennen. Mit einem lautlosen Fauchen setzte die Bestie zu einem erneuten Sprung an. Menga zögerte bis zum letzten Moment. Dann riss er den Flammenwerfer empor, richtete ihn auf das Untier und betätigte den Abzug. An David vorbei schoss eine meterlange Flamme durch das Dunkel und ließ die Finsterklaue im Sprung aufjaulen. Sie stürzte zu Boden, wo sie sich, wie zuvor der Dämmermahr, verzweifelt wälzte, um die Flammen zu ersticken. Doch im gleichen Moment, als der Flammenwerfer verlosch, schleuderte David das nächste Glas brennender Nacht, das am Schädel der Finsterklaue zerbarst und selbst die Flammen noch in Flammen zu setzen schien.

Während der Dämmerflechter das Ganze argwöhnisch von der Straße aus verfolgte, beobachtete Ayumis Großvater alles vom Balkon aus. Im Gegensatz zu David und Menga, deren Aufmerksamkeit noch ganz der Finsterklaue galt, bemerkte er, wie der Dämmermahr sich nun, wieder völlig gelöscht, aufrichtete und sich zielstrebig in Richtung des Dunklons aufmachte.

»David, Menga, passt auf!«, schrie er eine nächtische Warnung ins Dunkel.

Skadwas Kopf fuhr herum. Er fixierte den Mahr, wies auf den Nachtwahrer und bellte einen knappen Befehl. Das riesige Monstrum drehte sich nur ein wenig zur Seite und vollführte mit zwei seiner Tentakel zugleich einen mächtigen Hieb von unten gegen den Balkon. Mit einer so ungeheuerlichen Wucht, dass er damit die Hälfte aus der Fassade riss, das Geländer auf der Straße aufschlug und Watanabe mit einem verwunderten Aufschrei abrutschte.

Da aber hatte der Dämmermahr sich schon wieder in Bewegung gesetzt. Dennoch waren der Junge und der Riese gewarnt! Die Finsterklaue brannte noch immer, ein formloser Schemen in der Nacht. David bereitete das nächste Glas mit Nachtfeuer vor und Menga hob den Flammenwerfer. Mit einem lauten Geräusch ergoss die Flamme sich in die Nacht. Verwirrt bemerkten nun auch einige Anwohner den riesigen Mann, der in Begleitung eines Jungen mit einem Flammenwerfer auf einem riesigen schwarzen Schemen hockte.

Der grelle Flammenstrahl traf die Brust des Dämmermahrs. Das Feuer vermischte sich mit der Finsternis seines Körpers. Der Unhold jaulte auf. Seine Schmerzen mussten unvorstellbar sein. Und doch stemmte er sich gegen die Flamme und hielt weiter auf das Reittier zu. Nach wie vor trafen die Flammen mit einem dumpfen Fauchen auf seine Brust, der Dämmermahr aber ließ sich nicht aufhalten. Mit einem zufriedenen Lächeln peitschte Skadwa den Unhold an.

Zwei große Schritte später war der Mahr, der inzwischen halb in Flammen stand, so nahe, dass seine Tentakel vorzuckten, sich um die Vorderbeine des Dunklon schlangen und es mit einem mächtigen Ruck von den Füßen rissen.

Dabei entglitt Menga, bevor er selbst das Gleichgewicht verlor, der Flammenwerfer. Dann stürzten er und David zu Boden, wobei zu allem Überfluss auch noch seine Augenbinde zerriss. Als die beiden im nächsten Moment aufschlugen, hatte das Dunklon bereits Feuer gefangen. Seine nächtischen Schmerzensschreie mischten sich mit dem wütenden Brüllen des Dämmermahrs.

Mühsam richtete das Reittier sich wieder auf und floh, während die Flammen langsam verloschen, in die Finsternis.

Benommen schüttelte Menga den Kopf und tastete am Boden nach der Augenbinde. Er wusste, dass er ohne sie als Uneingeweihter im Dunkel nicht sehen, geschweige denn zielen konnte.

David richtete sich langsam auf. Sein Kopf schmerzte. Direkt vor ihnen stand der flammende, tentakelbewehrte Unhold.

Er schien sich gerade auf die beiden stürzen zu wollen, als der Dämmerflechter ihm Einhalt gebot.

Langsam beruhigte sich der Mahr, nach und nach verloschen auch seine Flammen.

Skadwa bewegte sich an dem leblosen Körper der Finsterklaue und den Trümmern des Balkons vorbei langsam auf sie zu. Dabei warf er einen beiläufigen Blick auf den alten Watanabe, der zwischen Trümmern mit einem offenbar gebrochenen Bein, aus der Nase blutend und schwer atmend am Boden lag. Siegesgewiss lächelte der Dämmerflechter. Und dann stand er auch schon neben seinem riesigen Monstrum, von dessen schwarzem Leib dünne Rauchschwaden aufstiegen. Er betrachtete erst den verzweifelt am Boden herumkriechenden Riesen und dann den Jungen, der ihm trotzig entgegenstarrte.

»Du musst dieser Junge sein, den sich der Nachtwahrer

zum Schüler genommen hat, als sonst keiner mehr übrig war …«

Als David schwieg, setzte der Dämmerflechter noch einmal nach. »Du bist ein Freund seiner Enkelin, nicht wahr? Oder vielleicht sollte ich sagen, du warst es …« Kühl taxierte er den Jungen. »Aber das ist ja auch egal. Am Ende wird alles nur noch Dunkelheit sein. Dann gibt es kein Du oder Sie mehr darin. Nur noch Schwärze. Mein Reich, dessen Dunkel sich aus eurer Unzufriedenheit nährt.« Triumphierend funkelte er David an. Der aber sagte immer noch nichts, richtete sich langsam auf und blickte Skadwa entgegen, während dieser fortfuhr. »Armer Junge. Deine Freundin verloren, deinen Meister und deinen Riesen. Da bleibt nicht mehr viel, hm?«

Ohne eine Antwort zu geben, humpelte David auf die dunkle Gestalt zu. Verwundert wich Skadwa zwei Schritte zurück. Er verstand nicht, was in dem Jungen vor sich ging. Was ihn ein wenig beunruhigte. Auch wenn er nicht wusste, was er hätte fürchten sollen. Dennoch gab er dem Mahr einen Wink, dass er sich schützend vor ihn stellte. Wie in Zeitlupe hob der Junge den Kopf und blickte an dem Ungetüm empor. Um ihn herum waberten die klingenbesetzten Tentakelarme und von dem Ungetüm ging der stechend sonderbare Geruch verbrannter Schatten aus. Schweigend schloss David die Augen. Und Skadwa rief: »Du tust mir so leid, Junge. Alles ist dahin und es gibt keine Hoffnung. Ich verstehe, wie verzweifelt du bist. Wie traurig und wie zornig. Ich spüre deine Unzufriedenheit beinahe schon …«

Besuche unsere
Leseverrückt-Kanäle
www.thienemann-esslinger.de
DIE BESTEN
BÜCHER
FÜR DICH
THIENEMANN-ESSLINGER
Verlag GmbH

GEWINNSPIEL!

Wir verlosen jeden Monat **ein Buchpaket im Wert von 30,–€**. Zusätzlich nimmst du automatisch an unserem Jahresgewinnspiel teil und hast die Chance auf **einen tragbaren Bluetooth-Lautsprecher JBL Flip 4.**

Buchpaket

MONATSGEWINN

JAHRESGEWINN

ONLINE TEILNEHMEN

Trag dich einfach online unter

www.thienemann-esslinger.de/jubu2019 in das Formular ein und beantworte unsere Gewinnfrage. Viel Glück!

PER POST TEILNEHMEN

GEWINNFRAGE:
Wer bringt Amaia und ihre Brüder ins Reich der Toten in „Cassardim"?

Lösung

Vorname, Nachname

Geburtsdatum

Straße, Nr.

E-Mail

PLZ, Stadt

Unterschrift der Eltern/des Vormunds, wenn du unter 16 Jahre alt bist

○ **Ja, bitte sendet mir den kostenlosen Newsletter per E-Mail zu.**

Und so kannst du per Post teilnehmen: Ausgefüllten Gewinnspielcoupon auf eine Postkarte kleben und an folgende Adresse schicken: Thienemann-Esslinger Verlag GmbH, Blumenstraße 36, 70182 Stuttgart. Der Rechtsweg ist ausgeschlossen. Nähere Informationen zum Gewinnspiel findest du unter www.thienemann-esslinger.de/jubu2019. Einen Hinweis zum Datenschutz und zur Einwilligung für das Gewinnspiel findest du auf der Rückseite.

JB 2/19

»Wissen Sie was?«, flüsterte David leise, und Skadwa musste sehr genau hinhören, um ihn zu verstehen.

Doch das, was er sagte, kam aus vollstem Herzen. Weil er sich seinen Ängsten gestellt, weil er Ayumi gefunden hatte und Menschen, die an ihn glaubten. Weil seine Welt eine bessere geworden war. Weshalb er nun weiter flüsterte: »Ich bin nicht halb so unzufrieden, wie Sie vielleicht denken …«

Und mit diesen leisen Worten ließ er sich, einem Gefühl folgend, nach vorn fallen. Und wie schon zuvor im Nachtpalast bei Krigk nahm das Schwarz des Mahren den Jungen in sich auf. Langsam versank er in der Finsternis, die sich wabernd um ihn schloss.

Fassungslos beobachtete Skadwa, wie David zu einem Teil des Unholds und der Finsternis wurde. Dann begann er zu lachen. Es war ein lautes böses Lachen, das durch die düstere Straße hallte und jeden, der es hören konnte, schaudern ließ.

Der Dämmerflechter blickte sich um. Und sein Blick traf den des alten Watanabe, der verrenkt zwischen den Trümmern des Balkons lag und ungläubig das Gleiche wie er beobachtet hatte: wie David und der Dämmermahr miteinander verschmolzen waren.

KAPITEL XX

IN DEM DIE FINSTERNIS DEN SCHATTENWALL NIEDERREISST, DER DÄMMERFLECHTER LAUT LACHEND TRIUMPHIERT UND EIN AUTOUNFALL DAMIT ENDET, DASS PISTOLEN GEZOGEN WERDEN

Dem ersten Ansturm der Finsterwärtigen hatte der Schattenwall standgehalten. Doch schon jetzt wurde deutlich, dass es nicht lange gut gehen würde. Weil der Wall, kaum dass die Welle der Kreaturen mit voller Wucht hineinkrachte, eine solche Erschütterung erfuhr, dass nicht nur ein Ruck durch die Insel zu gehen schien, sondern jener Wall auch noch Risse bekam, durch die die Dunkelheit von außen hindurchzusickern begann.

Beunruhigt beobachteten Ayumi, R'hee, Klandt und der Schattenvater vom Strand aus, wie die Kreaturen sich jenseits der Mauer für einen neuen Ansturm sammelten. Das halbe Dutzend Stammeskrieger, ihre Speere mit geschliffenen Dämmerscherben bestückt und vor den Augen Tücher mit Nacht, war ebenso besorgt. Der Gedanke, es in wenigen Augenblicken mit einer Übermacht tobender Kreaturen der Finsternis aufnehmen zu müssen, behagte ihnen gar nicht. Zumal sie längst begriffen hatten, dass dies ein anderes Dunkel, ein gefährlicheres war, als das, das sie kannten.

Klandt, dem der Schattenvater, obwohl der Hausmeister im Dunkel einiges aus eigener Kraft zu sehen vermochte, sicherheitshalber ebenfalls ein mit Nacht getränktes Tuch angelegt hatte, hob seinen Zeigefinger und wies in Richtung der zornigen Schattenrotte. »Was zum Geier ist denn das?«

Der Blick des Schattenvaters folgte seinem Fingerzeig. Und als er dem Hausmeister antwortete, klang seine Stimme seltsam tonlos. »Eine Finsterklaue. Eines der gefährlichsten Geschöpfe der sechsten Art.«

»Das ist wieder einer der Namen, die mir kein gutes Gefühl machen. Aber was tut dieses Finsterding da? Es sieht beinahe aus, als ob es den anderen Befehle gibt ...«

»Ich fürchte, genau das tut sie. Sie ist vermutlich geschickt worden, um den Angriff anzuführen.«

»Geschickt?«, fragte Ayumi stirnrunzelnd.

Die Stimme des Schattenvaters klang müde, als er antwortete. »Vom Dämmerflechter. Der einen weiteren Meister endgültig aus dem Weg räumen will.«

Tatsächlich wirkte es, als ob die Finsterklaue die Reihen der Schattenhaften abschritt, Anweisungen gab. Und als ob sie diesen sogar Folge leisteten.

Bolge, Finsterlinge und Dachse, selbst Grantelschwarze sammelten sich in Gruppen.

»Sie werden den Wall in Wellen stürmen. Wie ein lebender Rammbock«, murmelte Klandt. »Und nach dem, was ihr erster Ansturm ausgelöst hat, wage ich zu behaupten, dass das Ding nicht lange standhalten wird.«

Jenseits des Schattenwalls formierte sich die erste Gruppe Ungeheuer.

Auf einen Wink des schattenhaften Riesenlöwen stürmten sie, Kopf voran, mit voller Wucht in den Schattenwall.

Wieder ging ein leichtes Beben durch die Insel. Die Risse im Wall wurden größer. Und kaum dass die erste Angriffswelle sich zurückzog, brachte die Finsterklaue die nächste in Stellung.

Die Besorgnis in den Augen des Schattenvaters war nicht zu übersehen.

Dennoch war es Klandt, der zunächst noch einmal das Wort ergriff. »Wenn sie durchbrechen, werden wir ihnen hier auf dem Strand nicht lange trotzen können. Gibt es einen Ort auf dieser Insel, der sich besser verteidigen lässt?«

Der nächste Ansturm der Schattenhaften ließ die Insel erzittern. Der Wall begann zu bröckeln.

Und der Schattenvater antwortete dem Hausmeister: »Die Höhlen. Der Ort, wo alles angefangen hat. Wo wir die Frauen und Kinder versteckt haben. Der Eingang kann mit ein paar Männern eine Zeit lang gehalten werden.«

»Gut, dann sollten wir uns in die Höhlen zurückziehen. Jetzt. So schnell wie möglich.«

Als eine weitere Welle dunkler Leiber in den Wall krachte, sammelte sich die kleine Gruppe Menschen, um den Strand geschlossen zu verlassen. Gefolgt von den Kriegern ging der Schattenvater voran. Er, R'hee und Ayumi waren bereits im dichten Urwald verschwunden, als der nächste Angriff den Schattenwall zerriss und eine Welle tiefschwarzer Klauen und Zähne sich auf den Strand ergoss. Zwischen den Ungetümen hindurch drängte die Finsterklaue nach vorn. Den schwarzen Blick starr auf die Fliehenden gerichtet, hetzte sie ihnen nach. Und während sich auch der Rest der dunklen Welle aus finsteren Leibern in Bewegung setzte, schrie der Hausmeister den anderen zu: »Lauft! Verdammt noch eins, lauft!«

Alle begannen zu rennen.

Und sie wurden noch schneller, als hinter ihnen die ersten verzweifelten Schreie der Krieger erklangen.

»Nun, alter Mann? Hast du noch etwas zu sagen?« Triumphierend baute der Dämmerflechter sich vor dem alten Watanabe auf und schaute kurz zu den aus der Wand ragenden Resten des Balkons empor. Im Hintergrund begann der Körper der Finsterklaue sich langsam aufzulösen und mit dem sie umgebenden Dunkel zu vermischen. Einige Meter entfernt hob Menga, der seine Augenbinde noch immer nicht gefunden hatte, den Nachtflammenwerfer vom Boden. Skadwa lachte leise auf und gab dem Dämmermahr ein Zeichen, worauf dieser den Riesen mit einem wuchtigen Hieb bewusstlos schlug und er leblos zu Boden fiel.

Dann wandte der Dämmerflechter sich wieder dem Nachtwahrer zu und musterte ihn verächtlich. Da lag er. Zwischen Trümmern und Schutt. Kuro Watanabe. Der mächtige Nachtzähmer. Verrenkt. Besiegt. Sein Bein war übersät von Prellungen und kleinen Wunden. Womöglich war es sogar gebrochen.

»Was sollte ich sagen …«, hustete der alte Mann unter Schmerzen.

Mit dem Fuß schob Skadwa beiläufig einige Steine beiseite und winkte den Dämmermahr heran, der mit behäbigen Schritten, von finsteren Tentakeln umwogt, langsam näher kam.

»Ich dachte nur, weil es doch deine letzten Worte sein werden …«

Ayumis Großvater atmete schwer. Alles tat ihm weh. Womöglich hatte er sich beim Sturz auch noch ein paar Rippen gebrochen. Er blinzelte ins Dunkel und sah die riesige Gestalt des Mahren, die sich im Dunkel hinter Skadwa aufbaute.

»Was … was hast du vor?«, fragte der Alte, dem das Sprechen sichtlich schwerfiel.

»Ich werde herrschen, alter Mann. Über die Dunkelheit, die Welt. Und beides wird eines sein.«

»Und was wird aus den Menschen? In deiner neuen Dunkelheit?«

Der Dämmerflechter, dessen Silhouette in diesem Moment auf eigentümliche Weise mit der des Mahren eins zu werden schien, zuckte mit den Schultern.

»Das wird sich zeigen. Ich denke, sie werden sich verändern. Wenn ihr eigenes Dunkel sie erst umgibt und zugleich in ihnen ist. So oder so, wird die Dunkelheit die Welt regieren. Und ich bin es, der die Dunkelheit regiert.«

Der alte Watanabe schloss die Augen und atmete, begleitet von einem rasselnden Geräusch, tief ein. Er dachte an seine Enkelin. Ayumi. An David. An die Freude, die er empfunden hatte, als die beiden gemeinsam mit ihm im Keller des fensterlosen Hauses gelernt hatten. Er hatte in ihnen bereits eine neue Generation Nachtzähmer gesehen, die gemeinsam mit Krigk und R'hee eines Tages womöglich ... Tränen traten unter seinen geschlossenen Augenlidern hervor.

Skadwa schmunzelte und stieß Watanabe mit dem Fuß an. »Na, na, na. Du wirst doch jetzt auf den letzten Metern nicht noch sentimental werden, alter Mann?«

Mühsam hob der Nachtwahrer seine Lider. Seine Augen hinter der dunklen Brille, in der ein schmaler Sprung klaffte, schienen beinahe leer. Als ob alle Hoffnung daraus verschwunden war.

Was immer der Dämmerflechter vorhatte, was immer auch geschah, er würde ihn nicht aufhalten können.

Und doch schämte er sich der Tränen nicht, die ihm über die Wangen liefen, als er Skadwa trotzig entgegenfunkelte, während dieser weitersprach: »Aber das spielt jetzt auch keine Rolle mehr. Du und der Schattenvater, ihr werdet all das nicht mehr miterleben. Die Gefahr ist zu groß, dass ihr die achte Dunkelheit irgendwann ebenfalls verstehen und beherrschen lernt. Du verstehst sicher, dass ich euch nicht am Leben lassen kann, nicht wahr?«

Fassungslos schüttelte der Alte den Kopf. Skadwa gab dem Dämmermahr das Zeichen, ihm den Garaus zu machen. Bedrohlich hob das schwarze Ungetüm seine finsteren Tentakel.

Seufzend senkte Watanabe den Kopf, als er plötzlich aus dem Augenwinkel einen Tentakel des Dämmermahrs bemerkte, der von einem Moment auf den anderen wie erstarrt schien. Als ob er in der Luft festgefroren wäre. Müde wandte er den Kopf und blinzelte, während der Dämmerflechter ihn noch immer triumphierend anstarrte, ungläubig in die Dunkelheit. Alle Tentakel des Unholds waren mit einem Mal erstarrt. Und von einem Moment auf den anderen begannen sie sich aufzulösen. Watanabe stutzte kurz. Dann musste er lächeln. Verstört bemerkte der Dämmerflechter die Veränderung in seinem Gesicht, den auf den Mahr gerichteten Blick des Alten und drehte sich langsam zu seinem Ungeheuer herum.

Und entsetzt musste er mit ansehen, was damit vor sich ging. Wie der riesige Dämmermahr zusammenbrach, völlig reglos verharrte und sich von außen nach innen hin langsam aufzulösen begann. Skadwas Augen weiteten sich vor Schreck. *Das konnte unmöglich wahr sein!*

Langsam löste der Körper des Ungetüms sich in Nichts auf und vermischte sich mit dem Dunkel. Vor den Augen des Dämmerflechters schrumpfte seine Schöpfung, wurde kleiner, schmolz. Fassungslos beobachtete er, wie erst der Kopf und dann die Schultern in der Finsternis verschwanden und der Dämmermahr sich mehr und mehr verflüchtigte.

Skadwa begriff ebenso wenig wie Watanabe, was hier eigentlich passierte, und keiner von beiden hätte mit dem gerechnet, was als Nächstes geschah. Dass im Inneren des Körpers nach und nach etwas sichtbar wurde.

Vor ihrer beider Augen knieten, zitternd und einander im Arm haltend, David und Krigk, von denen das langsam schwindende Dunkel zäh herabtroff. Verwirrt blinzelten die Jungen die beiden Männer an.

Reglos stand Skadwa dort. Der alte Watanabe lachte müde. Beinahe im gleichen Moment tauchte Menga aus dem Dunkel auf. Eine riesige Beule auf der Stirn, zornig den Flammenwerfer im Anschlag, brüllte er, so laut es ging: »Zur Seite!«

David reagierte beinahe gleich, er griff nach Krigks Schulter und warf sich mit ihm zu Boden, lachend lehnte Ayumis Großvater sich zurück und dann wurde Skadwa von einer grellen Stichflamme ergriffen.

Im Gegensatz zu der Finsterklaue und seinem Mahr brannte er nicht lichterloh, sondern löste sich einfach gleich in Dunkelheit auf. Dünne finstere Schwaden, die in die lichtlose Luft entwichen und sich binnen weniger Augenblicke in reines schwarzes Nichts verwandelten.

Als Erstes kümmerte Menga sich um die Jungen. Dann griff er Ayumis Großvater unter die Arme und half ihm, sich aufzurichten. »Und jetzt?«, wollte er wissen.

»Sollten wir herausfinden, wo Ayumi und die anderen sind. Und sie dort rausholen.«

»Klingt nach einem Plan«, entgegnete Menga, während er seinen leeren Gürtel begutachtete. Kurz darauf hob er den Kopf und blickte sich verwundert um. »Ich dachte, wir hätten ihn besiegt. Warum ist es noch immer dunkel?«

»Weil da noch jemand anders die Finger im Spiel hat«, murmelte Watanabe.

»Der Graf«, flüsterte David, der langsam wieder zur Besinnung kam.

Menga blickte ihn nachdenklich an. »Gut. Dann heißt unser Ziel also Erebos Industries.«

Ayumis Großvater nickte schwach. »Ja. Aber hol bitte den Wagen. Ich glaube nicht, dass ich jetzt ein Dunklon reiten könnte …«

Im hinteren Teil der Höhlen brannten kleine Feuer, an denen die Frauen und Kinder des Dorfes sich wärmten.

Während die verbliebenen Krieger sich im Eingangsbereich in Stellung brachten und eine zweireihige Speerphalanx bildeten, betrachtete Klandt im spärlichen Widerschein der Fackeln die Malereien an den Wänden. Der Schattenvater blickte sich um. Das unruhige, aus den Höhlen dringende Licht war ungewohnt. Jahrhundertelang hatte hier unten allenfalls ein Notfeuer gebrannt. Hier unten hatten, verborgen vor den Menschen, vor allem Schatten gewohnt. Jetzt war es plötzlich umgekehrt. Aber für solche Gedanken war keine Zeit. Auf dem Weg hierher hatten sie drei Männer verloren. Das schwächte ihre kleine Gruppe merklich.

Hinter seinem Rücken erklärte R'hee Ayumi gerade die verschiedenen Höhlen, wofür diese ihr im Gegenzug von den Kellern des fensterlosen Hauses erzählte, deren Aufbau dem der Höhlen sehr ähnlich war.

»Das ist unglaublich. Wunderschön«, murmelte der Hausmeister, der die meisten Kreaturen, die vor langer Zeit schon an die Wände dieser Höhlen gezeichnet worden waren, wiedererkannte. Weil er sie im Dunkeln gesehen hatte. Viele davon hatte er gefürchtet. Bis er gelernt hatte, mit ihnen umzugehen. Sich mit ihnen zu arrangieren. Auf seine Art. Und jetzt wusste er, dass es Männer wie Ayumis

Großvater und diesen Alten gab. Nachtzähmer, die die Gesetze der Dunkelheit kannten und lehrten.

Bevor er diesen Gedanken aber fortführen konnte, erklangen vom Eingang her die aufgeregten Rufe der Krieger.

Die Nachtwärtigen hatten die Höhle erreicht.

Tatsächlich ermöglichte es ihnen die Enge des Ganges, den Ansturm der Geschöpfe zu bremsen und sich zu verteidigen. Zumindest eine Zeit lang würde das funktionieren. Aus dem Inneren konnte der Schattenvater erkennen, wie die Finsterklaue draußen vor der Höhle noch immer die Angriffswellen der Geschöpfe koordinierte. Wie das Untier kleine Gruppen aufteilte, die es eine nach der anderen in die Höhle hetzte. Schattenbolge und Dunkeldachse, die sich, von den Dämmerscherbenspeerspitzen verwundet, in dünne Schwaden Finsternis auflösten. Dann folgte auch schon die nächste Welle.

Und mit jedem Ansturm schwächten die Kreaturen die Stammeskrieger mehr. Es war nur eine Frage der Zeit, bis zunächst die erste und daraufhin die zweite Reihe einknickte. Dann würden die Nachtwärtigen die Höhle fluten. Und der Schattenvater wollte sich gar nicht vorstellen, was geschah.

Der Hausmeister drehte den Kopf und folgte mit den Augen dem besorgten Blick des Alten. Er sah die Krieger, die sich mit verbissenen Mienen gegen die herantobenden Kreaturen zur Wehr setzten. Die ersten brachen bereits geschwächt zusammen. Auch Klandt war bewusst, dass sie nicht lange standhalten würden.

»Die Höhle«, wandte er sich an den Alten und bedeutete

Ayumi hektisch, seine Worte ins Nächtische zu übersetzen. »Hat sie noch einen anderen Ausgang?«

Der Schattenvater schlug die Augen nieder und schüttelte den Kopf.

Unter dem nächsten Ansturm einer wilden Horde Grantelschwarze brach ein weiterer Speerträger zusammen. Damit war ihre erste Verteidigungsreihe nun komplett weggebrochen. Aus dem Inneren der Höhlen drangen die Stimmen von Müttern, die beruhigend auf ihre ängstlichen Kinder einredeten.

Als nun die nächste Rotte Finsterwärtiger in die Speerphalanx krachte, nahmen R'hee und Ayumi einander in den Arm. In dieser Höhle wirkte das kleine Mädchen in Schwarz mit ihrer Sonnenbrille beinahe wie eine Außerirdische.

Klandt richtete sich auf. Er atmete tief durch, schaute von den letzten verbliebenen Kriegern zum Schattenvater und den beiden Mädchen hinüber.

Dann krempelte er seine Ärmel hoch, zog sich die mit Nacht getränkte Binde vor die Augen und stapfte zum Höhleneingang hinüber.

Draußen machten sich einige Dunkeldachse bereit zu stürmen. Hinter ihnen stand die Finsterklaue, die den Höhleneingang nicht aus den Augen ließ. In diesem Moment wirkten der Hausmeister und die Finsterklaue, er hinter einer Reihe Speerträger, sie hinter einer Reihe Dunkeldachse, beinahe wie Spiegelbilder.

Doch noch bevor die Dachse sich im Dunkel in Bewegung setzen konnten, schob Klandt plötzlich von hinten die Krieger beiseite, trat in den Gang, schob die Finger in den Mund und stieß einen grellen Pfiff aus, der die Finsterklaue zusammenfahren ließ. Im nächsten Augenblick setzte sie sich mit geschmeidigen Schritten in Bewegung, schob sich durch die Gruppe der Dachse, näherte sich, ihre Augen starr auf die des Hausmeisters gerichtet, gravitätisch langsam dem Eingang.

Klandt schluckte, er streckte beide Hände weit von sich, vollführte langsame, ruhige Bewegungen und raunte den anderen, ohne sich umzuwenden, zu: »Los. Verschwindet. Ab in die Höhle. Ich weiß noch nicht, wie das hier ausgeht. Aber für den Fall, dass es schiefgeht, möchte ich nicht, dass ihr dabei zusehen müsst.«

Der alte Volvo donnerte durch die leeren Straßen einer finsteren Stadt.

Das Licht der Scheinwerfer reichte kaum zwei Meter weit. Dann wurde es von dem gleichen Dunkel verschlungen, das auch alles andere verschlang. Einem fremden merkwürdigen Dunkel, das die Welt veränderte.

Der alte Watanabe, der sich von seinem Sturz erstaunlich schnell erholt und offenbar keine ernsthaften Verletzungen davongetragen hatte, fuhr schneller als erlaubt und starrte konzentriert vor sich auf die Straße.

Menga saß auf dem Beifahrersitz und blickte ungläubig hinaus ins Dunkel. Dank des Nachttuches vor seinen Augen vermochte er zu sehen, dass die Nacht um sie herum in Bewegung war. Überall in der Finsternis regten sich Kreaturen, schlichen, hetzten, sprangen umher. Einige kaum größer als eine Männerfaust, andere riesig wie das Dunklon, auf dem sie geritten waren. Es waren Hunderte, Tausende womöglich, die, unsichtbar für die Menschen, um die Häuser streiften und die Nacht mit einem sonderbaren Leben erfüllten. Die meisten dieser Geschöpfe kannte er aus Erzählungen des Schattenvaters. Einige von ihnen hatte er daheim auf der Wand in den Höhlen auf Whaku sogar gesehen. Aber hier, in der Stadt, inmitten der Zivilisation, wirkten sie geradezu unwirklich. Wie die Ahnung einer alten Magie, die unbemerkt von den meisten immer schon existiert hatte.

Krigk saß in sich zusammengesunken auf der Rückbank und starrte vor sich hin. In Gedanken war er noch immer im Dämmermahr gefangen. Er begriff nicht, was um ihn herum geschah, und das Dunkel in seinem Inneren lichtete sich nur langsam.

Neben ihm hatte David den Karton mit den beiden Schattenhamstern, den er unbedingt hatte mitnehmen wollen, auf den Schoß genommen und blickte versonnen hinein. Ineinandergekuschelt schliefen Rocky und Tinkerbell am Boden des Kartons. Obwohl sie völlig verschieden waren, schienen sie sich prächtig miteinander zu verstehen. Auch wenn er wohl nie mit ihr zusammen in die Sonne blinzeln und nie das sehen würde, was sie sah. Aber das war kein Hindernis. Ebensowenig wie bei David und Ayumi. Er seufzte schwermütig, hoffte, dass ihr nichts passiert war. Dass sie sie bald fanden. Zurückholten. Und er nahm sich sogar vor, ihr dann etwas zu sagen. Vielleicht zumindest.

Es war die Stimme ihres Großvaters, die David schließlich aus seinen Gedanken riss. »Wir müssen einen Weg finden, diese Dunkelheit zu beenden«, sagte er laut.

»Wir müssen vor allem Ayumi und die anderen finden!«, empörte David sich auf dem Rücksitz.

Der alte Watanabe versuchte ihn zu beschwichtigen. »Das auch. Aber zunächst müssen wir diese Finsternis besiegen. Spürst du es nicht? Wie es dort draußen mit jeder Minute dunkler wird? Wenn wir dem nicht Einhalt gebieten, wird die Sonne womöglich nie wieder aufgehen ...«

»Dann sollten wir uns beeilen«, drängte David.

Ayumis Großvater lächelte, drückte das Gaspedal noch ein wenig mehr durch und folgte dem Licht seiner Scheinwerfer noch ein wenig schneller. Und jetzt war es Menga, der den Blick von den Kreaturen der Dunkelheit losriss und sagte: »Wenn dieser Graf also tatsächlich die Lampen kontrolliert und sie wissentlich abgeschaltet hat, damit der Dämmerflechter sich Euch holen kann, dann stecken die beiden unter einer Decke?« Der Hüne wusste über die neue Beleuchtung der Stadt nur das, was in den Medien zu sehen war. Fernsehen und Zeitung. Der Graf als Wohltäter, Erebos Industries als Retter. Weil sie das Licht brachten, das Verbrechen in der Dunkelheit unmöglich machte. Zumindest war es den Menschen dort draußen so verkauft worden. Bis das rettende Licht verloschen war ...

Der Alte nickte nachdenklich, den Blick unablässig auf die Straße gerichtet. »Ja. Die beiden scheinen Verbündete, oder zumindest so etwas Ähnliches ...«

»Was meint Ihr damit, Meister Watanabe?«, fragte

Menga, der sich insgeheim gewünscht hätte, für seinen Flammenwerfer noch ein paar Gläser mit Nacht übrig zu haben.

»Weißt du, ich habe auch schon über die beiden nachgedacht. Sie scheinen sehr viel Zeit auf ihren Plan verwendet zu haben. Erebos Industries ist schließlich nicht immer das riesige internationale Unternehmen gewesen, das es heute ist. Das hat Jahre gedauert. Jahrzehnte. Was für einen groß angelegten Plan spricht ...«

»Jahrzehnte? Ernsthaft?« Menga staunte. Er war schließlich selbst Teil eines Planes gewesen, der aber allenfalls einen Bruchteil dieser Zeit in Anspruch genommen hatte. Und was das für die Beziehung Skadwas und des Grafen bedeutete, konnte er nur ahnen.

»Vorsicht!«, schrie David plötzlich von der Rückbank.

Beinahe im gleichen Moment trat Ayumis Großvater auf die Bremse.

Auch er hatte die riesige schwarze Limousine gesehen, die von rechts im Schritttempo auf die Kreuzung gefahren war. Doch der Vollbremsung zum Trotz konnte er nicht verhindern, dass der Volvo seitwärts in den fremden Wagen krachte. Während der alte Watanabe angeschnallt war, wurden Menga, David und Krigk nach vorn geschleudert. Geistesgegenwärtig hielt David, bevor er gegen Watanabes Kopfstütze knallte, noch die Hand über den Karton.

Menga traf es nicht ganz so gut. Weil sich vor ihm anstelle einer Kopfstütze die Windschutzscheibe befand. Schmerzerfüllt schrie er auf, zerrte sich das Tuch vom Gesicht, hielt sich den Kopf und stieß Schimpfwörter in der

Sprache seines Stammes aus, die David sogar erröten ließen, obwohl er sie nicht verstand.

Während Ayumis Großvater benommen den Kopf schüttelte, Menga noch immer fluchend die anschwellende Beule auf seiner Stirn abtastete, David beruhigend auf die beiden durcheinandergewirbelten Schattenhamster einredete und Krigk noch immer nicht recht bei Sinnen war, öffneten sich plötzlich die Türen der Limousine. Zwei Anzugträger sprangen heraus und zogen Pistolen unter ihren Jacketts hervor. Sie richteten sie auf Menga und Watanabe, bellten dabei einige knappe Befehle, während David durch die offene Hintertür auf dem Rücksitz des fremden Wagens den Innenminister zu erkennen glaubte.

Die Personenschützer zerrten den Alten und den Hünen aus dem Wagen. Was seltsam wirkte, weil sie beide einen guten Kopf kleiner waren als Menga. Der allerdings ein wenig angeschlagen war. Außerdem war offensichtlich, dass sie mit ihren Waffen umgehen konnten. Während seine Freunde ausstiegen und sich flach auf den Asphalt legen mussten, bemerkte David über ihnen das aus der Dunkelheit hervorleuchtende Erebos-Logo auf dem Turm der Fabrik.

Zumindest waren sie so gut wie da. Wenn auch nicht ganz so wie geplant.

Die Bodyguards des Ministers schrien noch immer. Menga und der Alte legten die Hände über den Kopf. David sah, wie einer der Leibwächter sich ihm zuwendete und ihn anbrüllte. Als er ihn aus dem Wagen winkte, leistete David sofort Folge. Allerdings nicht ohne den Karton mitzunehmen. Was den Mann offenbar ebenso irritierte, wie Krigk, der völlig abwesend auf der Rückbank des Volvos kauerte.

Verwirrt blickte der Personenschützer erst seinen Kollegen an, dann wieder zu David zurück und richtete die Waffe auf ihn. »Der Karton! Runter damit!«

David schüttelte den Kopf. »Das kann ich nicht. Weil sie dann sicher weglaufen.«

Das war eine Aussage, die die Verwirrung seines Gegenübers nicht schmälerte.

»Stell ihn ab! Ganz langsam!«

»Das kann ich nicht. Tinkerbell gehört ja nicht mal mir. Und Rocky eigentlich auch nicht. Ich mein, wenn die abhauen, finden wir die nie wieder!«

»Tu, was ich sage, Junge! Sofort!«, blaffte der Leibwächter ihn an.

Eingeschüchtert ging David langsam in die Hocke und fragte kleinlaut: »Aber auf Ihre Verantwortung. Sie kennen sich ja schließlich mit Schattenhamstern nicht so aus.«

Dem Mann war anzusehen, dass das Verhalten des Jungen ihn sichtlich verunsicherte. Inzwischen war auch der Minister aufmerksam geworden und lugte vorsichtig aus dem Wagen.

Und jetzt erkannte ihn auch Ayumis Großvater. »Herr Minister! Gut, dass wir Sie treffen!«

Jetzt war der Angesprochene an der Reihe, verwundert zu sein. Und der alte Watanabe fuhr schnell fort, bevor irgendjemand ihm den Mund verbot oder der Mann wieder im Wagen verschwand. »Sie und Ihre Leibwächter werden uns sicher behilflich sein können, wenn wir zum Grafen wollen!«

Damit hatte er die volle Aufmerksamkeit des Ministers, den nun selbst seine Leibwächter nicht davon abhalten konnten, auszusteigen, stirnrunzelnd die kleine Gruppe aus dem Volvo zu betrachten und dann auf den Turm zu weisen.

»Sie ... Sie wollen also auch zu Jan Graf Erebos?«, fragte er Watanabe. »Warum genau, wenn ich fragen darf?« Er konnte seine Neugier nicht verhehlen. Hinter ihm tauchte Molchert in der offenen Wagentür auf.

»Herr Minister! Steigen Sie wieder ein! Hier ist es nicht sicher!«

Der Angesprochene aber winkte ab, während Watanabe vom Boden aus in Richtung des Turmes nickte.

»Oh! Weniger sicher, als Sie denken. Weil ein neues Dunkel sich erhebt. Und eben darum sollten wir so schnell wie möglich dort hoch, um das Ganze zu beenden.«

»Weil das Dunkel sich erhebt?«, fragte der Minister und hob eine Braue, während Molchert ihn wieder in den Wagen zu zerren versuchte.

»Sie werden gleich verstehen, was ich meine. Lassen Sie mich Ihnen nur kurz etwas zeigen.«

Weder die Leibwächter noch Molchert hatten ein gutes Gefühl dabei, als ihr Vorgesetzter den alten Mann aufstehen und zu dem Hünen hinübergehen ließ, dem er eine faserige Stoffbinde abnahm, um sie dem Minister zu überreichen. Dieser zögerte einen Augenblick, legte sie dann aber den Anweisungen Watanabes folgend vorsichtig an.

»Ach, du lieber Himmel!«, entfuhr es ihm.

Und Menga, der Alte und David wussten sehr genau, weshalb. Weil er sie jetzt sah. Die Horden von Dimmlingen, Schemenschnablern, Grantelschwarzen und Schattenkeimlingen. Dunklons, Zwielichtlinge, Schattenbolgs und umherschwirrende Nachtwanzen und Dämmerflügler.

Während der Minister sich ungläubig einmal um seine eigene Achse drehte, entglitten ihm langsam die Gesichtszüge. Und sie alle wussten, dass er ihnen jetzt nichts mehr abschlagen konnte und dass er und seine Bodyguards ihnen zur Seite stehen würden, wenn sie den Grafen in seinem Turmzimmer stellten.

KAPITEL XXI

IN DEM DER EREBOS-TURM VON SELTSAMEN VERBÜNDETEN ERKLOMMEN, EIN SCHATTENHAMSTER MIT DEM TODE BEDROHT UND EIN LEERES GELÄNDE SCHLIESSLICH OPTIMAL GENUTZT WIRD

Das Innere des Erebos-Werkes lag im spärlichen Licht der Notbeleuchtung. Dabei waren die Fabrikgebäude zu diesem Zeitpunkt mit großer Sicherheit die einzigen in der Stadt, in denen überhaupt noch Licht brannte. Ein Gedanke, der den alten Watanabe erschaudern ließ. Weil es ein Machtbeweis war, mit dem der Graf zeigte, dass er der Einzige war, der der achten Dunkelheit zu trotzen vermochte. Die Hallen, die die kleine Gruppe im dämmerigen Schein der Notlampen durchquerte und in denen alle Fließbänder und Anlagen stillstanden, wirkten wie ausgestorben. Sie hatten nichts mehr von der Pracht des ersten Praktikumstages, als der Graf hier drinnen seine Show abgezogen hatte, an die David sich noch genau erinnerte. Zugleich waren auch die Fließbänder leer. Weit und breit war niemand zu sehen, der in einem weißen Overall gebeugt und mit leerem Blick über einem Fließband stand, das von einem Ende der Halle zum anderen reichte. Doch selbst verlassen waren die Räume, Hallen, Gänge und Flure von Erebos Industries noch derart beeindruckend, dass auch sie die Macht des Grafen erahnen ließen …

Es war, als ob David, Krigk, Menga und Ayumis Großvater zusammen mit dem Minister und seinen Leuten eine fremde Welt durchschritten.

Der alte Watanabe musste Krigk, der noch immer nicht in der Wirklichkeit angekommen war, führen. Dabei wurde die kleine Gruppe, nicht zuletzt, weil der Minister etwas Druck ausgeübt hatte, von zwei Erebos-Sicherheitsmännern begleitet, deren Chipkarten ihnen alle Türen öffneten und deren Schritte zusammen mit den ihren gespenstisch von den Wänden widerhallten.

Der Weg durch die Anlage verlief ohne nennenswerte Probleme. Was zum einen an der Anwesenheit des Ministers und zum anderen an Menga lag. Weil es zwei Arten von Sicherheitsleuten bei Erebos gab: Auch wenn sie alle der apathisch dreinblickende barfüßige Junge, den ein kleiner alter Mann an der Hand führte, irritierte, ließen die einen sich doch von einem führenden Mitarbeiter der Regierung und die anderen von einem riesigen Hünen mit Flammenwerfer beeindrucken.

Mit diesen beiden Trümpfen gelangten sie ohne größere Problem von einem Ende des Werkes zum anderen, sodass sie zwanzig Minuten später vor den Türen des Fahrstuhls standen, der in den Turm und ins Büro des Grafen emporführte.

David betrachtete die Fahrstuhltür, umfasste den Karton mit Rocky und Tinkerbell fester und murmelte: »Gut.

Fünfzehn Stockwerke noch. Erst kümmern wir uns um die Dunkelheit, dann um Ayumi und die anderen.«

»Versprochen«, sagte der alte Watanabe. »Schließlich will ich sie genauso zurück wie du.«

Menga streckte die Hand nach dem Fahrstuhlknopf aus. Er zögerte. »Und Ihr seid sicher, dass er dort ist, Meister Watanabe?«

»Es ist sein Thronsaal, Menga. Der Ort, wo ein Mann wie er Triumphe und Niederlagen feiert.«

»Sie sprechen von diesem Mann ja beinahe, als wäre er ein König«, empörte sich Molchert.

»Weil Sie ihn dazu gemacht haben«, sagte David und nahm Ayumis Großvater damit die Worte aus dem Mund.

Kleinlaut kassierte Molchert einen unmutigen Blick seines Vorgesetzten, der neugierig fragte: »Ist der Graf tatsächlich verantwortlich für diese … diese Ungeheuer dort draußen?«

»Nein. Die sind sogar schon länger da als wir. Das Ganze ist etwas komplizierter. Es hat mit altem Wissen und der Welt der Nachtzähmer zu tun. Nichts, das Sie verstünden«, gab Ayumis Großvater ihm mit ernstem Blick zur Antwort.

»Und um ein guter Nachtzähmer zu werden, braucht es ein halbes Leben!«, sagte David und nickte überzeugt, während er den Karton mit Rocky und Tinkerbell an sich presste.

Verwundert schaute der Minister ihn an.

»Der Junge zitiert gern weise Männer«, sagte Watanabe schmunzelnd.

Und Menga rief den Fahrstuhl.

Mit einem leisen PLING öffneten sich die Türen. Als Erstes stiegen die Leibwächter aus. Gefolgt von Molchert und dem Minister. Menga musste sich schließlich bücken, als er den Fahrstuhl verließ. David und Meister Watanabe, mit dem verstörten Krigk im Arm, nutzten die Gelegenheit, um von der Rückwand wegzutreten und tief durchzuatmen. Der Fahrstuhl war zwar auf neun Personen ausgelegt, dabei hatte aber wohl niemand mit jemandem wie Menga gerechnet. Und dazu kamen ja auch noch zwei kleinere Leibwächterschränke. Zum Glück hatten sie die Haussicherheitskräfte unten zurückgelassen. Sonst wäre es noch enger gewesen.

Zwischen dem Fahrstuhl und dem Büro des Grafen lag ein kleiner Vorraum, in dem für gewöhnlich eine Sekretärin dafür zuständig war, Besucher warten zu lassen. Aber heute nicht. Einerseits weil es mitten in der Nacht war, und andererseits weil keiner dieser Besucher warten würde.

Auf ein knappes Zeichen des Ministers nahmen sie Aufstellung vor dem Büro. Die Leibwächter postierten sich mit gezogenen Waffen rechs und links von der Tür. Dazwischen Menga mit seinem Nachtflammenwerfer, der zwar nicht mehr viel hergab, aber doch zumindest Furcht einflößend wirkte. Hinter den dreien standen der Minister und sein Assistent mit Meister Watanabe, Krigk, David und den Schattenhamstern. Und auf der Tür vor ihnen prangten in Augenhöhe Alpha, Omega und die Glühlampe mit dem gekrönten e. Sie befanden sich im Reich des Lichts. Im Reich des Grafen. Keinem von ihnen war wohl zumute. Aber sie machten sich bereit.

Der schmale Lichtstreif, der zwischen den schweren Flügeln der weiß lackierten metallenen Tür hindurchschimmerte, legte jedenfalls nahe, dass der Graf schon auf sie wartete.

»Bereit?«, fragte einer der Bodyguards und schaute, während er seine Waffe entsicherte, in die Runde. Dann nickten er und sein Kollege sich zu, stießen die Tür auf und stürmten voran. Als keine Schüsse fielen, folgte ihnen der Rest.

Sie betraten ein geräumiges Büro von vielleicht 60 Quadratmetern Größe, das, abgesehen von einer Fensterfront auf der Stirnseite, komplett in Weiß gehalten war. Decke, Boden und Wände waren mit riesigen polierten Steinfliesen überzogen, in denen sich das Licht einer Reihe greller Leuchten spiegelte, die in den Ecken des Raumes installiert waren. Abgesehen von der Fensterfront, hinter der die lichtlose Stadt beinahe wie eine schwarze Wand wirkte, schien der Raum geradezu überweiß. Und an einem ebenso weißen Tisch saß in einem gleichfarbigen Sessel, auf seinen Stock gestützt, Jan Graf Erebos. Die Ärmel hochgekrempelt, sein Jackett über der Rückenlehne hängend, seine Augen hinter seiner riesigen Sonnenbrille verborgen. Schweiß glänzte auf seiner Stirn. Seine restlichen Haare standen wirr in alle Richtungen ab. Ihm war anzusehen, dass es ihm nicht gut ging. Das aber versuchte er zu überspielen und gab sich Mühe, ein Lächeln von der Art aufzusetzen, mit dem er sonst die Praktikanten empfing. »Ah. Das sind Sie ja, meine Herren. Die Herrschaften vom Empfang haben Sie mir bereits angekündigt.«

Keiner der Anwesenden nahm ihm sein Lächeln ab. David glaubte sogar zu hören, dass das Sprechen dem Grafen schwerfiel. Beinahe als ob er Schmerzen hatte. Und während Krigk sich hinter seinem Rücken versteckte, bemerkte der alte Watanabe noch etwas ganz anderes, das seine Vorahnung bezüglich dieses Mannes bestätigte.

Empört trat der Minister vor und richtete seinen Zeigefinger auf den Grafen. Seine Lippe bebte, als er wütend hervorstieß: »Sie … Sie haben mich über den Tisch gezogen und diese Stadt der Dunkelheit ausgeliefert! Das wird Konsequenzen haben, Erebos!«

Sein Gegenüber versuchte ihn zu beschwichtigen: »Ich bitte Sie, wir haben es hier lediglich mit einer kleinen Fehlfunktion zu tun, die …«

»Am Arsch!«, stieß David laut hervor und war selbst ein wenig irritiert ob seiner Ausdrucksweise. »Ich hab doch gesehen, wie Sie die Lampen hier mit Ihrem Telefon steuern. Würde mich nicht wundern, wenn Sie es im Rest der Stadt genauso machen!«

Zornig verengten sich die Augen des Grafen hinter seiner Sonnenbrille. Seine Wut war beinahe zu spüren. Ein kurzer Blick auf Menga mit seiner Waffe aber erinnerte ihn daran, dass es besser war, sich zurückzuhalten.

»Ich würde vorschlagen, dass Sie uns dieses Telefon kurz einmal zeigen. Nur um Missverständnisse zu vermeiden und damit wir uns davon überzeugen können, dass es sich tatsächlich nur um eine kleine Fehlfunktion handelt«, schlug der Minister in einem Ton vor, der zwar freundlich klang, es allerdings beim besten Willen nicht war.

Der Graf hustete leise und sein Körper verkrampfte sich, als er nun, ebenfalls um falsche Freundlichkeit bemüht, leise antwortete.

»Das tut mir leid. Ich habe es bedauerlicherweise gerade nicht bei mir …«

Der Minister stutzte. Verwundert schaute er von seinen Leibwächtern, deren Waffen noch immer auf den Mann am Schreibtisch gerichtet waren, zu Molchert hinüber und dann wieder zurück. Statt einer Antwort folgte ein bedrückendes Schweigen, währenddessen der Minister offensichtlich darüber nachdachte, ob er dem Grafen mit Anwälten, Geldstrafen oder irgendetwas anderem drohen sollte.

Es war schließlich Meister Watanabe, der das Schweigen brach und sich, während Krigk sich nun hinter Menga versteckte, an den anderen vorbei nach vorn drängte.

»Du hast dich verändert«, flüsterte er, den Blick auf den zusammengesunken dasitzenden Grafen gerichtet, den diese Worte sichtlich erstarren ließen.

»Nimm deine Brille ruhig ab, alter Freund. Um dich zu erkennen, reicht mir deine Stimme. Das hat sie immer getan«, sprach Watanabe weiter und nickte dem Mann am Schreibtisch aufmunternd zu.

Nach kurzem Zögern griff dieser nach seiner Brille und setzte sie tatsächlich ab. David erschrak. Die anderen blickten einander verwundert an. Die Augen des Grafen waren komplett schwarz.

»Dachte ich's mir doch, dass das der Grund für die Brille war. Der finstere Blick, den unsereins bekommt, wenn er außerhalb seines Körpers zu viel Zeit in seiner Schattengestalt verbringt.« Der alte Watanabe schüttelte den Kopf und sein Gegenüber starrte betreten zu Boden.

»Skadwa ...«, flüsterte David ungläubig.

»Oh, Kuro. Die Leute unten hatten mir nur den Minister mit ein paar Begleitern angekündigt. Aber ich hätte mir ja denken können, dass *du* herkommst. Vor allem nachdem dein kleiner Schüler alles kaputt gemacht hat ...« Er hob den Kopf ein wenig und funkelte David zornig an.

Der Minister wollte etwas sagen, doch ein finsterer Blick des alten Watanabe brachte ihn zum Schweigen. Hinter Mengas Rücken wagte der verängstigte Krigk einen Blick auf den Grafen.

»Aber warum das alles, Dämmerflechter? Das alles für ein bisschen Macht?«

»Nicht nur ein bisschen, Schattenvater. Die vollkommene Macht. Die Herrschaft über jene Gewalt, die die Welt seit jeher regiert. Der ich eine Form und einen Namen gegeben habe: Innernacht.«

»Ach Skadwa, du bist ein Narr. Über ein Dunkel zu herrschen, führt nur dazu, dass es am Ende dich beherrscht. Nun, sieh, was aus dir geworden ist ...«

Skadwa entgegnete nichts. Obwohl alle ihn erwartungsvoll anblickten.

Watanabe setzte nach: »Von den Nachtflammen gezeichnet, weil du nicht schnell genug verschwunden bist. Da sitzt du nun. Verwundet. Nachdem du alles verloren hast. Und eben das ist, wohin die Gier nach Macht führt. Egal, welchen Namen man ihr gibt ...«

Auf seinen Stock gestützt schloss Skadwa seine Augen. Als er sprach, zitterte seine Stimme. »Ich hatte gedacht, dass ich es bin. Der Auserwählte.«

»Der erschafft, was zuvor nicht war. Der tut, was noch nie getan wurde. Der das Dunkel verändert«, murmelte Watanabe die uralten Worte, die jeder Nachtzähmer auswendig kannte.

Skadwa schüttelte den Kopf, klammerte sich an seinen Stock und flüsterte fassungslos: »Ich hab es getan. All das. Und hier sitze ich. Besiegt von einem dummen Jungen und einem Riesen mit einem Flammenwerfer.« Er schwieg einen kurzen Moment. Dann hob er langsam seinen Blick und begann zu lächeln. »Obwohl … Ganz besiegt nun auch wieder nicht …« Und dann begann er zu lachen. Ein leises, böses Lachen, das jeden im Raum schaudern ließ.

»Wie immer du es siehst, alter Freund, wir werden dir deine Macht nehmen müssen. Damit so etwas nie wieder passiert.«

»Ich denke nicht, alter Mann.«

»Wie?«

»Wie solltest du das tun? Dafür braucht der Schattenvater den Nachtwahrer. Und der ist weit, weit weg von hier. Vielleicht sogar längst tot. Genauso tot, wie womöglich auch deine kleine Enkelin es ist.

»Nein!«, schrie David und stapfte, sich seinen Karton unter den Arm klemmend, wutentbrannt um den Tisch auf Skadwa zu. »Nein, nein, nein, Sie verdammtes Monster!«, brüllte er und holte mit der freien Hand aus.

Skadwa mochte geschwächt sein, aber nicht so sehr,

dass er sich nicht zu wehren gewusst hätte. Kaum, dass David nahe genug heran war, hob er seinen Stock und versetzte dem Jungen so einen Stoß gegen die Brust, dass ihm die Luft wegblieb, er japsend zu Boden ging und der Karton mit den Schattenhamstern durch die Luft wirbelte.

»Nimm dich in Acht, kleine Wanze. Noch einmal legst du mich nicht rein …«, zischte er zornig zwischen seinen Zähnen hervor und seine finsteren Augen leuchteten böse auf.

Keuchend hielt David sich seine Brust und kroch zu dem auf der Seite liegenden Karton hinüber, um zu verhindern, dass das Licht Rocky schadete. Doch bevor er ihn erreichte, kam Tinkerbell aus dem Inneren gesprungen und hoppelte hektisch schnüffelnd über die Steinfließen.

Einer der Leibwächter hob irritiert eine Braue. »Ein Hamster? Du hast dich da draußen wegen eines Hamsters fast erschießen lassen.«

»Nein«, knurrte David, während er sich den Karton schnappte und ihn schnell wieder verschloss. »Das ist kein Hamster. Und außerdem sind es zwei.« Dann kroch er über den Boden und versuchte, Tinkerbell einzufangen, die aufgeregt an Skadwas Stock auf- und absprang. David hatte sie beinahe schon, als Skadwa das Tier so grob mit dem Fuß beiseitestieß, dass es davonkullerte und auf dem Rücken zu liegen kam.

»Mistbiest«, stieß Skadwa verächtlich hervor, und kassierte dafür einen bitterbösen Blick von David, bevor dieser weiterkroch, um den zappelnden Schattenhamster aufzusammeln. Bevor er Tinkerbell erreichte, rappelte sie sich auf, sprang auf die Beine, hoppelte wieder zu dem Stock zurück und wurde noch einmal von Skadwa beiseitegekickt.

»Pack's weg. Nächstes Mal trete ich drauf«, blaffte er David an, der staunend bemerkte, wie der Schattenhamster ein weiteres Mal aufsprang und wieder in Richtung des Stockes eilte. David stutzte kurz, schnappte sich eilig das Tier und schob es zurück in den Karton zu Rocky. Dann schaute er sich um. Natürlich. Das war es. Das Licht in diesem Raum war so gesetzt, dass es im gesamten Raum keine Schatten gab … Er dachte kurz nach, sah, wie der Minister sich gerade wieder sammelte, um dem vermeintlichen Grafen noch einen Vortrag zu halten und wie der alte Watanabe Skadwa misstrauisch musterte. Als sein Blick schließlich den Mengas traf, fasste er einen Entschluss. Zwar gab es eine gewisse Chance, dass er falschlag, aber das Risiko war es wert.

David rappelte sich auf und versicherte sich kurz, dass er die Aufmerksamkeit des Riesen hatte.

»Menga?«, fragte er in einem Ton, der alle im Raum merken ließ, dass etwas nicht stimmte. Und dass das, was nun folgte, auf irgendeine Art *wichtig* sein musste. Auch wenn niemand es verstand.

»Ja, David?«, entgegnete der Hüne und drehte seinen Kopf ein wenig. Und schon anhand dieser Bewegung war allen klar, wie unklug es gewesen wäre, sich mit diesem Mann anzulegen. Nicht nur, weil er größer war als alle anderen hier im Raum, sondern auch, weil er zu allem entschlossen war.

Verwundert schauten die Anwesenden, allen voran

Skadwa, zwischen dem Jungen und dem Riesen hin und her.

Und dann stellte David mit einem Fingerzeig auf die Glasfront die entscheidende Frage: »Würdest du bitte das Fenster öffnen?«

Der Haken dabei war, dass das besagte Fenster nicht dafür vorgesehen war, geöffnet zu werden. Weil es sich um eine komplette Glasfront handelte und die Sauerstoff- und Wärmeregulierung innerhalb des Turms komplett über die Klimaanlage geregelt wurde. Was den Angesprochenen in diesem Moment aber nicht kümmerte. Er streifte den Flammenwerfer ab und ließ ihn zu Boden gleiten. Dann setzte er sich unter den verstörten Blicken der anderen in Bewegung, ging auf den Schreibtisch zu, fegte ihn mit einer einzigen Bewegung leer und hob ihn dann scheinbar mühelos hoch.

»Sie entschuldigen?«, wandte er sich an Skadwa, stemmte den Tisch hoch über seinen Kopf und trat an dem Mann in seinem Sessel vorbei, unter den fassungslosen Blicken der anderen, ein paar Schritte Richtung Glasfront.

Dann holte er aus und schleuderte den Tisch mit voller Wucht dagegen. Heftig genug, dass die schwere Scheibe mit einem lauten Klirren zersprang und der Tisch inmitten eines Splitterregens in eine fünfzehnstöckige Finsternis hinabrauschte.

»Was … was sollte das denn jetzt?«, fragte der Minister verwirrt, während von draußen her ein kühler Wind ins Innere des Raumes drang.

Draußen, in der Ferne, lag die Stadt. Dunkel, bis auf einige kleine, verzweifelt gegen die Finsternis anleuchtende Punkte, während unterhalb des Turmes die gigantische Freifläche gähnte, die auf den Ausbau des Erebos-Werkes wartete.

Niemand antworte dem Minister.

Menga stand schweigend vor dem offenen Fenster und wandte sich David zu. »Zufrieden?«

»Fast«, sagte David lächelnd und vollführte dabei mit dem Kopf eine unauffällige Geste in Richtung Skadwa. Der, als Menga nun auf ihn zustapfte, unübersehbar ängstlich zusammenfuhr. Wohl, weil er sich bereits ausmalte, wie der Riese auch ihn packte und dem Schreibtisch hinterher aus dem Fenster warf. Was Menga auf das entsprechende Zeichen hin auch, ohne zu zögern, getan hätte.

Aber darum ging es nicht.

Wie sich herausstellte, als Skadwa, während der Hüne näher kam, furchtsam in seinem Sessel zusammensank und David im letzten Moment rief: »Den Stock! Schnapp ihn dir!« Menga tat wie geheißen und entsetzt musste Skadwa zusehen, wie der riesige Mann ihm den Gehstock entriss und fragend zu David hinüberblickte.

»Wirf ihn«, sagte dieser und wies auf das Fenster. »So weit du kannst. Und am besten noch ein wenig weiter.«

Menga nahm Anlauf. Und Skadwa schrie auf.

»Neeeeeeeeeeeeeeeeeein!«

Doch da hatte der Hüne bereits drei riesige Schritte Anlauf genommen und schleuderte den Stock mit solcher Kraft hinaus, dass er, in der Dunkelheit wie wild um sich selber wirbelnd, längst schon nicht mehr zu sehen war.

Hastig winkte David Ayumis Großvater herbei und stellte sich dann, während die Leibwächter des Ministers den vermeintlichen Grafen weiterhin mit ihren Waffen bedrohten, neben Menga.

Der alte Watanabe trat gerade noch rechtzeitig hinzu, um, kraft seiner Nachtzähmerfähigkeiten, zusammen mit David dabei zuzusehen, wie der Stock irgendwo im Herzen des riesigen leeren Feldes in einigen Hundert Metern Entfernung aufschlug und sein Knauf zersplitterte.

Aber das, was dann passierte, hatte selbst Meister Watanabe noch nie gesehen. Weil es noch nie *irgendjemand* zuvor gesehen hatte.

Denn von einem Moment auf den anderen entfalteten sich aus dem Inneren jenes Knaufes Dinge, die niemand je darin vermutet hätte. Darunter mehrere Hundert Autos, ein Haufen Elektroschrott und eine Südseeinsel, die zwar klein, aber doch groß genug war, dass sie, als sie sich plötzlich manifestierte, die Grundfesten des Turmes erschütterte. Und um sie herum erschien, wie aus dem Nichts, ein Haufen unlängst im Dunkel verschwundener Dinge.

»Wow!«, entfuhr es David.

»Unglaublich«, murmelte der alte Watanabe leise.

Und plötzlich kam auch Krigk herbeigeeilt, stellte sich neben sie und blickte staunend hinab in die Tiefe.

Mit dem vermeintlichen Grafen in ihrer Mitte war es im Fahrstuhl sogar noch ein wenig unerträglicher. Zumal Krigk inzwischen wieder beinahe voll da war. Jetzt, wo die Insel aufgetaucht und mit ihr womöglich auch Ayumi,

Klandt, der Schattenvater und der gesamte Stamm, wollten sie so schnell wie möglich dort hinunter. Zumal Watanabe dem Minister noch einmal das Nachttuch überlassen hatte. Das Gesicht, dass dieser gemacht hatte, als er die Insel am Fuß des Turmes gesehen hatte, diese Mischung zwischen Staunen, Unglaube, Entsetzen und Verwirrung, war unbezahlbar gewesen. David hatte beinahe laut loslachen müssen, erinnerte sich dann aber daran, dass er vor einer Woche vermutlich genauso reagiert hätte.

Damals, bevor Ayumi ihn langsam an die Geheimnisse der Dunkelheit herangeführt hatte. *Ayumi* … Wie sehr er hoffte, dass es ihr gut ging.

Wie schon auf dem Weg nach oben klammerte Krigk sich, während der Fahrstuhl sich nach unten bewegte, an Watanabe. Aber jetzt war ihm deutlich anzumerken, dass seine Aufregung größer als seine Angst war.

An Molchert und dem Minister vorbei beugte Ayumis Großvater sich zu David hinüber. »Woher hast du es gewusst?«, flüsterte er auf Nächtisch.

»Hab ich nicht. Eigentlich hab ich nur geraten. Aber Tinkerbell hat mir ein bisschen geholfen. Und Skadwa natürlich auch.« Skadwa funkelte ihn böse an. Aber David ließ sich davon nicht beeindrucken. Jetzt nicht mehr.

»Erzähl's mir«, bat Watanabe.

»Ganz einfach: Ihr selbst, Meister, habt mich gelehrt, dass das Dunkel und alles darin unabhängig vom realen Raum ist. Also hätte der Dämmerflechter die Insel und alles andere überall verstecken können. Und dann Tinkerbell. Als sie aus dem Karton fiel, hatte sie Hunger. Ganz einfach. Und wie ihr mich ebenfalls gelehrt habt, ernähren die Geschöpfe der Dunkelheit sich von der Dunkelheit selbst. Dort oben gab es nicht einmal Schatten. Aber dann witterte sie etwas. Einen großen dunklen Bissen.«

»Die achte Dunkelheit …«

»Im Knauf von Skadwas Stock, der sich die ganze Zeit über derart an das Teil klammerte, als ob es nichts Wichtigeres in seinem Leben gäbe. Und da hab ich mir meinen Teil gedacht.«

»Und Menga gebeten, das Fenster zu öffnen …« Der alte Watanabe schmunzelte und klopfte David auf die Schulter.

Krigk, der alles verstanden hatte, lächelte ihn dankbar an.

Dann öffneten sich die Türen und sie alle waren froh, den Fahrstuhl verlassen zu können. Während sie nach draußen drängten, die Leibwächter noch immer den Dämmerflechter in Schach hielten und sie alle hofften, dass am Morgen die Sonne aufging, konnten sie bereits einen Teil der Insel sehen, der durch ein Loch in der Wand ins Innere des Turmes ragte. Durch dieses Loch stiegen sie nun nach draußen, wo sie sich plötzlich inmitten der Dunkelheit und wenige Kilometer entfernt von der Düsseldorfer Innenstadt auf dem Strand der bengalischen Insel Whaku befanden. Überall um sie herum waren, ganz real, fremdartige Pflanzen und Tiere zu sehen. Darüber hinaus sahen Watanabe, David und Krigk zahllose Kreaturen der Dunkelheit, die von der Insel in die Finsternis hinaus flohen.

Diese Insel, hier, auf dem hinteren Teil des Werksgeländes, hatte etwas Unwirkliches, beinahe Magisches. Weil es einfach nicht sein konnte, es aber dennoch war.

Einer nach dem anderen betraten sie den weißen Strand und spürten den weichen Sand unter den Füßen, den Schuhen, wobei Krigk, kaum dass er den weichen Untergrund unter seinen nackten Sohlen spürte, aller Verwirrung zum Trotz begriff, dass er *zu Hause* war.

Ungläubig blickte der Minister, der geglaubt hatte, dass ihn nach dem Anblick der finsteren Kreaturen nichts mehr beeindrucken konnte, sich um und wandte sich schließlich Krigk, David, Menga und Meister Watanabe zu. »Kann … kann mir irgendjemand das hier bitte erklären?«

Ayumis Großvater wollte es gerade versuchen, als es einige Meter entfernt in den Büschen plötzlich zu rascheln begann. Vorsichtig wichen sie alle ein paar Schritte zurück. Im nächsten Moment schoben die Blätter sich auseinander und mehr als ein Dutzend Frauen und Kinder kamen verstört aus dem Dschungel gehastet, die, als sie Krigk und Menga sahen, freudig auf sie zueilten und ihnen um den Hals fielen. Es dauerte ein wenig, bis sie hoch über sich das leuchtende Erebos-Logo bemerkten und begriffen, dass sie nicht mehr in der Finsternis gefangen waren.

Währenddessen kamen noch mehr Leute aus dem Dschungel geeilt. Krieger mit Speeren, die sich immer wieder vorsichtig in Richtung des Inselinneren umsahen, bevor auch sie beim Anblick Krigks und Mengas freudig auf sie zustürmten. Und dann trat schließlich Ayumi, die gemeinsam mit R'hee den Schattenvater stützte, zwischen den Büschen hervor. David jubelte laut auf und rannte auf sie zu. Ayumi, die seine Stimme erkannte, lachte auf. Ausgelassen fielen sie einander in die Arme. Einen Moment später taten Krigk und R'hee das Gleiche. Ebenso wie der Schattenvater und der Nachtwahrer. Unter den verwunderten Blicken des Ministers und seiner Männer fiel in diesem Augenblick alle Ungewissheit und die gesamte Anspannung der vergangenen Tage von ihnen ab.

Bis David plötzlich etwas bemerkte. Er fasste Ayumi am Arm, blickte sie fragend an und konnte sehen, wie sein besorgtes Gesicht sich in ihrer Sonnenbrille spiegelte.

»Was … was ist mit Herrn Klandt?« Selbst jetzt fiel es ihm noch schwer, ihn zu duzen.

Ayumi seufzte und dann flüsterte sie tonlos: »Da … da war dieses Monstrum, eine Finsterklaue wohl, die … die alle anderen Geschöpfe irgendwie kontrollierte. Sie haben uns verfolgt, uns angegriffen, und wir sind in die Höhlen geflohen. Aber sie haben uns weiter verfolgt und dann, dann hat Klandt sich der Finsterklaue entgegengestellt. Ich … ich glaube, er wollte sie beruhigen, zähmen. Etwas in der Art. Nur … nur seinetwegen konnten wir überhaupt fliehen …«

»Aber was ist mit ihm?«

»Ich … ich weiß es nicht …«

David spürte, wie sich in seinem Inneren ein großes schwarzes Loch auftat. Schluchzend fiel Ayumi ihm erneut um den Hals.

Da erklangen hinter ihnen plötzlich aufgeregte Rufe. Als sie herumfuhren, konnten sie sehen, wie die Leibwächter des Ministers irritiert zu Boden starrten, wo zu ihren

Füßen der leblose Körper des Grafen lag. Der Schattenvater war der Erste, der begriff, was geschah.

»Sein Schattenkörper! Er versucht mit seinem Schattenkörper zu entkommen!«

Hektisch schauten sie sich um. Dann sah der alte Watanabe den finsteren mannsgroßen Schemen, der gerade auf der anderen Seite des Strandes im Unterholz verschwand.

Entsetzt schauten die beiden Meister sich an. Wenn Skadwas Schattenkörper ihnen entkam, dann war all das noch nicht vorbei, dann …

Da ertönte von der anderen Seite des Strandes her ein greller Pfiff. Die Köpfe der Anwesenden fuhren herum und dann sahen sie ihn. Den Hausmeister. Klandt, der zwischen den Büschen stand und auf die Stelle im Unterholz wies, wo Skadwas Schatten gerade verschwunden war. Und dann wurde allen auch klar, weshalb er das tat. Neben ihm zwischen den Blättern hockte ein riesiger Schatten, der in eben diesem Moment loshastete und dem Dämmerflechter völlig lautlos nachsetzte.

Die Finsterklaue glitt durch das Dunkel. Sie war schnell. Schneller als der Schatten. Nur wenige Augenblicke, nachdem auch sie im Unterholz verschwunden war, kam sie, die sich windende dunkle Schemengestalt im Maul, wieder daraus hervorgeschossen.

Und sosehr Klandt auch versuchte, die Kreatur zum Loslassen zu bewegen, konnte er doch nicht verhindern, dass sie den Schattenkörper des Dämmerflechters unter den entsetzten Augen derer, die im Dunkel zu sehen vermochten, verschlang …

Am Strand herrschte eine sonderbare Stille, in der Freude und Entsetzen sich mischten.

Ein Entsetzen, das spätestens in dem Moment einem großen Staunen wich, als der Minister aus dem Jackett des leblosen Grafen dessen Mobiltelefon hervorfingerte, es mit dessen Daumenabdruck entsperrte, und jene App aufrief, die bis zu diesem Zeitpunkt noch niemand außer Jan Graf Erebos, Skadwa, dem Dämmerflechter, gesehen hatte. Und die zum Glück einfach genug gestaltet war, dass es nur einer knappen Geste seines Zeigefingers bedurfte, dass um sie herum und überall im Rest der Stadt die Lichter aufflammten und die Reste der Dunkelheit wie einen schlechten Traum vertrieben.

Nachdenklich betrachteten der Schattenvater und der Nachtwahrer, wie der Körper der Finsterklaue sich zusammen mit der sie umgebenden Finsternis im Schein der Erebosleuchten verflüchtigte.

Während David und Ayumi auf Klandt zuliefen und ihn lachend zu Boden rissen, umringten R'hee und die Stammesmitglieder Menga und Krigk, um sie nun mit Freudentränen und Gelächter richtig zu begrüßen.

Triumphierend nickte der Minister seinem Assistenten Molchert zu. »So macht man das.«

Der alte Watanabe lachte ihn an. »Als ob Sie das Dunkel beherrschen würden. Fast wie ein richtiger Nachtzähmer …«

EPILOG

Über einen schmalen Pfad führte David seine Eltern zwischen riesigen Büschen und Sträuchern hindurch. Immer wieder musste er die Blätter exotischer Pflanzen beiseiteschieben und seine Mutter war aufgrund ebenso fremdartiger Insekten froh, im Vorfeld eine halbe Dose Mückenspray auf sich, ihren Mann und ihren Sohn entleert zu haben. Es war ein eigentümliches Gefühl. Keine zwanzig Minuten von der Innenstadt entfernt bewegte Familie Gliehm sich, den feinen weißen Sand vom Strand noch an ihren nackten Füßen, plötzlich in hellem Tageslicht durch einen dichten Dschungel.

Davids Eltern staunten, wie entschieden ihr Sohn vorausging. Als ob er den Weg tatsächlich kannte.

»Und wie genau ist dieses Ding jetzt hierhergekommen?«, wollte seine Mutter wissen und schaute sich verstört um. Sie trug ein leichtes Sommerkleid, dass sie eigens für den Besuch auf der Insel ausgesucht hatte. Die meisten Pflanzen um sie herum hatte sie noch nie zuvor gesehen, noch nicht einmal von ihnen gehört.

»Glaub mir, Ma, das ist zu kompliziert. Vielleicht erzähl ich es dir irgendwann mal, aber im Moment haben wir dafür echt keine Zeit. Wir sind spät dran. Kommt schon, die anderen warten!«

»Du meinst der kleine alte Mann und deine anderen Freunde?«

»Ja, ganz genau. Ihr werdet staunen, wer da alles noch auf euch wartet!«, rief David vergnügt aus und eilte weiter voran.

»Er hat doch nie Freunde gehabt, oder?«, wandte sein Vater sich leise an seine Mutter.

»Ich glaube, in letzter Zeit hat sich da einiges getan«, flüsterte sie zurück.

»Ich kann euch übrigens hören.« David lachte, schob die Blätter eines riesigen Farns beiseite und eröffnete den Blick auf eine kleine Lichtung, hinter der sich wiederum inmitten einer Felswand der Eingang einer Höhle erhob.

Vor dieser stand im strahlenden Sonnenlicht ein großer Tisch, unter dem Pickel und Tiger friedlich dösten, während Herr Klandt, die beiden Meister, Ayumi, R'hee, Krigk und der riesige Menga vor Schalen mit Obst saßen und auf sie warteten. Tinkerbell lief auf dem Tisch auf und ab, schnüffelte an den Schalen und rieb sich zwischendurch immer wieder an einem kleinen Karton, der dazwischen stand und von dem David sich denken konnte, was drin war. Ayumi sprang als Erste auf und kam ihm freudig entgegengeeilt. Lachend umarmte sie ihn und Pickel sprang an ihnen hoch. Um sie herum zwitscherten fremdartige Vögel. Die Stimmung war ausgelassen. Vergnügte Gesichter, wohin man schaute. Die Begrüßung war herzlich. David ging von einem zum anderen, stellte alle seinen Eltern vor, die sich, als sie Watanabes Hand schüttelten, sehr deutlich daran erinnerten, wie der alte Mann sie in ihr Schlafzimmer geschickt hatte. Schließlich setzten sie sich neben Herrn Klandt, den sie zumindest schon ein wenig kannten, und David versicherte seiner Mutter, dass sie eigens für sie das veganste Obst der Insel aufgetischt hätten. Das Lachen löste die Stimmung, dazu kam die Erinnerung an das, was sie alle gemeinsam durchgestanden hatten. Wobei Menga, unendlich froh darüber, dass sein Verrat ihm verziehen war und er wieder inmitten der seinen weilen durfte, bei Weitem am lautesten lachte. Man hatte beinahe das Gefühl, als ob die Insel unter seinem Gelächter erbebte. Alle waren ausgelassen und vergnügt. Und doch fühlten Davids Eltern sich nicht recht wohl in dieser fremdartigen Kulisse, an diesem Ort, der nicht einmal hätte hier sein dürfen. Das änderte sich interessanterweise, als einen Moment später der Minister und sein Assistent aus dem Dschungel traten und sich zu ihnen gesellten. Als ob mit diesem Mann ein Anker zur Realität geworfen wurde, der die Wirklichkeit auf beruhigende Weise mit diesem unwirklichen Ort verband. Die Tatsache, dass der Minister ihren Sohn herzlich begrüßte, machte Davids Eltern jedenfalls sichtlich stolz. Die beiden Neuankömmlinge, die in ihren Anzügen etwas deplatziert wirkten, setzten sich zu der Gruppe und während Pickel und Tiger vergnügt um den Tisch tobten, hob Ayumis Großvater seinen Becher. »Freunde, ich möchte mit euch trinken! Auf die Dinge im Dunkel und die Dinge im Licht!«

Auch die anderen griffen nach ihren Bechern und der Schattenvater tat es dem Nachtwahrer nach. »Auf das, was war, und das, was wird!«

Nachdem Watanabe seinen Trinkspruch übersetzt hatte, stimmte auch der Hausmeister mit ein.

»Die Gewissheit, dass wir mit den richtigen Menschen an unserer Seite alles schaffen können.«

»Nicht nur Menschen, Herr Klandt!«, rief David und prostete in Richtung des Kartons. »Auf Rocky und Tinkerbell!«

»Auf Rocky und Tinkerbell!« Der gesamte Tisch lachte und dann tranken sie.

Sie saßen noch lange dort an dem riesigen Tisch. Sprachen über die erlebten Abenteuer, dachten zusammen an die Schrecken und Wunder der vergangenen Tage, spielten mit den Hunden und genossen das Licht der Sonne. Hinter ihnen gähnte dabei der Eingang der Höhle, in der so viele Nachtzähmer seit Urzeiten ihr Handwerk gelernt hatten.

»Meister?«, wendete David sich, während der Rest des Tisches in angeregte Gespräche versunken war, dem alten Watanabe zu. »Was ist mit der Prophezeiung? Dem Auserwählten?«

Ayumis Großvater schaute ihm in die Augen. »Mit Prophezeiungen, mein Junge, ist das so eine Sache.« Lächelnd wiegte er seinen Kopf hin und her und zitierte noch einmal die Prophezeiung: »Der erschafft, was zuvor nicht war. Der tut, was noch nie getan wurde. Der das Dunkel verändert. Das bist du. Weil du eine Insel unweit von Düsseldorf geschaffen hast. Weil du deine Ängste besiegt, die Welt gerettet und das Dunkel verändert hast.«

»Wow«, murmelte David leise. Der Auserwählte …

Watanabe aber sprach weiter. »Oder Klandt. Der Tinkerbell erschaffen, Nacht mit Benzin gemischt und eine Finsterklaue gezähmt hat.«

David blickte zu Klandt hinüber, der seinen Eltern gerade wild gestikulierend irgendetwas erzählte, das seine Mutter zum Lachen brachte. Ja, ihm hätte er es auch gegönnt, der Auserwählte zu sein. Doch Watanabe war noch nicht fertig.

»Oder selbst Krigk, der im Dämmermahr gefangen war. Und dann ist nicht einmal sicher, ob der Auserwählte nicht vielleicht sogar ein Mädchen ist.«

David schaute sie an. Krigk, R'hee und Ayumi. Und auch sie schienen ihm gute Auserwählte.

»Selbst der Dämmerflechter hätte es sein können. So wie er es sich erhofft hatte. Oder auch Tinkerbell. Am Ende spielt es keine Rolle. Weil Prophezeiungen den Menschen Hoffnung, aber niemals Gewissheit geben. Und dafür sind sie da. Wenn du mich fragst, sind wir vielleicht auch alle auserwählt. Die einen etwas mehr, die anderen etwas weniger.«

Seltsamerweise stellte diese Antwort David zufrieden. Sie hatte etwas Versöhnendes. Das niemand besser als irgendjemand anderen machte. Und weil er es jedem hier gönnte, Teil irgendeiner Prophezeiung zu sein. Zufrieden betrachtete er das vergnügte Grüppchen am Tisch. Seine Freunde, seine Eltern, Molchert und den Minister. Einer seltsamen, aber guten Prophezeiung. Wobei er trotzdem hoffte, dass die ganze Sache sich nicht wiederholte.

»Und was wird jetzt? Was ist mit der Innernacht? Wie gefährlich ist sie noch?«, wandte er sich dem alten Watanabe wieder zu und schaute ihn besorgt an.

»Ach David …«, entgegnete der. »Weißt du, die Innernacht hat es immer gegeben. Und daran wird sich wohl auch nie etwas ändern. Weil sie ein Teil des Menschen ist. Und damit er das Licht überhaupt zu schätzen versteht, *muss* die Innernacht vermutlich sogar existieren. Am Ende geht es einzig darum, dass sie nicht zu groß wird, und wir lernen mit ihr umzugehen.«

David nickte nachdenklich. Das war eine gute Antwort. Eines Meisters würdig. Das würdige Fazit eines Abenteuers, wie es wohl nur Menschen erlebten, die zumindest ein wenig auserwählt waren …

Christian von Aster dankt.

Nicht nur jeder Art von Dunkelheit, in die er sich verirren durfte, seinen Eltern, die ihn umherirren ließen, all den Kreaturen, die sich von ihm im Zwielicht entdecken ließen, der einen, der er den Mond schenkte und die nicht im Dunkel zu Hause ist. Oder all jenen, die ihm seit Jahren auf finsteren Lettern in allerlei fremde Gegenden im hintersten Womöglich folgen, jenen, die es mit diesem Buch zum ersten Mal getan haben, den anderen, die ihm helfen, dieses Land von Kommasetzung bis Satzlänge begehbar zu machen, seinen zauberösenTestlesern, seiner verschworenen Patreon-Gemeinschaft, der er zu großen Teilen die gegenwärtige Freiheit seines Denkens, Schreibens und Seltsamisierens verdankt, dem Verlag, der dieses Wagnis jenseits des Lichtes verwegen und beherzt auf sich genommen und mit Sandra Rothmund eine Speerspitze der friedfertigen Autorenführung ins Feld geführt hat. Sondern nicht zuletzt auch den Geschichten, die sich immer wieder zu ihm verirren und scheu an seine Tür klopfen, um von ihm erzählt zu werden.

Und natürlich Herrn Bergt.

Ohne all das wäre all dies nicht möglich.

Christian von Aster, geboren 1973, studierte Germanistik und Kunst, um sich schließlich Bühne, Film und Schreiben zuzuwenden. Neben seinen Fantasybüchern ist er auch mit seinen Lesungen, die gleichermaßen die Gothic- wie Phantastikszene begeistern, einem großen Publikum bekannt. Außerdem betreibt er die Leipziger Lesebühne »Staun & Schauder«. Christian von Aster wurde 2012 mit dem SERAPH-Preis ausgezeichnet.

Mehr über unsere Bücher, Autoren und Illustratoren auf:
www.thienemann.de

von Aster, Christian:
Sieben Arten Dunkelheit
ISBN 978 3 522 20261 9

Umschlaggestaltung: Timo Kümmel
Innentypografie: Eva Mokhlis, Swabianmedia, Stuttgart
Reproduktion: Digitalprint GmbH, Stuttgart
Druck und Bindung: GGP Media GmbH, Pößneck

FSC www.fsc.org MIX Papier aus verantwortungsvollen Quellen FSC® C014496

Finstere Mächte und treue Gefährten

Stephan M. Rother

Die Prophezeiung des magischen Steins

400 Seiten · Klappenbroschur

ISBN 978-3-522-20244-2

Er ist ein Meisterwerk der alten Elben, eine der mächtigsten Schöpfungen ihrer Magie: der singende Stein. Dass ausgerechnet Dafydd, Lehrling des Barden Palatin, der Träger des magischen Steins sein soll, um dessen Besitz Kriege geführt wurden, vermag er kaum zu glauben. Und doch findet er sich bald mit Palatin, Prinzessin Livia, einem Gnom, einem Zwerg und der schrulligen Hexe Morgat im größten Abenteuer seines Lebens wieder. Können die Gefährten verhindern, dass das Land, wie sie es kennen, vergeht? Und kann die Magie des Steins auch Dafydds persönliches Glück beeinflussen? Denn trotz aller Standesunterschiede schlägt sein Herz für Prinzessin Livia ...

THIENEMANN

Wir schreiben Geschichten!

www.thienemann.de